寂寞最深处的沸腾

JIMO ZUI SHENCHU DE FEITENG

张星 著

东方出版社

责任编辑:孙兴民　冯　瑶
装帧设计:徐　晖
责任校对:张　彦

图书在版编目(CIP)数据

寂寞最深处的沸腾/张星 著. -北京:东方出版社,2015.11
ISBN 978-7-5060-8800-8

Ⅰ.①寂…　Ⅱ.①张…　Ⅲ.①散文集-中国-当代　Ⅳ.①I267

中国版本图书馆 CIP 数据核字(2015)第 278715 号

寂寞最深处的沸腾
JIMO ZUISHENCHU DE FEITENG

张　星　著

東方出版社 出版发行
(100706　北京市东城区隆福寺街 99 号)

保定市北方胶印有限公司印刷　新华书店经销

2015 年 11 月第 1 版　2015 年 11 月北京第 1 次印刷
开本:787 毫米×1092 毫米 1/16　印张:20.5
字数:305 千字

ISBN 978-7-5060-8800-8　定价:39.00 元

邮购地址 100706　北京市东城区隆福寺街 99 号
人民东方图书销售中心　电话 (010)65250042　65289539

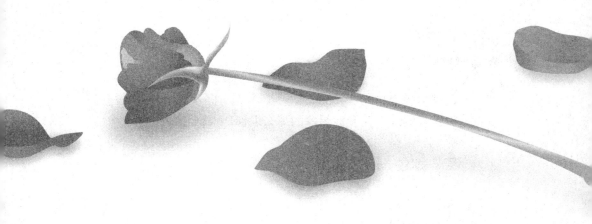

目录

四、紫色——女人

又沉静又飞扬

从来不知道，在张星爽朗的笑容背后，还拥有着如此细密的思绪、如此浪漫的情怀和如此深沉的思考。她用黑色形容爱情，并不仅仅是因为爱太悲凉，而是爱对女人的杀伤力太强。她说因为黑色在所有色彩中程度最深、分量最重，正如爱情在女人心中的位置，任何情感都没有爱情来得执着和疯狂。张星的这本散文集给了我们一个意外，没想到喜欢音乐的她却以色彩来渲染她的文字，用绿色包裹心灵，用金色讴歌年华，用紫色亲吻女人，用蓝色描绘人世……

认识张星已有二十年了，那时她以记者的身份来采访我，我们只是像聊天似地进行了一次短暂交谈，她就写出了洋洋洒洒、文辞优美的数千字长文。此后，我们成了好朋友，结伴参加过奥地利音乐节，同游巴黎、慕尼黑、维也纳等美丽的欧洲城市。她以她的热情和真诚，与我父母和我女儿也成了忘年之交。

张星多年来从事新闻人物的采访与写作，无论是普通百姓还是名流大家，在张星笔下全都呈现出各自独特的视角，足以激发你欲罢不能的阅读冲动。她似乎从来不会对所采写的人物进行虚张声势地拔高或敷衍了事的介绍，而是成功地走进被访者的心灵，描画出他们鲜活的精神世界。我知道张星喜欢读书，读文学，读哲学，读历史乃至自然科学。这种"做足功课"的知识积累与更新，在当今浮躁的社会氛围下殊为难得。张星的文字尤有个性，曾写过大量诗歌和影视剧作的她，讲究词语的意境和节奏的跳跃，更在描述中自觉地追求镜头感和现场感。这看似并不适合简短的新闻写作，却恰恰因此而成就了她独具特色的作品风格。

也许，对于写作的女人来说，散文是真正的知音。因为此种文体最易于直抒胸臆地表现出人类至善至美的情愫。我一直觉得散文是血，而不是水。水会流成小说，流成种种故事，而散文则需要浓郁的色调，像血。我在写作散文的时候，往往能感受到一种心灵的驱使，会下意识地把一颗心全力沉进去。散文之于我，是有着切肤感觉的文体。真实是散文的灵魂，而用怎样的语言把内心的感受忠实、生动地传达出来，是我写作散文时费心最多的思量。

我发现，这样的追求在张星的散文中表现得更直接，更浓烈。她注重语言本身的表现力，用不带任何面具的坦诚文字与读者交心。她常常沉潜于自己的情感深处，与自己的心灵对话。张星善于讲故事，各种各样女人的情感的故事。然后在每个故事里展开一番心情，抒发一分感悟。因此她的文字活泼灵动，耐人寻味。

我常常想说，张星不仅是一位出色的记者，也是一位当之无愧的作家。历来由记者而成为作家的人，无论中外都不在少数。张星以其数十年的记者生涯，接触了难以计数的不同行业、不同类型、不同层次的人，与那么多精英与百姓进行过相当深入的交流。应该说，生活给予她人生的滋养和灵魂的撞击，更甚于某些从事专业创作的作家。长年的采访经历培养了她极强的洞察力。对社会生活的关照，对人物言行的感触，无不敏感，细腻，深刻。这让她得以摆脱了媒体人惯常的"操作"框架而深入到人性的隐秘之所。所以，我们很容易地便能从张星写的所有浪漫爱情故事中，看出背后灵魂的孤寂。这些令人出其不意的文字，以作者自己"打开"的姿态，让我们看到了记者身份之外的她，一个温婉柔情，略带感伤，又沉静又飞扬的知性女人。

一、黑色——爱情

唯你独有的印迹

一页页薄薄的纸，一行行熟悉的字，无论相隔多少年，只要展开它，就能获得由它带来的一切信息，这是唯家所独有的印迹……年轻时，没有钱，却有膨胀的情怀，汹涌的心绪，道不完的絮语，虽然不如金钱来得实惠，却是精神家园的一片丛绿……

当我爱你、想你、思念你的时候，而你却在我无法达到的遥远地方；或者，我爱你、想你、思念你却从来不想让你知道，只想把此情当成我自己内心的一道风景，独自欣赏，独自回味。那么，我用什么来展开这分思念？又用什么来抚慰这分煎熬？

你可以打开手机、电脑，用电话、短信、微信、电子邮件、视频……有如此便捷又种类繁多的现代通讯设施与网络，与人联络或沟通是一件再简单不过的事情了，无论那人在天涯还是海角，只要拥有一串由阿拉伯数字组成的号码，都能在分分秒秒中找到他。再不然只要肯花上一把银子，打个飞"的"便能见到真人，还有什么样的相思不能解啊！

可是，如果我不想这么直接，不想这么"赤裸裸"，并不想要达到什么目的，只是一种思绪，只是一种心情，只是当我感到孤独时分的一种精神慰藉，我又该如何呢？

前几天，忽然发现我的博客上出现了几组神秘的留言，从语气上看此人与我相当熟悉，但却对许多年来发生的事情一无所知，不报大名却让我猜猜他是谁？根据种种蛛丝马迹，我回应道：你是谁谁吧？于是"他"（原来是她）现身了，是我的一位大学同学，曾经睡在我上铺的室友，她已经移民加拿大10年了，加上毕业后各奔东西，我们有大概

20年没有任何联络了，她说是忽然而至的思念让她在电脑前苦苦寻觅，竟然搜到了我用网名写的博客，毕竟那里面有她曾经熟悉的面孔和"味道"啊！

面对着电脑屏幕上千人一面的仿宋字，我从书柜中翻出了她刚毕业那些年写给我的信，展开信纸，她清秀且个性张扬的笔迹扑面而来，仿佛当年那个瞪着一双清澈的眸子、伶牙利齿地与我辩论"伤痕文学"的女大学生就站在字里行间，甚至能听到她在宿舍里时时响起的那一串串银铃般的笑声……

一页页薄薄的纸，一行行熟悉的字，无论相隔多少年都不需要充电，不需要借助于网络，只要展开它，就能获得由它带来的一切信息，这是唯你所独有的印迹。还有信封，信封上的邮票，邮票上的邮戳，和由此携来的岁月记忆。那是对方当年的心情，也记载着我们自己的过往人生。

翻译过莎士比亚30多部剧作的大翻译家朱生豪称自己是"一个古怪的孤独的孩子"，与爱妻面对面时他没有多少话说，却在与妻子相爱相恋的数年中，给恋人写下了200多封书信。后来由妻子宋清如以《寄在信封里的灵魂》结集出版，给他的亲人、也给众多喜欢他译作的读者留下了一份多么珍贵的"财产"！细读那信中的字字句句，一个活生生的时代人物跃然纸上，没有被"电子化"的原生态情感是那么地可亲可近啊！

那天到邮局给远在黑龙江的二姐把一个邮包寄走，用邮局的线逢邮包的封口，那针锈得厉害，已经很久没有缝邮包寄东西的体验了，寄出去之后才想起，竟然没有写一封信放在里面，似乎也已经没什么可写的了。记得自己20岁上下的时候，生命中相当重要的一件事就是写信和读信，儿时女友和中学老师的信，是维系我青春岁月最重要的精神支柱。大学刚毕业的那些年里也是如此，写信与读信是我生活中一段愉悦的时光，总有那么多心情需要倾诉，总有那么多内心的空洞需要填充。每拿到一封信，不用打开，一看笔迹就知道是出自谁手，因为那是每一位写信者独有的印迹。

随时光流逝，当年的兴致已淡，书信早就被日益发达的通讯手段所替代，惜日的信件像"文物"一般地成了我的"藏品"，偶尔翻出来一阅，心头便会滚过一串悸动……年轻时，没有钱，却有的是膨胀的情怀，汹涌的心绪，道不完的絮语，虽然不如金钱来得实惠，却是精神家园的一片丛绿……

　　如今，人们连电话都懒得常打，微博、微信，一水儿的电子文字，我们先是渐行渐远了亲朋的笔体手迹，然后又懒得听到他们的声音。没有谁与谁之间独特的个人信息，张三还是李四，甚至男女老少，如果对方不报上真名来，便全无从知晓。只有一串串电子邮箱或手机号码。

　　那么，什么才是你独有的印记？撞脸，撞衫，甚至连五花八门的网名都会相"撞"。整容化妆之后，人人都是美女。修图软件的普及，个个在照片里都如花似玉。难道，科技的发达，就是自我个性的消失吗？

一笔一画写出的爱

　　书信，是一种情感的载体，而情感载体的形式，是可以改变情感浓度的。虚拟的网络，常常会幻化出许多虚伪的情感。

　　虽然用电脑写作已经二十多年了，但我还是舍不得丢掉钢笔，采访记录和写一些心情日记时仍然习惯用钢笔，一来多少有些怀旧，二来也是不太相信电脑，因为一次硬盘的突然"死"去，我曾被害得"伤筋动骨，痛不欲生"。

　　慢慢地，我发现用钢笔写字可以抑制浮躁的心态，在一笔一画之间心会渐渐地沉静下来。每当我拿出钢笔，灌好墨水，在洁白的纸上开始一字字、一行行地写下一片心情，一种思绪时，便仿佛找到了知音，如同是对着自己的灵魂在倾诉，在交谈。从我笔下流出的字体长着唯我独有的模样，有性格也有情感，它承接我的喜怒哀乐，呼应着我的心潮起伏，不由得让我想起上中学时，为了学一位我崇拜的男老师的字体而暗中模仿，苦苦练习，终于练出了一手很有劲道的笔体。

　　那天，一位朋友说，其读初中的孩子不知道写信是一种什么格式？更不知道信封上自己和对方的地址该如何填写？写好之后又怎么样才能把信寄出去？那孩子甚至不知道邮票和邮局是干什么用的，朋友本想找几封旧信拿回去给孩子做蓝本，却猛然发，在一水的电子邮件、打印体信函的当下，她竟然连一封手写的旧信都找不到了……

　　这件事让我惊觉，不过十几年的时间，我们的生活方式竟然发生了如此巨大的变化！曾几何时，邮局是寄托我们思念、连接我们和远方亲人情感的唯一通道，那绿色的邮筒和绿衣的邮递员是我们生活中多么美好的象征和期盼啊！不知不觉中，纸质的信件竟然悄悄地淡出了我们的生活，邮票的收藏功能已经远远地超越了它的应用功能。在电子文件大行其道的今天，孩子们可以熟练地使用微信、微博、电子邮箱、QQ等方便快捷的方式进行联络，无论文字还是图片，无论你在同城还是海外，都可以在瞬间就完成传递。他们无法想象，和人沟通联络，要经历从灌钢笔水开始，先是一笔一划地写信、写信封，然后到邮局买邮票、贴邮票最后寄出去，再等对方收到信后再以同样的方式写回信，再等邮递员把信送回来这样一个漫长的过程，短则一星期，长则数月余，这样的慢生活简直不可想象！

前些日子，九十高龄的父亲病了，病得很重，我赶去医院的时候他正睡着，消瘦得几乎皮包骨头的父亲闭着眼睛，虽然稀疏却黑多白少的头发与两道雪白的眉毛形成鲜明的对照，刮过胡子的下巴上露着一层新长出的白茬儿，两只手臂上全是输液时留下的大片淤青。我在医院陪伴了父亲一夜，第二天早上父亲醒来，目光混沌地望着我问："你叫什么名字？我怎么看你这么眼熟？'我说："我是你的小女儿啊！""噢，你是星星啊……"父亲终于想起来了，但不一会儿，他便又沉沉睡去。回到家，我翻出以前读大学时父亲写给我厚厚的一落家书，一封封展开，字里行间，仿佛有呼吸就在其中，有生命在一笔一划里跳跃，父亲慈爱的目光就在信纸和信封中那么安宁地望着我……手捧信纸，往事有如狂涨的潮水，一下子就把我淹没了……即使父亲不能再和我顺畅交流，有这些信件在手，便能感受到他的爱，就如同有父亲永远在我身边。

书信，是一种情感的载体，而情感载体的形式，是可以改变情感浓度的。虚拟的网络，常常会幻化出许多虚伪的情感。没有笔划的痕迹，无须真实的姓名。新的生活方式，也改变着我们的情感方式。快速便捷的电子时代让我们的心情变得浮躁，心灵变得粗糙。短信、微博、微信……快捷让人在"提笔"时不再推敲，没有斟酌。大量的垃圾信息让我们读得快，删得也快。而真实的信件，情就在纸上，可捧在手里，"想你时你在天边，想你时你在眼前。"

　　网络邮件通常没有格式，一切随意，简化到能懂即可，只剩下事情的交代，而无一丝情感的表达，心灵越来越荒漠化。对于这一代中小学生来说，就连流行歌曲《一封家书》中曾被许多人打趣的"此致！敬礼！"都不知为何物了。

　　那么，我们人生的目的究竟是什么？我们拼命地赶路、飞快地奔跑又是为了什么？在人生道路上迷乱我们双眼和迷惑我们心灵的，不应该只是名利与金钱，更让我们魂牵梦萦的应该是亲人的情感和心中的爱。诗人白朗宁写道："他望了她一眼，她对他回眸一笑，生命突然苏醒。"生命中有了爱，我们就会变得焕发、谦卑、有生气，新的希望油然而生，仿佛有千百件事等着我们去完成。有了爱，生命就有了春天，世界也变得万紫千红。

千古绝唱是最可怕的诱惑

殊不知，这千古绝唱的爱情恰恰是最可怕的诱惑！爱情就在这些故事中被一层层涂上了诱人的光泽，在后人的想象中，成为直教人生死相许的经典。

她是我多年前一位非常要好的女朋友，歌唱得好极了，还会画画，尤其是水彩，她喜欢把那些最鲜艳最浓烈的色块混搭在一起，创造出一种出奇的震撼感。她还喜欢设计服装，大胆地把那些浓烈的色彩裹缠到身上，再配上一些飘飘忽忽的丝带，或者叮叮当当的挂件，每次见到她，都让我有一种特别惊艳的感觉。还有一次，她竟然给自己烫了一个"芭比娃娃头型"，且染成金黄色，加上她高挑的身材，那效果，真是要多强烈有多强烈。

这些，还都只是她的外表，其实她那时正处在一种疯狂的恋爱之中，由爱情所迸发出的火花又点燃了她的创作激情，于是，她的生命中只有两件事，与男人约会和独自画画。走进她的小屋曾让我眩晕，阳光一样热烈的红色，大海一样奔放的蔚蓝，赤裸裸的明黄与娇嫩嫩的浅绿交织成一幅幅抽象的图案挂满了房间，而她自己，正在编织一件花型、款型都相当复杂，配色也颇为怪异的毛衣，如果不是还有领口和袖口的存在，那简直就是一件艺术品。不过一看就是给男人织的，再看她的眼睛，亮晶晶的仿佛有火苗在舞蹈，不由得感叹道，爱情对于女人来说，真的有"点金术"之魔力啊！

一晃，很多年过去了，前不久我们再次相遇，没想到她完全变了

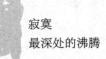

模样。她说她这些年把全部心思都放在炒股票上了，曾经大赚也曾经大赔，却是越战越勇，欲罢不能。她谈房子谈车子谈金子，却以极其不屑的口气谈男人，仿佛那是世界上最无聊的一种动物……

与她分手之后，望着她依然环佩叮当的背影我在想，究竟在她的一生里有过爱情这个东西吗？我知道，她离婚后又经历过好几个男人，最极端的一次是因为深爱的男人突然与别的女人结了婚而差点跳楼……可是，那一切真的和爱情有关吗？

人生走到这个年龄，回首青春，回望许许多多仍沉迷于"爱情"、仍为"爱情"所神魂颠倒的男男女女们（更多的是女人），其实，大多数的人，那一段青春，那一段浪漫，那一段风花雪月，或者死去活来的纠缠，都与爱情无关，只是每个人生命旅程中一段必然要经过的风景。是诱惑与被诱惑、纠缠与被纠缠的过程。人是一种太容易被诱惑的动物了，那种相互吸引时的跃跃欲试、想入非非、欲罢不能，充满张力的时刻是最迷人的，亦是最醉人的。真正陷进去了，试进去了，便是诱惑的结束，痛苦的开始……

那么，世界上究竟有没有叫爱情的这个东西呢？又为什么有那么多千古绝唱的故事在展示着爱情的忠贞与美丽？殊不知，这千古绝唱恰恰是最可怕的诱惑！爱情就在这故事中被一层层涂上了诱人的光泽，在后人的想象中，直教人生死相许了。

而事实是，对爱情不可能有一个公允的判断。在每个人的心里，其实都有自己的一种标准。是，或者不是，有，或者没有，每个人的判断都是不同的，用不着在意别人的标准，只注重自己的感觉。哪怕你曾经拥有的那个男人是个彻头彻尾的骗子或傻瓜也无所谓，只要你回想起和他在一起时还有过哪怕是点点滴滴的温情与甜蜜，你认为是爱，是爱过，那就是了。

或许这就是爱情的伟大之处了，不确定性，无公判性，随人而异性，看不见摸不着等等，混凝成一种巨大的诱惑力，又如何不叫人生死相许！

爱的诱惑，其实也是青春的诱惑，激情的诱惑，生命力的诱惑，之所以中招，是因为中招者心灵深处的那份孤独与渴望……

爱与被爱

现实世界的爱总是要和婚姻搅在一起的。婚姻作为社会的细胞，必须要遵守诸多符合社会生存的法则，而这些法则恰如一个铸好的模具，把每个人的爱情倒进去，铸成像单元房般一个个相似的婚姻模块，在这个模块中，婚姻不相信爱情。

（一）

她想对他说，她是多么的爱他！

她想问问他，你是怎么爱上我的？她想知道，那最初的拥抱与亲吻是怎么发生的？

她想问他，你真的爱我吗？

她还想告诉他，不管你对我怎么样，不管你爱我是真心还是假意，我都爱你。

但是，她知道，她什么也不会说。

她自问：爱是什么？

爱就是一种恐惧。深深的恐惧！

她怕，她说的任何一句话会对他造成误解，造成压力，造成伤害……这都是她所不愿意的。她不想给他哪怕是一点点的压力，更别提伤害了。

爱，就是恐惧，害怕失去对方，失去对方的爱。从这个意义上说，爱是一种要求，要求对方爱自己，甚至是乞求。只有怀着一分乞求的时

候，才会怀着深深的恐惧。这时，她想到了妈妈，想到妈妈对自己从小到大的千叮咛万嘱咐，想到妈妈没完没了的唠唠叨叨。是啊，母亲的爱也是一种恐惧，怕孩子吃不好，睡不好，阴天被雨淋着，上街被车撞着，小心翼翼，提心吊胆，生怕自己的心肝宝贝受哪怕一点点的伤害，发生一点点的闪失。

爱，是一种要求，渴望，期盼。这一切，都使心怀爱的人陷入某种不安和恐惧之中。

而被爱，则充满了任性，撒娇，嗔怪，调皮，耍赖……

被爱是一束温暖的阳光，被你倾心之人所爱，如同沐浴在温暖的阳光之中，是幸福的，快乐的，那种登峰造极的体验……

但是，许多女孩只把被爱当成了爱情，而不去思量，自己是否有爱？

爱与被爱的融合才是爱情。但，这却是世界上最最艰难的一件事情。

有的女人，只要被爱。有的女人，只要爱。

渴望被爱的女人，被爱之后，又开始想爱。

渴望去爱的女人，爱的目的其实是想要被爱。

爱，有时候还是一种霸占，一种强求。就像歌里唱的老鼠爱大米，而从来不去问一下，大米是否也爱老鼠？是否欢天喜地地希望被老鼠吃进肚子里……

（二）

一位女友说，爱有两种，一种像火，能使你燃烧，一种像空气，你几乎感觉不到它的存在，而一旦没有了空气，你却一分钟都活不了。她说，她丈夫的爱对她来说就是第二种，平时没有多么强烈的感觉，而当丈夫因车祸突然去世的时候，她却感到整个人都窒息了，她生命的火焰似乎也从此熄灭了……

像火一样的爱虽然炽热，但火是要加柴的。这种爱，是必须要求你为之付出，为之努力，不断地添柴加料才能熊熊燃烧的。

而空气，只是享受对方的给予，你没有付出，没有参与，便可以忽略它的存在。而只有在失去时才恍然悟道：噢，原来他这么重要！

这是两种完全不同的爱，其不同并不在于通常人们认为的热烈，或者平淡，而是你参与、加入和付出的程度。爱，不是单纯地享有，而是需要创造，需要付出。

（三）

我们爱过吗？

我们真心地爱过吗？

也许，是的。在心底，在梦里，在远远近近的回忆里，在无边无际的期许里。

那爱，纯得像宝石般晶莹的天空，净得像婴儿般无尘的梦境……

可是，现实呢？曾经的青春自己不能做主，爱是有阶级性的，无产阶级是不能爱上资产阶级的。后来，爱是有成分的，贫农不能爱富农，"左"派不能爱右派。如今，爱是有价钱的，多大的房子，什么牌子的车子……

现实世界的爱总是要和婚姻搅在一起的。婚姻作为社会的细胞，必须要遵守诸多符合社会生存的法则，而这些法则恰如一个铸好的模具，把每个人的爱情倒进去，铸成像单元房般一个个相似的婚姻模块，在这个模块中，婚姻不相信爱情。

而我们心中向往的爱，古今中外所有催人泪下的爱情故事中的爱，无不是纯粹情感与现实社会法则之间的厮杀与搏斗，比如贾宝玉与林黛玉、梁山伯与祝英台、罗密欧与朱丽叶……再就是死亡。当生没有了障碍，死就会来捣乱。总之，无法实现的爱，在最纯情时戛然而止的爱，便是永恒，便是绝唱！

遍体鳞伤也是爱情的一部分

　　她说，男人就像一杯水，他这一杯与别人不同，这杯水就两个字：有味儿！

　　于是，她嫁给了"有味儿"的男人，却不想过"有味儿"的日子，不到一年，我再见她时，她已经离了婚……

　　女儿说：我不能接受相亲，决不接受！

　　母亲说：这个男孩子的条件非常不错，错过了，你会后悔的！

　　女儿嚷道：条件，条件，又是条件！你让我嫁给条件，还是男人？

　　母亲也嚷道：嫁人当然要讲条件啦。你没听说过这样一句话吗，英雄爱美人，可是没有江山的英雄美人也不爱！

　　女儿后来对她的好朋友说：我妈就是想把我"卖"了，还把秤要得高高的。

　　母亲哭了，女儿是她心尖上的肉，她怎么可能"卖"女儿呢？

　　母亲想给女儿的，是一份可以预期的稳定的生活，一桩符合世俗眼光的美满婚姻。而女儿想要的是一份爱情，一次不可预期的浪漫邂逅，一次回眸，一个眼神，于怦然心动之后的苦苦相思，欲语语还休时刻的灵魂出窍。

　　怎么办？女儿想要的，在母亲看来纯粹是傻，是幼稚，是不靠谱的瞎胡闹。

　　母亲想要的，在女儿看来，是世俗，老土，完全不能接受的俗不可耐。

　　几十年的人生匆匆过去，女儿确实遇到了她想要的爱情，那分热烈，那分浪漫，那分"感时花溅泪，恨别鸟惊心"的苦苦思恋……可是，一旦迈入婚姻的门槛，天长日久之后，爱情进了博物馆，恋人还原成了俗不可耐的懒汉，女儿也做了一个小女孩的母亲，当她不得不为房子、票子、甚至女儿的奶粉等柴米油盐而操劳奔波的时候，她终于理解了母亲。

日子，是要一天一天去过的，而爱情却从来没有把日子放在眼里过。年轻时，我们都在追求一份独特，一分与众不同，甚至越不食人间烟火、越另类越能吸引人眼球。我们都巴望自己是超脱凡俗的林妹妹，是从天上一不留神掉落凡间的，而都不喜欢一身人间烟火味的宝姐姐。而当我们走过青春，走过岁月，这份脱俗与另类在生活残酷的现实面前，就变成了"不着调"，"不靠谱"而四处碰壁，碰得头破血流也说不定。结果是，要么投降，与现实讲和，"司流合污"；要么死硬到底，绝尘而去，过着与不靠谱相适应的另类日子。

我曾经的好朋友，大学时代出类拔萃的女孩子，是学校运动会上绝对的焦点，既健康又"白雪"，并且性情相当不俗，那么多优秀的男同学都不入她的法眼，却偏偏选择了他——一个岁数大她很多，又懒又不修边幅的艺术家（据说是诗人，还会画画）。问她为什么？她说，男人就像一杯水，他这一杯与别人不同，这杯水就两个字：有味儿！

于是，她嫁给了"有味儿"的男人，却不想过"有味儿"的日子，不到一年，我再见她时，她已经离了婚……

人就是这么自相矛盾，想要一份另类，一份与众不同，事实上过起日子来又根本不可能与众不同。我们憎恨世俗，却又无法脱俗，我们寻找人生的新径，却总是遇到"鬼打墙"而回到老路，生活之网似如来佛的巨掌，无所不在地罩着我们。你欲奔突出去，就必须在脱去尘世之衣的同时，也脱离正常人的生活轨道。包括身本正常的物质需求，但是你做不到，因为身体牵制了你，灵魂因肉体而投降，这就是现实。当我们揪着头发要离开地球时，以为我们会超过越现实，当我们又被重重地抛在地上时，才明白我们自身的渺小与无力。

前些日子采访凤凰卫视的当家花旦许戈辉，她说在她的节目里曾邀

请过一位女嘉宾叫张天爱，张的前老公就是现在林青霞的老公邢李原。张是一个出身环境很优越的女人，从小到英国学芭蕾，人也很漂亮，在香港也是一代名媛。张说，每次遇到自己心爱的人，我就会变成一个傻瓜，脑袋里"嗡"地一下，哪怕前面是个陷阱也要跳进去。在结束一段不是特别成功的爱情之后，我周围的人就会告诫我，我自己也会告诫自己，从此要变聪明些！但是在下一次爱情来临的时候，我又会成一个傻瓜，"嗡"地一下子又跳进去了。她说，我左想右想，爱情如此美丽，我为什么要做一个聪明的没有爱情的人，而不去做一个拥有爱情的傻瓜？哪怕是遍体鳞伤！遍体鳞伤也是爱情的一部分啊！

是的，几乎没有一份刻骨铭心的爱情不是遍体鳞伤的。爱情犹如罂粟，在盛开美丽花朵的同时诱人上瘾。唯如此，才会吸引无数"傻瓜"前仆后继……

泰戈尔说："当爱情把痛楚当作明珠，痛楚便是幸福。

终成眷属之后，还是有情人吗

因为孩子，你们从此有了血缘的纽带，而爱情却像一个找不到位置的狗儿，不再被宠，甚至被冷落，于是，在你们不经意间，它悄悄出逃了。恋爱时的海誓山盟淹没在锅碗瓢勺交响曲中，引领你们走进婚姻的那份情和爱，都像是最初撒进茶壶的那把茶叶，被岁月之水越冲越淡……

有情人都盼着有一天能成为眷属，然而真正成为眷属之后，你们之间还有情吗？

当你们是有情人，相见时难别亦难，系结彼此心灵的是情，是爱，是魂牵梦萦的痴迷，是分分秒秒的期盼。是相拥时分的无限缠绵，是分别之后的苦苦思念。

也许，在你们成为眷属的路上有许多障碍，他时而像火，时而像冰，时而把你当成他生命中的唯一，时而又忽忽悠悠让你云里雾里……你在煎熬中坚守，你在疼痛中忍耐，因为你相信你的爱，相信你们的爱，相信有情人终会成为眷属。

当你们终成眷属，日日相对，夜夜相拥。朝朝暮暮之后，所料不及的是，你发现事情在悄悄起着变化。曾经，你与情人相见要精心梳妆，挑剔地打扮，见面时，把一腔思念化做无限柔情，把最美好的自己向对方呈现。曾经，他要见你时会洗澡刷牙，即使抽烟也可以暂时戒掉，他豪爽大气，能言善语，出手大方，你与他在一起的时光，连天上的月亮也黯然失色，你们的眼中唯有彼此。

而今，你们终成眷属，彼此的一切全都曝光，彼此的底牌也全都亮相，原来你不戴隐形眼镜什么也看不清，而戴上有形眼镜的你竟然这么没有女人味！原来他浑身烟味又馋又懒，见到你也不再口若悬河，妙语横生。

你们是眷属，是亲人，是不再有秘密的透明体，难道还有什么必要再装、再演、再秀吗！

有了婚姻这把保护伞，你终于可以无所顾及地爱着他，霸着他，赖着他了。多年的情感总算有了归宿，爱情不再流浪，倦鸟终于归巢，恋爱时低到尘埃里的心又一寸寸钻了出来，冒出了芽儿，开出了花朵，尽情地享受着来自他的雨露阳光，你以为，只要你们荡起双桨，你们船儿的下一站就一定是幸福。

不久，你做了母亲，那是女人之花开到绚烂之极的季节，从你们爱情之树结出的果子浸满了甜蜜的汁液，在孩子成长的岁月中，那可爱的宝贝成了你生命中的全部。当他把孩子举过头顶，爷儿俩笑成一团的时候，你被幸福之酒灌醉了。

而你有所不知的是，与女人不同，做父亲并不意味着男人已经成熟了，在他依然有些孩子气的笑容中，他并不清楚为人父的责任之重。当孩子哭闹不止，媳妇唠叨埋怨，丈母娘冷脸数落的时候，他烦躁，痛苦，压抑，狼狈不堪。他以工作忙为借口回家的时间越来越晚。你因此而愤怒，委曲，泪水涟涟，柔情烟消云散，苦闷一天比一天增多。

因为孩子，你们从此有了血缘的纽带，而爱情却像一个找不到位置的狗儿，不再被宠，甚至被冷落，于是，在你们不经意间，它悄悄出逃了。恋爱时的海誓山盟淹没在家庭的锅碗瓢勺交响曲中，生活变成了一种周而复始的重复，日子就像是一架纺织机，每天织出来的花纹都一模一样。引领你们走进婚姻的那份情和爱，都像是最初撒进茶壶的那把茶叶，被岁月之水越冲越淡。

一切是怎么开始的？你们终于吵架了，像撕开了生活的一道幕布，没想到在爱情的天鹅绒下，婚姻里包裹的全是婆婆妈妈，鸡零狗碎，俗不可耐，一地鸡毛。他说你变了，变得小肚鸡肠，不可理喻。你说他变了，变得无情无趣，心胸狭窄。他火大了，摔东骂西。你气疯了，哭天抢地……也许是因为孩子，也许是因为面子，也许是因为习惯，也许在彼此的心底还残存着一片曾经的绿叶没有完全枯萎，你们仍然在忍无可忍中忍耐着。尽管艰难，尽管几次都走到了悬崖的边缘，但你们还是悬崖勒马，让生活继续。

多年以后，你们都老了。为了保证睡眠，你们都不再喝茶，日子反而在云淡风清中越过越有滋味。你下楼的时候，他会过来扶你一把。他躺下的时候，你轻轻帮他把被子盖好。你们一起吃炖得特别软乎的菜，手拉手到小区里去遛弯……这时，你们才领略到眷属的真正含意，你是他的手，他是你的腿，彼此温暖，相互支撑。

年轻时，我们都渴望追求一份地老天荒的爱情。终成眷属之后，爱情被亲情替代，亲情撕去了相爱时的伪装，婚姻逼出了彼此赤裸的真相……这是一系列可怕的化学反应，有情人很可能在这时变成无情人，而另一份潜伏的激情往往会在此时乘机而入。许多婚姻之舟就是在这时触礁翻掉的。但如果你能坚守，闯过这一段激流险滩，到了人生的暮年，真正意义的眷属生涯才算开始。这时，有没有情已经不再重要，重要的是活着，并且能彼此支撑……

绝吻

……两个不再年轻的有情人终于在走过人生的大半岁月之后相拥相吻，激情而苦涩，幸福而酸楚，有如两片晚秋时节的落叶，被偶然刮过的狂风吹得叠加在一起，在一起彼此温暖着回忆它们春天时的葱绿。

还记得你的初吻吗？情窦初开的少女时代，细细嫩嫩的花蕊上那第一滴由爱情播撒出的珠露；从女孩到女人演变的旅途上那战战兢兢的第一步，你还记得吗？

记得，怎么能忘记！也许你不会说出来，但在心底的某个地方一定秘密地珍藏着那令你难忘的一刻，午夜梦回时分，你一定会记起那时的青涩与惶恐。初吻时，女孩子虽处于混沌初开，却也跃跃欲试，于慌乱和羞涩中撩开了自己做女人最初的神秘面纱。也许是期盼已久的两相情相悦，由两对眸子射出的爱之火星在点燃心灵的同时，也点燃了双唇。这是一个生命与另一个生命如此焦渴地相触！妈妈吻过脸颊，爸爸吻过额头，那时感受的是来自长辈的娇宠与慈爱。然而唇与唇的相贴相融，却只有和他——那个眼睛发亮的男孩子。第一次，一颗怦怦乱跳的心与令一颗怦怦乱跳的心贴得这么近。第一次，被父母之外的一个人这么亲密地拥抱。尽管被他刚刚剃过胡须的面颊扎得生疼，却在内心里颤抖着、眩晕着、感受着一种被异性激发出来的奇妙力量。

初吻，初恋，永远是人们赞美和歌颂的对象，以此命名的文学艺术作品数不胜数，却很少有人关注过自己的最后一吻——绝吻，是在哪里？什么时候？和谁？

　　也许，当绝吻到来时，我们已经没有能力再记录下来。或者，我们也根本无法预料哪一次会成为自己的最后一吻。也许在许多人的概念里，吻，是年轻人的专利，青春逝去了，便不再需要它。

　　有一位我相识许多年的老大姐，不幸得了癌症，在她生命最后的那段日子里，我曾多次去医院和她家里看望她。有一次，从下午到黄昏，她躺在床上给我讲了一段她私密的情感经历——

　　那是她少女时代在家乡曾经如此深刻地暗恋过的一个人，因为羞涩，也因为自卑，她从来没有向那个男孩表白过。后来那个男孩娶了她的一个要好的女友，这让她伤心欲绝。此后几十年，彼此天各一方。没想到，就在她患病的前几年，突然在另一个城市俩人相遇了，那时她已经年过五十，以为自己的一生就这样过去了。没想到，这次意外相逢，她的心仍然像小姑娘一样怦怦乱跳着，当她得知对方当年其实也曾经深深地爱过她，却因与她的家庭条件相差悬殊而不敢向她表白时，她呆住了，眼泪默默地滚过脸颊，他抱住了她，吻去了她脸上的泪水，继而吻住了她的唇……两个不再年轻的有情人终于在走过人生的大半岁月之后相拥相吻，激情而苦涩，幸福而酸楚，有如两片晚秋时节的落叶，被偶然刮过的狂风吹得叠加在一起，在一起彼此温暖着回忆它们春天时的葱绿……她对我说，别看她结婚这么多年，孩子也已经成家立业，但她却是第一次知道什么是真正的接吻，第一次品尝到接吻的甜蜜！

　　她的话让我震惊！她说这话时的神情让我感动，竟然脸颊微微发红，眼睛闪闪放光，像个既害羞又幻想的小姑娘一样。我知道，这是她的初吻，也是她的绝吻。就在她给我讲这个故事之后不到半年，病魔夺走了她的生命……记得那天她还对我说，她很渴望得到异性的爱，说她的丈夫虽然对她照顾得很周到，但在她生病之后却从来不碰她一下，她虽然是病人，但她还是女人啊……

　　吻，虽然是一种身体上的接触，却能给人以精神上的抚慰，那种由身体的接触所带来的心灵震撼，是任何珠宝首饰和美酒佳肴所无法替代的。成年以后，你可以不再言爱，但你一定要经常示爱。有些男人不懂，为什么曾经是那么柔情似水的女子，一旦走进婚姻的门槛，就变得越来越粗糙，越来越物质，似乎她们感兴趣的只有钱、房子、首饰等看

得见摸得着的东西，整天唠唠叨叨，烦不胜烦，甚至撒泼耍赖，做河东狮吼状，哪还有一丁点谈恋爱时的妩媚与娇羞，！却从不检讨自己，从不静下心来想一想，这一切是怎么变成的？男人不知，再物质的女人也是渴望精神的，再粗糙的心灵也是需要温情呵护的。人生那么漫长，人生又如此短暂，而来自于异性的爱，无疑是每个人生命中最能击中心灵的部分。

死亡隶属于生命，正如生一样。绝吻隶属于爱，正如初吻一样。

爱，是可以忘记的

　　爱，战胜不了人间的细水长流。爱，一定是短跑冠军。在人生的马拉松赛场上，爱，也许只是一个过客。

　　上世纪70年代末，作家张洁的一篇小说《爱，是不能忘记的》曾在尚未完全从"文革"禁锢中解脱出来的大众心中掀起轩然大波，引发了一场关于爱情的全民大讨论。人们无不为那文中讲述的爱情所感动，久被束缚的心灵得到了莫大的释放。爱情，竟然可以与婚姻相脱节，成为完全是精神上的一种活动。小说中的那段"哪怕千百年过去，只要有一朵白云追逐着另一朵白云；一棵青草依偎着另一棵青草；一层浪花拍打着另一层浪花；一阵轻风紧跟着另一阵轻风，相信我，那一定是他们……"成了许多人热衷的句子。在行动尚不能自由也不敢自由的时代，这样的爱情成了当时人们压抑的精神生活的一剂解药。几乎所有的人都相信：爱，是不能忘记的！

　　而最近我在张洁的散文集《我们这个时代肝肠寸断的表情》中读到："固然世上再没有一种东西比爱情更不可靠，所谓两情相悦最终不过是一场演出……"三十多年过去之后，在张洁的眼中，爱情完全变了模样。她说："十八岁的时候渴望爱情，愿意爱人也愿意被人爱。现在知道.世上只有妈妈好……"

　　说爱是不能忘记的，是想说爱的永恒，然而谁也没有细想过，爱情在什么情形下才能达到永恒？一定是在爱意正浓时的嘎然而止，一方的死亡、或者被迫的分离，才可能永恒，才能在相爱的人心中竖起一座爱情纪

念碑。像梁山伯与祝英台、罗密欧与朱丽叶、贾宝玉与林黛玉，或者是《泰坦尼克号》《生死恋》《魂断蓝桥》等爱情电影中的男女主人公……

可是，如果爱情没有断裂，爱情变成天长地久的生活，又会怎么样呢？

一位女友，她读大学时认识一个外地的男生，一见钟情，继而相爱，毕业时因不能分到一起而不得不天各一方。时间、空间、分离使他们饱尝相思的痛苦，没想到的是，当女孩费尽了一切努力，找了各种关系终于可以把男孩调到身边的时候，男孩却因为在当地的工作出色被领导重用等种种因素，而一时调不过来。两个人发生了误会，女孩误以为男孩另有所爱，便不无赌气地立刻和一个家长介绍的男子结了婚，却在心底一直呼唤思念着异地的那个初恋。而男孩也因为女友的突然结婚而大受打击，辞了工作出国到更遥远的异乡去了。因为两个人并没有当面分手，所以在她心中永远都闪烁着那个男孩对她情深款款的眼神。这眼神一直勾魂摄魄地吊着她的心，让她苦苦相思了二十多年！二十多年啊，曾经有多少次，她一个人徘徊在他们曾经相拥过的小湖旁，独自回忆着那些曾经的甜蜜与痛苦，让泪水与风儿接吻。她相信，爱，是不能忘记的，永远不能！

可是，一个偶然的机会，她竟然见到了他！才知他早就回国并在专业上卓有成绩。当她在那一群来公司的贵宾中发现并确认那个身影就是他的瞬间，真有一种"众里寻他千百度，——蓦然回首，那人却在，灯火阑珊处"的梦幻感。面对虽然极力控制着、却有千言万语在目光中闪烁的她，那梦中人却俨然一副只是工作关系的冰冷，仿佛他们从不曾有过那亲密的过往，更没有一丝丝留恋，甚至连眼神都是那么地陌生。她像是被雷击了一样，瞬间就醒悟了，二十多年的相思竟然是单方面的，竟然全是自己在自做多情！那之后，他的影子便彻底从她心灵的底片上消失了，记忆中的情深款款变成了冷冷冰冰。二十多年里从不敢说出口的那个名字也可以在人面前坦然说出，竟然一点感觉都没有。她也奇怪，竟然可以把他全然忘掉。可见，爱也是可以忘记的，当得知你的所爱并不爱你时。

反之，如果女友永远没有机会再见到那男孩，那么那种心灵深处的思恋很可能终生不会变。通常刻骨铭心的爱情会有三种结局：第一种，正如所有文学艺术作品中歌颂过的生死之恋，这样的爱情，因为瞬间被冰冻，便可永远保鲜而成为永恒。第二种：当苦苦思恋的一方发现另一方已经改变或另有所爱，相爱变成了单恋，变成了一个人的芭蕾，跳着、跳着便没了动力。第三种，相爱的人拼了命地终于再度相聚，却很有可能在日复一日琐碎的现实生活中将爱情的光环层层剥落，对方的缺陷日益暴露，从前的爱情即刻变了味……

爱，战胜不了人间的细水长流。爱，一定是短跑冠军。在人生的马拉松赛场上，爱，也许只是过客，只是你生命最茂盛阶段那轮火红的太阳。而当漫漫长夜来临的时候，伴随你入眠的那支歌，也许真的就是"世上只有妈妈好"呢！

爱情是婚姻中最脆弱的纽带

为什么到如今，山盟虽在，却锦书难托，你的手心里这么快又捧了另外一个人！

每当多情、深情又衷情的女子对她痴痴相恋的男子表示爱的决心时，最给力的诗句就是乐府诗集中的这首《上邪》了："上邪！我欲与君相知，长命无绝衰。山无棱，江水为竭，冬雷阵阵，夏雨雪，天地合，乃敢与君绝！"

前几年，南方发生了罕见的大旱，洞庭湖、鄱阳湖、洪湖都几尽干涸，江水为竭已成现实，然而敢与君绝的女子没有出现，敢与妻别、与情人上演"私奔秀"的中年男人却一时间成了网络上大红大紫的"明星"。在人们被工作的压力，被金钱、房子、汽车等物质的诱惑折磨得喘不过气来的时候，突然而至的一场"爱美人不爱江山"的"情感大戏"着实让大家过足了戏瘾，于是，纷纷哭着喊着也想要"私奔！"

从当时公布的全国民政事业统计数据显示，那年的一季度，我国共有46.5万对夫妻办理了离婚登记，较前一年同期增长17.1%，平均每天有5000多个家庭解体。中国离婚率已连续7年递增……

这个消息，在说明我们的离婚率上升的同时，其实也从另一个角度说明，我们婚姻选择的自由度也在不断加大。既然离婚这么容易，为什么还要私奔呢？肯定是其中一方还不肯离婚，而这一方又有了新的"心上人"，于是便"私奔"。其实在当今这样透明的社会现实里，所谓私奔是根本不存在的，只要你喘气，就不可能逃出别人的视线。揪着头发要离开地球的人，最后注定还要被摔回到地球上。

令许多女人纠结难解的是，那个曾经深爱自己的人是在什么时候变的心？当初你是那么地爱我！你把我视若珍宝一样地捧在手心里，为什么到如今，山盟虽在，却锦书难托，你的手心里这么快又捧了另外一个人！

过去离婚率低，并不代表那时候人们都婚姻幸福，而是大多数的人根本不敢离婚。一来是社会压力，二来是经济压力，你想要离婚？没门！先有一大堆的工会、妇联、街道等众多人等前来好心相劝，首先舆论就叫你抬不起头来，拿不到盖着单位红印的证明信想离婚比登天还难。再者你离婚以后住哪儿？吃什么？更不要说还有孩子，你怎么生活？一个人就那么点死工资，一家人就那么一间小房子，不到万不得已的情况下，几乎没有人敢触碰离婚这根高压线。而如今，社会的包容度大多了，对个人的情感生活也能做到尊重与理解。经济上更是相对宽裕，最大的变化是住房，再也不用委曲求全地窝在他人屋檐下了。于是，婚姻关系回到了它应有的爱情层面上，爱情闪烁出耀眼的光芒，让婚姻更有质量，也更具幸福感。

应该说，在婚姻关系中，最本质的关系其实是男女之间的两性关系，爱情的终极爆发就是相爱的人彼此身体的融入，那是一种由精神到肉体的巅峰体验，只有在那种时刻才会发出"山无棱、天地合、乃敢与君绝"的心动誓言。然而，既有巅峰时刻，就有谷底时分。在婚姻关系中，两性关系又恰恰是最经不住时间考验、最易因熟悉而疲劳、麻木、淡漠甚至厌倦的。尽管对方的性格品质没变，身份地位没变，美貌容颜没变，但是，审美疲劳了，感觉麻木了，男女间的关系就一定会变。总有一方（或双方）想去寻找新的感觉，新的刺激。所以，被抛弃的一方说什么也想不明白，对方为什么会去找一个看上去并不比自己漂亮的女人？可那个女人竟然会对自己的丈夫有如此三大的吸引力，足以让他像中了魔一样地要离开自己。然后找许多生活中琐碎的事情为借口攻击自己，以达到背叛旧爱、投奔新欢的目的。

夫妻关系，本无血缘作为纽带，为什么还能天长日久地拴在一起？如果除去社会的和经济的等综合因素之外，最初的吸引和最后的崩溃，

全都是因为性——那最神秘、最勾魂摄魄又是最变幻莫测的男女之间最私密的结合,这才是婚姻关系的根源所在。而当这种关系脱掉了那件神秘的面纱,成为一种稳定的、一种唾手可得的随意获取,它还有什么吸引力可言呢?更不用说,婚姻的窗外,还有那么多的诱惑和刺激在向里边招手。至于那些无性婚姻,其实那已经不能算是婚姻了,而是搭伙、凑伴、组合……因为他们关系的本质变了,不再是两性吸引,而是兄妹或姐弟关系,再或者是以孩子为轴心的亲情关系了。明白了这一点,女人就不应再为丈夫的背叛而痛不欲生,而是修炼好自己,站起来,重新生活!

风情万种的背面

喜欢小鸟依人的女孩儿，想不到那小鸟也有用尖嘴"咬"人的时候，喜欢独立自主的女性，却不知那坚强丽人也有丢盔弃甲、哭天抹泪的瞬间。看上去柔弱纤细的乖乖女，发起狠来也许会让你大惊失色，而那些平日里横竖不在乎的粗犷侠女，一旦温柔起来也会让你肉麻到鸡皮疙瘩掉一地……

天生的美人胚子和后天的风情万种，你喜欢哪一种？

当然能二合一最好，可惜老天爷没有这分美意，只能让你在万般不舍中二选一了。女人爱美，男人爱美的女人，天下共识，颠扑不破。可是，美的标准却千差万别，因人而异了。

女友小莹和她的妹妹是两种不同的女人，乍一见面，妹妹是美丽的，眉清目秀，无可挑剔。而小莹却皮肤粗糙，眼睛稍嫌小，人又显得苍老。可是小莹一开口说话，她的表情立刻就变得生动起来，她声音柔柔的，眼角眉梢都随着她的声音开始呈现出一种温婉和妩媚，女人味十足，不由自主地吸引着你把目光从妹妹身上移开，转而关注她。她的神韵，她的真诚，她由内而外散发出来的气质风度，使得刚才那张静态下并不漂亮的脸变得温柔而甜美。

她的妹妹却刚好相反，不言语时像幅画似地红唇美目，可一开始说话，我发现这幅画立刻像被施了什么魔法，悄无声息地改变着她给人的第一印象。她不笑，她很冷，眨眼睛时似乎有点用力，立刻挤出眼角的许多皱纹。但皱纹并不重要，而是她给你的感觉缺少真诚，美丽的五官

寂寞
最深处的沸腾

有一种沉重和苦涩的东西在其中交织、弥漫，那种骨子深处的硬，或者叫坚毅，很刚强的性格显现出来，给人一种不由分说的强势……也许，这是她人生阅历的日积月累、潜移默化所造成的。我知道，她长年一个人漂流在海外，一定经历过许多不为人知的磨难和酸楚，那些沉入心底的苦涩，那些独自吞咽的泪水，都在她的生命中留下了无法磨灭的残酷痕迹。

那天的聚会结束之后，我回味着这两个女人，她们的一颦一笑都活生生地在我脑海里回映，女人的外表与内心竟然有着如此巨大的差异，动态改变了她们原本静态时的表象。小莹是可人的，温柔的，而她妹妹却是冰冷的，苦涩的。

由此我想到，女人通常都有两副面孔，一副是静态的，是镶在像框里的。一副是动态的，是活灵活现在你眼前的。像框里的美人动起来并不见得美，而像框里原本无色无光的，也许动起来就是一个浑身女人味的可人儿。通常静态的这张脸是天生的，而动态的这张脸（神情、声调、语气等）是女人的教养、阅历、气质、生活品质等一切的综合体现。

女人的窗里窗外，永远是两幅并不相同的画面。

那天，朋友圈子中有一位娶了年轻新妇的中年男子成了大家嚼舌的对象。说实话，这新妇除了年轻之外，无论相貌、学识、风度等等，几乎没有任何一点能与他的前妻相比，他前妻漂亮、洋气，有艺术天赋，应该说和他是天生一对，可两人从相爱到结婚却总是磕磕碰碰，日子过得充满了火药味。而如今这个新妇，长得很一般，还透着一股土气，在我们面前总是做出一副低眉顺眼的样子，永远像个小妾似地尽力要衬托出丈夫的伟岸。再看那娶了新妇的哥们儿，一副舒心气爽的样子，并且穿得也明显比过去干净多了，不由得有些纳闷儿。

我想，也许对于相爱的两个人来说，对方的相貌并不重要，重要的是气味、感觉和那种唯有两个人在一起时的"场"。而相貌只是给外人看的，是面子和虚荣的需要。真正吸引双方的恰恰是外人所无法看到的那种私体验。相貌，只是在双方相识之初，尚未进入到实质阶段时能产生出巨大的吸引力，而真正有了实质性的接触之后，影响彼此的是那种

30

身体的记忆，那种从灵魂深处爆发出来的渴望与满足。而这一切，是他人所无法知晓的，他人只能对二者的相貌、做派论短长，便永远只能是论说者自己的一厢情愿。

无论生得美与不美，女人都有撒娇耍赖的天性，没有谁一生下来就是"铁女""硬汉"，但是由于生活的道路和境遇不同，便造就了完全不同的性格和认知，形成了内心或柔软或粗糙的巨大差异。

男人不知，女人的窗里与窗外，常常是温柔与坚韧、美丽与冷酷的冰火两重天。喜欢小鸟依人的女孩儿，想不到那小鸟也有用尖嘴"咬"人的时候，喜欢独立自主的女性，却不知那坚强丽人也有丢盔弃甲、哭天抹泪的瞬间。看上去柔弱纤细的乖乖女，发起狠来也许会让你大惊失色，而那些平日里横竖不在乎的粗犷侠女，一旦温柔起来也会让你肉麻到鸡皮疙瘩掉一地……女人的脸，可以是百变娇娃，女人的心，更拴有千千结。究竟她用哪一种面目来对待你，其实主动权在你手里，就看你激发出来的是她灵魂中的哪一种元素了……

谁能让你灵魂出窍

她说，我喜欢这样一种感觉，当你看着他的眼神，他也看着你的眼神，那样的眼神，就是一辈子的激情。很多女人找男人是想要他的地位，他的金钱，要一种安全感。这些我都不需要，我要的男人，是能让我灵魂出窍的男人。

这是一个早春的午后，我坐在落地窗前默默地对着窗外的一条小河发呆，忽然发现，对于河水来说，有没有阳光的照耀真的是大不相同。你看，刚才还是那样默默流淌的河水，平淡平静，毫无光亮，甚至是混浊晦暗的。然而，当有风吹来，它开始有了涟漪，涌起波浪，层层荡漾开去，仿佛怀春的少女在悄悄顾盼。不一会，太阳钻出了厚厚的云层，水面立刻像撒了碎银一般地灿烂起来，那层层波纹像被瞬间施了点金术，立刻闪烁出无数的小星星，犹如被吻过的少女的脸颊，闪烁着幸福的红晕，跳动着美好的憧憬，灵动而鲜活，勃勃生机跃然水面，有无数的眼睛在眨，在笑，在歌唱……

这就是为什么有人说，恋爱中的女人都是最美丽的。因为爱情，就是女人生命中的灿烂阳光。

我是在上海与她相识的，这位来自台湾的女艺术家貌不惊人，个子也不高，却从小天资过人，才华横溢，是个精力旺盛、热情如火的女人。那天她穿着一件少女型镶着绒毛花边的雪白短款薄毛衣，漂染成棕红色的短发剪成一个儿童的发式，修整得细细的弯眉，笑起来甜甜的，一点也不像已经年近60岁、已做了姥姥的长者。她笑言自己是"纯情老少女，活泼的小白兔"。

那一夜，我听"小白兔"彻夜讲述她曲折离奇的爱情故事，听得我惊心动魄，荡气回肠。

"小白兔"的初恋是在台湾上大学一年级的时候。那个男孩子跟她交往了几个月之后便提出分手，因为那男孩子班上的女生都嘲笑他追求"小白兔"这样一个长得丑的女生。这使她信受打击。后来她去欧洲留学，再次遭遇失恋，又转赴美国投奔亲戚。很快，就与一位温文尔雅的同乡结婚生子，过着平静也平淡的日子。

却没想到，这时她却遭遇了平生最让她刻骨铭心的一次爱情，遇到了第一个让她灵魂出窍的男人。那个风流倜傥的家伙用世界上最美妙的语言照耀着她，用最温柔的怀抱包裹着她。有一次她到异地写生，夜晚通电话的时候只对他说了一句"我想你"，那个人便立刻乘最早的一班飞机飞了过去，千里万里地跑过来拥她入怀，让她怎么能不陷入迷狂、怎么能不灵魂出窍！

然而，就在她为爱痴狂到毅然决然地离婚、抛夫弃子的时候，他却移情别恋了。纵然她再说多少遍"我想你""我爱你""我需要你"也见不到他的身影了。于是，在一个没有月亮的夜晚，"小白兔"来到太平洋岸边，和着泪水给自己灌了一整瓶白酒，然后一步步走进汹涌的大海，直到被完全淹没……没有了爱情的照耀，她觉得生不如死。没有了爱人的怀抱，她的灵魂难以附体。难怪张爱玲说："女人一旦爱上一个男人，如赐予女人一杯毒酒，心甘情愿地以一种最美的姿势一饮而尽，一切的心都交了出去，生死度外！"

后来，她被一个在海边跑步的人救了上来，原以为生命中再也不会有爱情了，却不料，48岁的时候，她又疯狂地爱上了现在的老公，这是一个又帅又事业有成的中年男子，学界名人，突然妻子的位置空缺出来，多少漂亮的女博士、女艺人都想获得这缕阳光啊！"小白兔"虽然没有青春，没有美貌，但她毕竟是有经验的女人，她深知这个年龄、这种被传统文化熏陶出来的男子需要的是什么。

于是，她把自己的家搬到了他家楼下，从学做饭开始化身为一位善解人意的贤妻良母，每天做了各种他的家乡菜，邀请他品尝，并且到医

院细心照顾他生病的母亲。为了让自己显得年轻些，她拼命减肥瘦身，让自己一下子就饿瘦了十几公斤，然后还去做了整容手术。她边讲述边拉过我的手，让我摸她拉过皮、看上去光泽紧致而摸上去却硬邦邦的脸，看她隐藏在头发深处的伤口，那是她为爱付出的代价。当然，她成功了，她成功地占据了那个空出来的妻子的位置。

她说，我喜欢这样一种感觉，当你看着他的眼神，他也看着你的眼神，那样的眼神，就是一辈子的激情。很多女人找男人是想要他的地位，他的金钱，要一种安全感。这些我都不需要，我要的男人，是能让我灵魂出窍的男人。

这话听上去有点疯狂，但渴望爱情的女人都想找一个能让自己灵魂出窍的男人，体验那种像被点了穴一样地神魂颠倒，失魂落魄，吸了白粉一样地飘飘欲仙。然而我想弄明白的是，究竟是那个男人让她灵魂出窍，还是她自己的痴迷让她如醉如痴？

"小白兔"的故事让我沉思良久。听完她的讲述已经是第二天的凌晨时分，乘车走在上海寂静的街道上，依然亮着的街灯串起一个又一个朦胧的树影，仿佛有一层又一层的海浪拍打着心灵的堤岸。一个女人和一个男人偶然相遇，从怦然心动到灵魂出窍，这期间最致命的"化学元素"是什么？是气味相投，心思相通，还是某种神秘的灵魂吸引？

如果说，直教人生死相许的爱情中盛满了由荷尔蒙促发的青春激情，那么，当年华老去、青春不再之后，女人心中还有爱情吗？女人一生究竟会被爱情照耀到什么时候？

"小白兔"说，应该是一生。女人到了中年以后更要爱惜自己，年轻时候不敢穿的花衣服，这个时候要穿，年轻时候不用的化妆品，这个时候要用，每天把自己打扮得靓丽，要学会怎么样展示自己的魅力，而不是在那里哀悼自己的青春。20岁的女人走出来让人眼前一亮，漂亮的腿，柔嫩的肌肤，水汪汪的眼睛，这有什么呢，女人在这个年龄都是这样。到了60岁的时候我还能走出来，还能风华绝代……这就是真正的女人了！

浪漫离我们越来越远

是什么让情感变得如此庸俗浅薄？是什么让灵魂变得如此虚荣拜物？那曾经的炽热与纯情都跑到哪里去了？人啊，人！丰厚的物质基础固然能给我们带来舒适的生活，但我们生活的目的难道仅仅是为了物质的拥有吗？

"你问我爱你有多深。爱你有几分？我的情也真，我的爱也深，月亮代表我的心……"

柔美的歌，柔美的情，在那条弯弯曲曲的湖边小路上，我们一群二十出头的女大学生一边唱着一边笑着，你捅我一下，我拍你一下，在这月色如水的夜晚，沐浴着皎洁的月光，尽情挥洒着我们的青春活力，倾吐着我们的女儿心曲。爱情在我们心里，就如同这清明澄澈又有些朦胧的月光，那般奇妙，那般迷人，那般地令人怦然心动……

这是上世纪80年代初期，年轻的我们相信爱情，相信月亮，相信一切真纯美好的情感。那时候我们都没有钱，上大学不用交学费，吃饭有助学金，看病吃药也可免费，唯一需要花钱的是买书，在我们心里，买书是一份神圣的支出，什么都可以省唯有买书不能省。一年四季的衣服加起来只有一小箱的我却拥有一大箱书。那时候我们不讲究穿衣打扮，除了香皂、雪花膏之外，几乎没有见过任何化妆品。记得外文系有一个女生总是嘴唇特别红，引得好多男生议论和行注目礼，后来我们才知道，还有一种能让女人美丽的东西叫口红。

记得那时候我们最喜欢看电影，日本电影《生死恋》上映的时候，

我们都被栗原小卷演绎的爱情故事感动得泪水涟涟，影片中男女主人公漫步在粉红色浪漫的樱花树下，那深情的独白曾怎样地拨动过我们的心弦："爱情是怎样降临的？是纷飞的花瓣，是灿烂的阳光？还是我们祈祷上苍……"

那是少女春心荡漾的年龄，又正逢开放大潮奔涌的时代，我们读《简爱》，便把自己想象成那个被爱情燃烧却又充满压抑的英国少女，那段著名的爱情与自尊的表白成为我们朗朗上口的经典："……你以为我穷，又不好看，就没有感情吗？我也会的。如果上帝赋予我财富和美貌，我一定会使你难于离开我，就像我现在难于离开你一样。上帝没有这样，但我们的精神是同等的，就如同我跟你经过坟墓，将同样地站在上帝面前……"诵读普希金的长诗《欧根·澳涅金》，便仿佛也怀有一份达吉亚娜般对爱情的虔诚："……呵！绝不！我的心/再也没有人能够拿走！/……我在梦中早已看见你，/就在梦里，你已经那么可亲，/你动人的目光令我颤栗，/你的声音震动了我的灵魂……/呵，不，谁说那只是梦境！/你才走来，我立刻感到熟悉，/全身在燃烧，头晕目眩。/我在暗中说：这就是他，果然！……"还有令我荡气回肠的《呼啸山庄》，百读不厌的《飘》，诗意盎然的《罗密欧与朱莉叶》，更不用说中文系必读的《红楼梦》了，我们甚至还效仿大观园组成了各种诗社，步宝、黛、钗们的原韵大作其诗……

在我们那时的爱情梦境中，没有金钱，没有房子，更没有离婚后怎样分财产之类的概念。不过才相隔了几十年，与当代青年所面临的爱情现实相比，那种内心对爱情的理解和期盼，简直是天上地下，换了人间！

同样一首歌，如果再唱的话，歌词一定会改成："你问我爱你有多深，爱你有几分？我的情也深，我的爱也真，房子代表我的心！"没有房子，你能住到月亮上去吗？没有金钱，你用什么来过日子、养孩子？与婚姻相连的不再是爱情，而是财产。婚姻诚可贵，爱人价更高，若为房子故，二者皆可抛！如果简爱活到今天，她不会在乎罗切斯特是否结过婚，是否还有妻子，反正那疯女人也不会与她争财产，只要拥有了那大豪宅，当小三也没商量。而到了最后，当别墅被烧光，年老眼又瞎的罗切斯特无依无靠时，她一定会一走了之。在嫁入豪门之前，她的表白也会改成："……但我对房子的要求是不能改的，就如同你占有我的身体一样，我将同样地占有你的财产！"

是什么让情感变得如此庸俗浅薄？是什么让灵魂变得如此虚荣拜物？那曾经的炽热与纯情都跑到哪里去了？人啊，人！丰厚的物质基础固然能给我们带来舒适的生活，但我们生活的目的难道仅仅是为了物质的拥有吗？

这是一场没有痕迹的杀戮，对物质的疯狂索取与强烈的占有欲，把心灵、梦境和一切风花雪月全都杀得片甲不留。月光不再美妙，清风也带不来柔情。诱人的唯有票子，闪光的只剩下金子。爱情在婚姻里像秋风中的最后一片叶子，在人们无奈的目光中不得不随风而逝。那么，我们曾经讴歌过的浪漫呢？只能离我们越来越远……

男人心中的天使与魔鬼

……不解其中味的女人想当然地就把男人往"花花事"上琢磨。其实，在许多男人的心目中，"江山"的吸引力往往大于任何女人对他的吸引，除非那个女人与他的"江山"有关联。

男人心里，一生，其实都是天使和魔鬼各坐一个肩头的。对男人而言，内心有魔鬼并不可怕，适时地让魔鬼露一下峥嵘，还能增添一个男人的魅力。重要的是如何放飞心中的天使，让天使的光芒罩住魔鬼，这是一个有点严峻的问题。

最近，那个曾在微博上摆着POSE狂唱《私奔之歌》、高调上演"私奔秀"的半老男人竟然"犹抱琵琶半遮面"地悄悄回家了，回到了妻子的身边。从"痴情傲金"、"千古只贵一片情"到如今"莺已飞，鸦归巢"，如同一只在众人面前轰轰烈烈开屏的大孔雀，那写满痴情、重情的华丽羽毛刚刚被各式最新摄像器材收入镜头，便一个转身，露出了那羽屏后面最不该见人的部分……

人生怎么可以如此荒谬！

处在这个事件中的两个女人：一个是妻子，一个是情人，要么是太爱他了，因而原谅了他。要么是太恨他了，让他尽情地丑态百出。可不能理解的是，凭什么他可以想私奔就私奔，想回归就回归，拿着感情当儿戏，还弄得一群围观的人先是被他的"真爱"感动得一塌糊涂，后又被他的"回归"戏耍得找不着北。这世界还有真情可言吗？如果当事者是一个情窦初开的毛头小伙子便也罢了，而像这样一个年过半百、有过两次婚姻的"体面人"竟然也好意思拿着"私奔"当道具，上演一出蹩脚的"逗你玩"，观众便真的笑不出来了。

我以为，在这整场"戏"里，最可悲的便是那个"情人"。人家两口子过腻了，想换个花样调节一下生活气氛，便拿你"逗闷子"，你还美不够地以为自己有多大魅力，能让男人抛弃了红尘，跟你上演一出《罗蜜欧与朱莉叶》呢！殊不知，他这边厢与你"情深深雨蒙蒙"，那边厢却在暗中观察老婆的一举一动，与其说是和你私奔，不如说是向他老婆示威，或者说撒娇也可以。只等老婆一个召唤的眼神，他便立刻心领神会地"归巢"了。当然，也有另一种可能，那就是他的老婆不想再"玩"了，想就此机会彻底把他扫地出门，那么你就赢了，你就成了那个让私奔成为经典的"情圣"了。可惜，"戏"没有这样演。

一个成年男人，怎么可以拿感情当儿戏到这种地步？还自视为多情，还写情诗唱情歌，真是疯了。这种男人其实是最自私、最无情的，他们最爱的只是他们自己。说什么"爱美人不爱江山"，这样的男人不是没有，而实在是少有。尤其是在如此物欲横流的当下，爱江山并拼命挣扎闯出一片江山的男人们，怎么可能为了所谓美人而抛弃了江山呢！更何况如今的美人也早已大大贬值，成功人士不用踏破草鞋就已经左拥右抱了。

真爱失重，真情失重，天平上重重压下来的那一边装满了权力、地位和财富，足以让男人在想要美人的时候取出那么一点点做诱饵便够了。

说男人全都无情，也有点冤枉，如今男人们都活得那么累，压力那么大，不玩点"小花活"调剂调剂，还不得被压抑得窒息了？可为什么就不能在人生的天平上减少一些贪婪和欲望，多加一点淡泊与从容呢？曾经有一位男人在被问到这个问题时说，怎么减？怎么加？说得容易，做得到吗？都说不爱江山爱美人，可是一个没有江山的男人你们爱吗？

是啊，男人的力量、男人的魅力其实都来自于他身后的那片"江山"。几乎没有一个男人不向往升官发财的，这就如同每个人都向往吃美食一样，没有什么不对。只是这样一来，就迫使男人必须要时时看上司的脸色。如同某些女人看男人的脸色，商家看客户的脸色，学生看老

师的脸色一样。但上司的脸色又比其他的脸色复杂得多。因为官员们通常会在政治生涯中历炼得不动生色，好比维纳斯的微笑，具有一种永恒的神态，难以揣度。于是，想升官的男人们便为此而惴惴不安，彻夜难眠。不解其中味的女人想当然地就把男人往"花花事"上琢磨。其实，在许多男人的心目中，"江山"的吸引力往往大于任何女人对他的吸引，除非那个女人与他的"江山"有关联。

当男人的内心纠结到一定程度的时候，便于无奈中给自己找到许多排解压力的面具戴在头上，比如情人、同学、战友、老乡、酒鬼等等。在这些角色中，他既不用像在单位那么装模作样，也不用像在家里那么责任沉重。在情人身边可以享受缠绵，在同学或战友圈里可以回顾青春，在老乡面前可以重温童年，在酒桌上才敢撕去一切伪装，淋漓尽致地放纵和麻醉身心……然而，大多数的男人在与心中的魔鬼短暂地会晤之后，还是把天使请了出来，让天使引领着自己，重新踏上人生的旅程……

因为爱情

在每一个女孩子的心中，最美好、最圣洁、最勾魂摄魄的永远是爱情。大凡久久不肯嫁人的姑娘并不是无人可嫁，而是没有找到她们心目中的爱情。

春节过后，在网上看到一个搞笑的视频，是用老版《还珠格格》改编的一段"逼婚"戏，影像依旧，台词却是全新的，无论是模仿演员的声音还是口型对得准确率，真可谓天衣无缝。用的是那段紫薇格格被皇后关起来惨遭容嬷嬷毒打的片断。皇后睖着被反拧胳膊的紫薇呵斥道："你什么时候嫁人？就算不嫁人，先找个男朋友处着也行。"紫薇回答："我还年轻，你着什么急呀！"皇后："那你告诉我，你要找个什么样的？多高的个儿，做什么工作的？"见紫薇不从，容嬷嬷抓起一把钢针猛地朝紫薇后背扎过去，痛得紫薇哭喊着求饶："容嬷嬷，我春节回来一趟不容易，还请你手下留情，大家都是剩女啊！"

太精彩了！如此搞笑的情节不知怎地却让人笑不起来，于沉默中有丝丝苦涩漫上心头。为什么会这样？女孩子嫁与不嫁，早嫁或晚嫁，本应是她自己的私事，怎么就成了被那么多人关注的"社会问题"？搞笑视频虽然夸张，但却折射出现实生活中的一种普遍现象。

当"剩女"一词开始流行的时候，最紧张的其实并不是进入嫁龄却依然独身的女孩子，而是她们的父母乃至七大姑八大姨，甚至奶奶姥姥也要加入进来，热锅蚂蚁似地先慌了神，四处张罗着逼相亲，逼嫁人。

女孩子想不明白，难道做父母的就从来没听说过，与婚姻相关联的一个词叫做爱情吗？嫁人有什么难的，可爱情在哪儿？在每一个女孩子的心中，最美好、最神圣、最勾魂摄魄的是爱情啊！大凡久久不肯嫁人的姑娘并不是无人可嫁，而是没有找到她们心目中的爱情。

一位熟悉的朋友春节期间来到巴黎，在游人如织的卢浮宫内，他看到婀娜的断臂爱神维纳斯雕塑前，被想要与之合影的人群挤得水泄不通，于是感叹道，艺术真是感人啊，有没有爱情的也要跟爱神合影，也想体验爱情的力量。

在这年的春晚和元宵晚会上，《因为爱情》成了一唱再唱的歌曲——"因为爱情，不会轻易悲伤，所以一切都是幸福的模样。因为爱情，简单的生长，依然随时可以为你疯狂。因为爱情，怎么会有沧桑，所以我们还是年轻的模样。因为爱情，在那个地方，依然还有人在那里游荡……"

"游荡"是为了寻找爱情，寻找"传奇"。然而残酷的现实却常常让人无奈，让人黯然神伤。在这个人心浮躁、物欲横流的时代，一方面，我们满嘴真情，一方面，我们又满脸假意。那么多的相亲、倾诉节目，似乎每个人的情感都有了发泄与勾通的渠道，有了理解与被理解的空间，而实际上呢，通常那些在屏幕上露脸的青年男女代表的只是他们自己，更多的同龄人却选择了沉默，不是每一个人都愿意到公众面前拿自己的情感来走秀的。

如今，在貌似开放的情感空间，许多人可以毫不脸红的打情骂俏，拥抱或做出更亲密的举动，但内心却并没有因此而充满甜蜜或幸福。笑了，侃了，抱了，内心的寂寞却一点也没减少。在这样的假象下，女孩子的内心其实更脆弱，更敏感，更易被伤害，她们宁可被"剩下"也不愿意拿情感去冒险。因为她们太缺乏安全感，难以分辨情感的真伪，不敢轻易交出自己心。

凤凰卫视的"锵锵三人行"节目中，聊起最近在台湾、香港和大陆都格外火爆的电影《那些年，我们一起追的女孩》时，主持人窦文涛边回忆自己少年时代追女孩子的经历边问女嘉宾：你们女生呢？女生心里是怎么想的？你们怎样看待追求你们的男孩子？

中学时期的女孩子，其实正是少女情窦初开的怀春阶段，也是每一个有女儿、尤其是漂亮女儿的父母最紧张、最恐惧的阶段。无论是来自父母的叮嘱，还是来自老师的教诲，早恋都是一种与毒品无异的坏东西，是好女孩儿一定要远离的罪恶。即便如此，也无法回避"少年维特之烦恼"和"少女情怀总是诗"，相信每个女孩子的心灵中都曾经有过诗一样的浪漫梦境，水晶般透明地只盛着爱情这一朵诱人的玫瑰。都说现在的女孩子太重物质，其实有些女孩子想要的只是一种安全感，如果有一个能心心相印的爱人，有一份地老天荒的爱情，她又何求于物质！当情感无法确定，人心无法检验，她什么也抓不住的时候，或许能抓住的就只有房子、车子、首饰这些看得见、摸得着的东西了。喜欢浪漫的人爱唱"月亮代表我的心"，那么当没有月亮的夜晚、天空一片漆黑的时候，你的心还在吗？

在情人节即将到来的时候，愿所有的女孩子因为爱情而鼓起勇气，因为爱情而不再彷徨。

这爱，竟是如此地不同

现如今的社交模式就是这样：年轻人全都宅在家里对着电脑或手机上的一串网名神侃海聊，而退了休的大妈大婶、大爷大叔们却在公园里手拉手地翩翩起舞。

一个年届三十的姑娘兴奋地告诉我，她终于找到了一个不错的男朋友，已经交往半年多了，感觉挺棒的。但是他们认识的方式却是最不靠谱的那种。

说完她就笑了，几分神秘，几分诡异，目光中荡漾着幸福的溪流。

不会吧？我知道这姑娘是一个相当靠谱的人，在大公司上班，对待工作一丝不苟，还不满足于已有的学历，业余时间一直在坚持学习各种新知识。在家里呢，也算是个听话的女孩儿，下了班从来都是按时回家，母亲让相亲就去相亲，性格挺温顺的。去年见到她时，她还有点着急地说，让我帮她盯着点，看看有没有合适的男孩子介绍给她。在我眼里，她真是一个漂亮女孩儿，高挑的身材，白皙的皮肤，明亮的双眸。只是按眼下流行的时尚，身型显得有点强壮，不是那种娇娇弱弱的林妹妹风格。

怎么不靠谱了？说说看。

是在网上认识的。

那也很正常啊，现如今的社交模式就是这样一种现状：年轻人全都宅在家里，对着电脑屏幕或手机上不知何等神头鬼脸的一串网名掏心掏肺地神侃海聊，而退了休的大妈大婶、大爷大叔们却在公园里亲亲热热手拉手地翩翩起舞……

是这样的。姑娘说，其实我和这个男孩儿已经在网上认识很久了，他人很幽默，说话特逗，但我感觉他年龄比我小，便从来不把他往男朋友那方面考虑，所以除了在网上和他瞎贫，从来没想过要与他见面。因为我一直觉得在网上认识的人不靠谱，并且我想象中的男朋友一定要比我成熟，是那种像兄长一样的成熟男人。后来，我妈妈单位的一位阿姨真给我介绍了这么一个对象，然后我就去相亲了。没想到，见了面却完全不是那么回事！

不是怎么回事？

在我的想象中，比我年长的男朋友应该让人觉得特别踏实，特别可靠，一下子就有归属感，对吧？可是这个男的……哪儿都挺好，哪儿都挑不出毛病，人也足够规矩本分，真的是完全符合我对未来丈夫的想象。可是，我却怎么也找不着恋爱的感觉，整个人都是木的。见面时他一直说：我会对你好的！我一定会对你好的！然后就没别的话了。不知道为什么，那一瞬间，我脑海里忽然就蹦出了那个在网上和我耍贫嘴的男孩儿，我们聊过那么多，那么愉快，天上地下，历史未来，每次神侃都意犹未尽。可是，那并不是我想象中要找的男朋友啊，对面的这个身材魁伟、面色庄重的男人才应该是我理想的对象。可是为什么想象中的激情一点也没有呢！

后来呢，你回绝了人家？

没有。我还傻傻地与人家继续，还到他家去过，最可笑的是，回来在网上一聊，发现这"兄长"竟然和那男孩儿住在同一个小区，太巧了吧！我真的没想到，当我的"理想"掉到现实中之后，我自己竟然先变了，难道我就是寓言故事中那个好龙的"叶公"吗？说心里话，拿这个"兄长"与网上的男孩儿相比，我宁愿要那个男孩儿。于是我主动提出和男孩儿见面，真是没想到，他与我想象中的形象一点儿也不一样。

你想象中是什么样？

我想象中他肯定是一个滑头小子，那么能聊会侃，得多贫啊！可是见了面，我们俩全傻了。他说，我也不是他想象中的样子，他以为像我这样到了"剩女"年龄的女孩儿肯定长得不好看，没想到还这么……我就不夸自己了。

你还没说，现实中的他是什么样呢？

比想象中的帅多了。也许是我想象的起点挺低的，所以他一出现我就愣了，可他一开口说话，我立刻就找着感觉了，有一种心灵上的亲切，那种特别知音的感觉。我才明白，其实我一直不知道自己想要的是什么，用一种无形的框框把自己锁死了。

这便是爱情的荒谬。

每个女孩儿对爱情都有一种先入为主的想象，如父亲般沉稳成熟，如老师般激情潇洒，如明星般英俊忧郁，如邻家哥哥般幽默风趣……然而想象永远代替不了现实，如果不敢跳入现实的大海中呛几口水的话，便有可能永远都不知道真正想要的是什么。所谓靠谱与不靠谱，不过是一种形式，真的投入到生活当中才发现，这爱，原来竟是如此不同！

不失足也成千古恨

这些看似高傲的女孩子，内心里其实是有着一份恐惧与自卑的，正因为懂得青春的可贵，爱情的美好，才更怕，更忧，更小心翼翼。她们怕失败，怕受伤，怕一失足成千古恨，却不知，如果荒废了青春，空置了年华，不失足也成千古恨啊！

清晨出门的时候，被一阵叽叽喳喳的鸟叫吸引了，忽然发现阳光开始明媚，风也变得柔和起来，昨天还在冰层下沉睡的河水犹如一位刚刚醒来的美人，在阳光的照耀下睁开了它波光粼粼的眼睛。树枝虽然还没有绽出新绿，但已褪去了冬日的枯衣，前些日子飘落的几场春雪已经滋润着它们变得柔软而有了几分婀娜。春天，正乘着阳光的翅膀，日夜兼程地向我们走来。

春天来了，去奔跑，去伸展，去拥抱，去触摸！

让我们伸开双臂，拥抱阳光，放松心灵，把生命绽放成一朵微笑的迎春花！

她，是我一个好朋友的女儿，有一个微微向上翘的小鼻子，还有一副特别好听的嗓子，她唱歌时的样子非常可爱。她妈妈总是亲呢地称她为小公主。可是随着小公主一天天长大，当妈妈的也越来越揪着一份心，因为听多了演艺圈里有关潜规则的种种传闻，便从读初中开始就不再允许女儿参加任何与文艺有关的活动，生生斩断了小公主的明星梦。读高中时小公主在妈妈的高压下不得不选择了理科，考大学时以优异的成绩考上了清华，毕业后又去了英国硕博连读，一切都是那么地称心如意，可就是一

直没有谈恋爱，更不要说结婚了。如今，小公主已经迈过了而立之年的门槛，却仍然高傲地独来独往，她拒绝相亲，不交男朋友，在她和父母交流的话题中，婚姻成了一个不能提及的禁区。有时候父母逼的狠了，她甚至说她想要出家……我知道她在少女情窦初开的时候曾经很喜欢过一个男孩子，但最终被她父母"围追堵截"，并以"打断腿"的威胁所阻止。之后，她埋头学业，戴上了度数越来越高的眼镜，女孩子变成了女学者，竟然不知道青春是什么时候从她身上悄悄溜走的。

青春的短暂，与春天一样，初来时还带着些许冬日的微寒，花开时节，原以为可以慢慢欣赏，慢慢享受，却于不经意间猛然发现已是落英缤纷，春去无踪了。如果你不曾在人生最美丽的季节里遇见过爱情，不曾在花开时节绽放过自己生命的花朵，那么，当你生命的春天凋谢，而大自然的春天再次降临时，你可以不说，也可以不想，但那份今生不再的遗憾是无法从心头抹去的。

一位妈妈对我说，她很希望正在大学读书的女儿恋爱，那么好的青春时光，哪怕恋爱不成功也不要紧，毕竟在最美妙的年龄里拥有过爱情，而不是与之擦肩而过。这样，即使到了生命的暮年，回忆当初，无论是爱是恨是伤是痛，是悲是喜是梦是真，你都不会后悔，因为你在生命最美丽的季节绽放过。

可是，让这位妈妈忧心的是，女儿并不想谈恋爱，并且说她身边的许多女孩子都对同龄的男孩子没有感觉，再说一想起跟结婚有关的房子、票子和孩子等种种生活中的现实问题，就感到说不出的烦躁和恐惧，她们宁肯整天对着电脑在虚拟的世界里谈情说爱，也不敢轻易踏上生活中真正的情感列车。

我还认识一位会多国外语的外企女白领，她每天上班就是对着电脑做各种表格，自称"表姑"，年近不惑仍不想谈恋爱，高额的收入让她和公司里的女伴们生活得很自在，每年都相约到国外去度假，他们甚至想过将来领养一个孩子，却绝不想弄一个男人回来让自己心烦。

这些看似高傲的女孩子，内心里其实是有着一份恐惧与自卑的，正因为懂得青春的可贵，爱情的美好，才更怕，更忧，更小心翼翼。她们怕失败，怕受伤，怕一失足成千古恨，却不知，如果荒废了青春，空置

了年华，不失足也成千古恨啊！

生命也像花儿一样，该吐蕊该绽放的季节就应该尽情敞开自己，看那狂风中的树枝是多么妩媚，因为它们知道，只有被春风热烈地拥抱之后，那浓浓的绿意才能从枝头绽放……

幸福比正确更重要

爱情不是真理，幸福也没有对错，爱情与幸福一样，都只是一种非常私人化的感觉，根本不可能有一个人人都认可的"公理"。如果你还爱那个人，如果你不想让婚姻变得"硝烟弥漫"，那么就必须视错误为正确……

第一次参加如此别致的婚礼，中国女儿美国婿，连理之宴中西合璧，婷婷玉立的中国姑娘嫁给了莱昂纳多般的美国帅小伙，酒宴上就多了若干金发碧眼的洋亲戚。新娘既没有披西式婚纱也没有穿中式旗袍，而是一身时尚红裙，中国妈妈、美国妈妈，忽而中文，忽而英文，左拥右抱，左亲右吻，化不开的亲情让我想起了这姑娘16岁赴美留学时，她妈妈写的一本书《分享女儿分享爱》。如今，我们大家除了祝福之外，又来忙着分享幸福了。

酒宴上，从大洋彼岸专程飞来的女儿的洋爸洋妈无比激动，竟然写了好几页纸的祝福之词准备大发一番感慨，连忙让中国女儿给阻止了，因为想对他们表示祝福的人太多了，每个人都不允许长篇大论。于是，那位身材魁伟的洋爸简单扼要，拥着洋妈和中国女儿道出了他的"婚姻秘诀"——幸福比正确更重要！在婚姻中，你的妻子做得对是对，做得错也是对。所以我们这么多年走过来才会如此幸福！

此话一出，立刻赢得满堂喝彩。细思之，凡是家中老起"战火"的夫妻，一定是为了谁对谁错、到底应该听谁的而一争高下才"战事"不断的。其实，爱情不是真理，幸福也没有对错，爱情与幸福一样，都只是一种感觉，一种非常私人化的感觉，根本不可能有一个人人都认可的"公理"。无论是丈夫还是妻子，当一方办错了事，小到打碎了花瓶、煮糊了饭，大到买错了家具、卖亏了房，错误是明摆着的，生气是当然的，但气过之后要怎样？要正确还是要幸福？如果你还爱那个人，如果你不想让婚姻变得"硝烟弥漫"，那么就必须视错误为正确，因为——幸福比正确更重要。

我有一个女朋友，她老公曾经狂迷炒股，按她的说法就是与股市进行了一场"苦恋"。从"快乐的单身汉"变成无奈的"套中人"。先是浪漫的"罗马假日"，然后是无止无休的"少年维特之烦恼"，再后来就"魂断蓝桥"了。此后又不幸地撞上"冰山"，成为"泰坦尼克号"中苟延残喘的幸存者。原指望小道消息能影响股市"拯救大兵瑞恩"，却不料只剩下一场"廊桥遗梦"。到如今回首以往，虽然"莫斯科不相信眼泪"，也只落得个"这里的黎明静悄悄"……女友夫妇都是工薪一族，眼看着仅有的积蓄血本无归，能不急吗！女友气疯了，把老公数落得没处躲没处藏的。男人虽然暗地里把肠子都悔青了，在妻子面前却仍是一副不认头不甘心的模样，见了棺材落完泪，仍然天天盯着大盘赌运气。

这日子没法过了！气昏了头的女友一改平日里的节省作风，拿上钱直奔商场，衣服、鞋子、首饰、化妆品，一通昏天黑地的狂买，回到家不清扫房间不做饭，气鼓鼓地躺在床上看电视，一场家庭大战即刻爆发。令她没料到的是，老公先"投降"了，他洗了衣服做了饭，还夸妻子买的东西有品味。女友的怒火顿时烟消云散。老公虽然炒股赔钱，但他在生活上却从来都是省吃俭用，袜子破了洞都不舍得扔，有点好吃的也全给她留着，还是属于"可以教育好的""坏分子"嘛。那之后，女友发现，老公从此变成了炒股的"地下工作者"，并且"战线"也在悄悄缩小。女友想，既然戒不了，让他小得瀯地玩着吧，自己还买过一大堆根本就穿不着的衣服呢！

父亲爱抽烟，经常把烟灰弄得到处都是，那一年他刚娶了继母，继母是个医生，爱干净几乎到了洁癖症的程度。有一次，父亲的烟灰把她特别心爱的用粉色绒线编织的桌布烧了一个小窟窿，怕她生气，父亲用

一块同样颜色的布片盖在小窟窿上，再加上一层玻璃板，过了很久都没有被发现。等到终于被继母发现的时候，她也被父亲的良苦用心弄得没了脾气。

大姐刚结婚的时候不太会做饭，有一年过年，都快中午了她还在那洗衣服，那年代没有洗衣机，都是用搓板手搓。不知怎么回事，她就和姐夫吵起来了，眼看着越吵越凶，只见大姐"哐当"一声，连盆带搓板、连水带水里的衣服，全都冲着姐夫扔了过去。这举动可把一旁的我吓坏了，充满恐惧地看着姐夫。只见姐夫一声没吭，一头钻进小厨房里烧水煮面，边煮还边唱"欢欢喜喜过个年"……大姐只好自己拾起脸盆、搓板和衣服，等到面条端上桌，一场"战火"就此熄灭。现在回想起来，婚姻里，如果事事都要论个是非曲直的话，恐怕哪一家也过不到头。幸福比正确更重要，情同此理，中西共识。

两棵树的爱与死

这一代青年的悲哀是永远要生活在父母的意念和掌控之下，你是人质，你绑架了父母，父母也绑架了你。

朋友的女儿结婚，大喜的日子，一向乐观幽默的这位老兄竟然哭得唏里花啦，犹如把掌上明珠送人，摘心摘肝地痛啊！其实那女婿是他亲自千挑万选来的，与女儿相当般配，可他就是无法控制自己的失落，用他老婆的话说，女儿就是嫁了美国总统他也还是不会满意。

冷静下来之后他也觉得自己的眼泪特别可笑，若是女儿真的谁都不嫁，那做父母的可能会更痛，因为即使你们永远把她捧在手心里，她也不可能永远是明珠。你们会老，女儿也会老，这世界不会永远停止在女儿搂着父母脖子撒娇的那一刻。

聊天时，朋友相当感慨。他说，总觉得女儿长大没几天，她上幼儿园、上小学时我接她回家，抱着她、拉着她的小手时的情景就在眼前。怎么日子过得这么快？一转眼的功夫，闺女就成了人家的媳妇了。还记得她两三岁的候我最爱逗她的一句话："兰兰最爱——"我故意拉长声等着，每次她都甜甜地接着说"爸爸！"也有的时候故意说"妈妈"，但我一瞪眼睛，她就立刻改口说："爸爸"，然后就扑过来和我搂成一团，那粉嫩的小胖脸蛋被我狠狠地亲着，咯咯咯地笑成一朵花儿。原来以为，孩子成家只是孩子的事，跟自己没太大的关系，照样上班，照样瞎忙。其实闺女从上大学再到后来留在北京工作，这么多年除了大的节假日，也一直不在我们身边。可是心里的感觉不一样，闺女没嫁人时，隔千里万里都还是自己的，一旦嫁了人，即使在身边，也是人家的人

了。你说这以后人生还有什么奔头？只能眼睁睁地瞅着自己老了……

是啊，奔头——中国人心中永远明晃晃挂着的一个目标。每一个孩子都是从懂事起就奔着父母心中的那个目标起跑，小升初、中考、高考，一关又一关地考下来，日久天长、潜移默化之后，父母的目标便也成了自己的目标。在工作之后和成家之前，只有短暂的日子心灵是自由的，可以让激情和梦想手拉手地舞蹈，无拘无束地飞翔……但这样的日子如此短暂，有些孩子甚至一天也不曾有过。这一代青年的悲哀是永远要生活在父母的意念和掌控之下，无论你人在哪里，故乡还是海外，你都不能挣脱父母用浓浓的亲情织就的细细密密的网，不能！因为你是父母生命中的唯一，在你身上寄托了他们全部的爱和希望。如果你试图脱离这种掌控，你要知道，父母的心会滴血的！当他们小心翼翼地收起爱之网，竟然看不到你的身影，你已经从网中悄悄地挣脱逃离，该是多么残忍的一件事！这一代父母的悲哀就是只有你这一个奔头，你是人质，你绑架了父母，父母也绑架了你。

在桂林旅游的时候，最让我触目惊心的一处风景是一棵树，确切地说是两棵树，两棵抱在一起的树！在我国现今历史最长、保存完好的明代藩王府——靖江王府的院落内，这两棵紧紧相拥、一棵死死抱着另一棵的树被命名为"夫妻树"，院内一共有两对，一对仍然双双绿意参天，而另一对却已经是一生一死，外面的树干热烈地拥抱着里面的树干，外面的树上绿叶遮天蔽日，为里面的树撑起一把巨大的绿伞，而被拥抱在里面的那棵树却已经变成一段直立的枯木，裸露着漆黑的"尸体"……

它是被爱死的！我忍不住脱口而出。

爱，竟然也有如此可怕的结局，这是谁也不想看到的，那么为什么另一对还在活着？仔细向上望去，那对活着的树，外面的那棵叶阔枝肥，里面的那棵叶薄枝瘦……

记得我采访著名漫画家朱德庸时他告诉我，他从小就是一个不喜欢上学的孩子，童年最大的快乐就是一个人在院子里观察蚂蚁玩。我问他父母不管你吗？不逼着你学习写作业吗？他说，他的个性特别叛逆，加上他哥哥很优秀，对父母而言，反正已经有一匹马了，他这头骡子就放弃了。但是人生的荒谬就在这里，父母放弃了他，反而让他能很自然地成长，让他的想象力自由无疆界地伸展，他画笔下那些可爱的小人才能如此地打动我们。

爱，不仅仅是一种天然的情感，还是一份沉甸甸的责任。愿所有的父母都明白，我们给孩子的爱只能像阳光，既要给他温暖，更要给他光辉灿烂的自由。人生的奔头不能只拴在孩子身上，给彼此松绑，给人生以新的目标和光亮……

你深爱的人，并没你想象的那么爱你

那是怎样的一种崩溃？一段恋情"坠毁"了，打开黑匣子，那里面记录着最残酷的真相，原来那个你深爱的人并没有你想象的那么爱你。

我们的爱，我们自以为情深似海的爱情，其实并没有那么深，那么永恒。我们其实一直沉浸在自我的刻骨铭心之中。一直以为的惊心动魄和荡气回肠，其实不过是给自己的幻觉戴上一顶虚妄的桂冠罢了。

当我们猛然间醒来，猛然间获知，我们曾经以为、或者是他让你以为的那种一生一世、地老天荒的爱情，不过是我们自己的一种想象，自己的一腔痴情，自己一个人的芭蕾时，你还爱吗？你还信吗？你将怎样面对你们曾经的海誓山盟？

我认识一对当年下乡做知青时非常相爱的恋人，冰天雪地、吃糠咽菜的日子里他们立下誓言要永远相爱。即使是因为种种无法抗拒的外界原因不得不天各一方，各自成立了家庭，他们也曾相约要好好活着，要永远相互等待，等到终于能够在一起的那一天。女的结婚不久便离婚了，因为她无法在心里抹去初恋情人的影子，丈夫得知后便愤然离去。许多年后，女的听说男的也离了婚，便立刻从遥远的地方赶来看他，想象着那金风玉露一相逢的销魂时刻，思念着那曾发誓要把她捧在手心里的初恋情郎。然而，令她万万没想到的是，男的已经迅速地另觅新欢，劝女的不要再来找他……

那是怎样的一种崩溃？一段苦苦思念了十几年的恋情"坠毁"了，打开黑匣子，那里面记录着最残酷的真相，原来那个你深爱的人并没有你想象的那么爱你。

　　也许，不是他早已把你忘记，而是爱情本身就是一件梦的衣裳，它只能披在青春的躯体上，像花儿只开在春天里。少年轻狂，荷尔蒙旺盛，青春的情侣有如海上涨满的风帆，无论前面有多么滔天的巨浪，也阻挡不了他们航行的欲望。当青春的潮水退去，满天的繁星不再有诗意，遥远的相思抵不过眼前的红唇，你这张旧船票也只能随风而逝，收藏在你自己的泪痕中。

　　可是女人不甘，女人难以忘怀，她总记得男人当初的动情，当初的温暖。还有他曾经唱过的那首歌："你问我爱你有多深？月亮代表我的心。"多么浪漫，却又是多么虚伪！月亮在哪里？是晴朗的圆月，还是暗淡的残月呢？

　　男人的爱，其实并不符合女人的想象，无论男人说爱，做爱，其实都不是女人心中想象的那种样子，那么深情，那么刻骨。女人总是喜欢自作多情，喜欢用自己的痴情来塑造爱人的形象。小有感动，便以为是深情。其实男人和女人在感情上对于生命的意义是有着本质区别的。对于女人，她们从成熟开始，感情的存在就是分分秒秒，时时刻刻的了，为了爱，女人可以忍受几倍于其承受力的苦难和折磨，却独独不能面对绝望，往往情感的绝望便是她们生命的绝望。千百年来，中国女人在爱情中大都是处于被动的地位，等待、忍耐、一生的守望。再从守望、无望到绝望，直至生命的终结。在爱情的悲剧中，如果男人是百年孤独，那么女人则是千年绝望。

　　三毛笔下的荷西，等了她6年，梦里落花知多少，三毛用作家的想象和女人的痴狂，把撒哈拉沙漠变成爱情的天堂。当爱人离去，痴情没有了载体，她便追随着她的爱情毅然告别尘世。

　　张爱玲钟情于胡兰成，把他的爱想象成心中的圣殿。"见了他，她变得很低很低，低到尘埃里。但她心里是欢喜的，从尘埃里开出花来。"而胡兰成呢，收到张爱玲写有这样痴情之语的照片后，他却"只端然地接受，没有神魂颠倒。"

　　曾写下千古绝唱《钗头凤》的陆游，转身赴了沙场，丢弃红尘，活到80多岁。而唐婉呢，却日日'角声寒，夜阑珊，怕人寻问，咽泪装

欢……"从沈园回去之后，想着表哥，念着表哥，不久便抑郁而死。

也许，男人没有你想象的那么爱你，不是你在他心中的分量不够，而是爱情这件事本身在男人心中就不是最重要的。如果把功名利禄比作男人手中的一柄宝剑，那么爱情不过是剑柄上那缕漂亮的穗子罢了。系上它，人生自然完美无憾。少了它，英雄依然是英雄。只有女人才会如此痴傻，一旦被爱情的毒箭射中，便宁愿中毒一生……

二、绿色——心灵

人生的"场"

那些少年的渴望，青春的梦想，人生曾经所有的问题，似乎都有了答案。酸甜苦辣，悲欢离合，人心背后的险恶，笑脸背后的阴谋，分手时分的眼泪，团圆之夜的狂喜……爱也爱过，恨也恨过，情已飘远，仇已看淡……

节日去和朋友唱歌，一房间的人都在五十岁到六十岁之间，最小的一位也是四十大几了，身在其中，我就感到有一种"场"在悄然流动——

人生走到这样的年纪，走过了一多半，似乎该体验的都体验了，该品尝的也都品尝了。那些少年的渴望，青春的梦想，人生曾经所有的问题，似乎都有了答案。酸甜苦辣，悲欢离合，人心背后的险恶，笑脸背后的阴谋，分手时分的眼泪，团圆之夜的狂喜……爱也爱过，恨也恨过，情已飘远，仇已看淡。当过官的，虽厌倦了尔虞我诈、勾心斗角却还有几分留恋。发过财的，尝尽了山珍海味、玩过了珠宝玉器，虽然意犹未尽却已兴意阑珊。做过学问的，教授、博导曾是何等耀眼的光环，而今却只剩下一顶虚荣的桂冠。忙碌奋斗了一生却仍然一事无成的，虽然不甘却也无奈，便把自己的人生梦想通通加压到了子女身上……

这是人生的又一道门槛，与二一出头刚出校门迈入社会时相比，少了那份激情，多了几份淡定，少了那种青涩，多了几份油滑。知天命，天命何来？在中国，年龄可以成为人的天然优点和缺点，那种对青春的赞美崇拜和对衰老的轻视贬损都是同样赤裸裸地残酷。当一个人接近退休时，也许你自己还尚无知觉，仍一如既往地玩了命地往前奔，却于无意中发现，几乎所有的目光和声音都在提醒你，你快到站了，该下车了，退休就是一道金牌令箭，也是一道人生的分水岭。一浪一浪被推到了这里，下面的路要怎么走？

而对于有些人来说，这样的门槛是不存在的。比如著名古典文学教授叶嘉莹，三十多年前她从加拿大回中国，到南开大学任教时已经是55岁了，到如今，中国改革开放三十年，正是她人生一个新的三十年，中年以后的生命过得如此充实！几年前的一个傍晚，我到南开大学"名家论坛"听她讲王国维的《人间词话》，站在讲台上一讲就是三个钟头，我看到八十多岁的叶先生身板硬朗，思维敏捷，古典诗词从她的口中滔滔不绝地奔涌而出，她的目光中依然闪烁着飞扬的神采。小礼堂内黑压压地坐满了人，后面和两侧还有许多站着听讲的人，一些来晚了的同学只能席地而坐，甚至一直坐到讲台边上，活到八十多岁，她依然是人生舞台上的主角！

忽然又想起杨绛，已经过了一百岁的她一直"走在人生的边上"。她自问自答地说："我正站在人生的边缘上，向后看看，也向前看看。向后看，我已经活了一辈子，人生一世，为的是什么呢？我要探索人生的价值。向前看呢，我再往前去，就什么都没有了吗？当然，我的躯体火化了，没有了，我的灵魂呢？灵魂也没有了吗？有人说，灵魂来处来，去处去。哪儿来的？又回到哪儿去呢？说这话的，是意味着灵魂是上帝给的，死了又回到上帝那儿去。可是上帝存在吗？灵魂不死吗？"

前两天，一位已经定居海外的大学同窗在网上发来一首她写给我的诗："漫忆当年古城东，垂杨紫陌笑春风。/诗书自许雄杰志，琴歌谁信女儿情。/夜读不觉天欲晓，卧谈犹记笑如疯。/如今重洋隔相望，卅年烟雨叹浮生。"读后，我的思绪瞬间就回到了三十多年前的大学校园，那时候的我，不是妻子，不是母亲，没有工作的压力，没有时间之鞭的抽打，不用按时下厨房煮饭，不必为家务事苦心操劳……我只是我！

人生就是一条环形道，当我只是我时，我歌我笑，我哭我怨，全凭自己的感觉。虽潇洒自在，却不踏实，拼命要往工作和家庭的套子里钻，套上一身的责任，苦干实干加巧干地度过几十年之后，忽然一声铃响，车到站了，人该退休了，这时孩子也长大成人了，忽然间就又回到了原点——我还是我！然而这时自在依然却潇洒不起来了，曾经负过重的翅膀一下子卸了载反而不知该如何飞翔了。

　　大诗人泰戈尔在他五十岁生日时写过一篇散文《年过半百》，他认为，人是可以再生的，一次是在娘胎里出生，另一次诞生在自由的世界。换句话说，一次是个体的诞生，另一次是在群体中的诞生。于是，他把自己五十岁的生日定义为新的诞生。他说："今天，我来到你们中间，这儿，不会延长我既往的人生，实际上，突破既往人生的外壳，我在这儿再生了。用火柴划出的微小火苗，今日变成了华灯长久的熠熠光芒……"

人面不知何处去

一个小时前刚刚走进这翠竹满天的园林时，也还毫无感觉，怎么会一品茶就品出了如此深藏的寂寞呢？从竹尖的缝隙望去，那一角阴沉的天空也是寂寞的。

在熙熙攘攘的人群中，在五光十色的喧闹中，心灵一定是关闭的，沉默的，忍耐的。只有当夜幕降临，世界变得安静了之后，你才有可能独自敞开心扉，与自己的心灵相对，轻轻地问一声：你还好吗？

或者，当你独自一人到了一个陌生的异地，独对广袤的天空，辽阔的草原，沉默的大山，拍岸的海浪……你便能感觉到自己外在的一切，相貌、身高、服饰等等都在漫漫淡化，而心灵则开始一点点地凸显和"长大"，恍若你之外的另一个人，开始与你赤裸相见，无障碍交谈。你才发现，原来你也有如此深藏的寂寞，如此深埋的渴望和如此温柔的梦想。

那是一种很私密的自由，与心灵独对的时光。摒弃了财富、容貌、地位、名望等一切外在的物质包裹和诱惑，清清静静还原一个真实的自己。虽然已经历过那么多世俗的风霜雨雪，但仍然可以让内心的洗礼还一个婴儿般纯静的瞬间。

那是一个初秋的午后，我独自一人坐在南方一座城市的一个公园的茶楼平台上，被满眼的翠竹拥抱着，竹林间有一群鸟儿在婉转地鸣唱，当地的老人们在竹林间的空地上围成好几桌边品茶边打牌，很悠闲，很温馨。

我要了一杯碧螺春，伙计给我的竹椅旁放了一个大暖壶，可供我大喝特喝一阵子。当时是下午4点多钟，天很阴，过早地暗了下来。我望着葱郁的竹林，似有更深一层的忧郁在林间悄然弥漫。我忽然发现，我其实是一个内心相当寂寞的女人，这几十年来，或者说，自从母亲去世之后，我从小到大整个的成长过程，内心一直是孤寂的。魂无所依，梦无所系，不知为什么，每当我独自一人时，就突然会不知不觉地涌出眼泪……

深而阔的竹林，老竹，新竹，绿如天网。还有，微苦的碧螺春。时而有算命的、擦皮鞋的拉生意者从面前走过　不远处是哗啦啦的洗牌声和老人们愉快的欢声笑语，鸟儿叽叽喳喳，自由而快活。我开始往盖碗里续第三次水，独自一个人品茶，是一种很奇妙的体验，面对一片人间温情，很民俗的画面，我却内心寂寞而忧郁。上午采访时还兴致勃勃，情绪饱满，一个小时前刚刚走进这翠竹满天的园林时，也还毫无感觉，怎么会一品茶就品出了如此深藏的寂寞呢？从竹尖的缝隙望去，那一角阴沉的天空也是寂寞的。

想想人的一生，最最亲密和熟悉的人，比如父母，比如夫妻，比如儿女，其实每个人都是生活在自己的灵魂世界里的，亲人友人之间也许会非常亲密，但灵魂却一定是独立的，心心相印自然美好，但却无法永恒，永恒的一定是寂寞。只不过大部分人都无暇静下心来思考，或者从不察觉罢了。

这个茶楼营业到晚上9点，既没有苍蝇也没有蚊子，真的好清幽啊！我现在开始续第四次水，心底涌起一支歌，缓缓的，柔柔的，是邓丽君唱的一首根据唐朝诗人崔护诗《题都城南庄》作曲的歌："去年今日此门中，人面桃花相映红，人面不知何处去，桃花依旧笑春风……"

这个"人面"其实不是别人，正是自己。当年的那个爱唱又爱哭的小女孩哪儿去了？如今坐在这里品茶的妇人又是谁？

一只好大的鸟儿从眼前掠过，五彩的羽毛划出一道美丽的弧线。又有几只小麻雀飞来落下，在我面前的竹椅背上叽叽喳喳地跳来跳去，打牌的老人们开始收摊了……其实我是很享受这种独处的，好久没有与自己的灵魂交谈了，已经被工作和日常生活挤得没了踪影。现在，它终于肯出来与我面对了。

茶，淡了，也许，这才是生活的原味。我们生下来之后，一生就是一个不断续水的过程，一直到最后找不到生命的原味，人生便结束了。

咽下最后一口茶，收拾起像鸟儿一样自由鸣叫的心灵，是该离开的时候了。可是刚起身，伙计又为我续了一遍水，便重新坐下凝视起竹林和鸟儿，好美的音乐——鸟鸣的交响！高低错落，此起彼伏。打牌的老人已经走光了，在这更深的寂静里，唯有这鸟儿的歌唱。我忽然有了一种无比放松的感觉，像我曾经写过的散文《恋海情结》一样，放下了所有在人间的角色面具，让自己的灵魂变成一只鸟儿，和那些歌唱的鸟儿一起在竹林间尽情嬉戏，尽情欢唱……

是什么，温暖着我们的心灵

　　她的话让我不由得心生惭愧。回望刚刚过去的一年，我几乎没有想过我应该去感谢谁？又如何感谢？只觉得时光匆匆流过，整日里疲惫不堪，心灵几乎处于麻木的状态。没想到，一本小小的台历却让我怦然心动，一丝丝的温暖和着一些些的感动在心间悄然弥漫开来。

　　天寒地冻时节，一个意外惊喜不期而至。

　　一位多年前的作者打电话说，她就在报社的楼下要见我，可是那时我并没有在报社，问她有什么事不能在电话里说吗？她说要送给我一本新年的台历。就这么一点小事，何必非要见我！我让她随便交给任何一位在报社的同事，由其再转给我更可。那天下午，当我从同事手中接过这本并不算大的台历，不经意地翻开第一页时，一下子就愣住了：这不是我吗！一月，二月，三月，一页页地翻下去，方才明了，原来这是用我的照片精心设计制作的一本个性化台历。每一张照片都经过巧妙地剪裁，分别用心形、棱形、椭圆等形状的底色装饰，并配以玫瑰、兰花和草莓、礼品丝带等图案点缀，与当月的月历融为一体，简直是天衣无缝！

　　太珍贵了！当记者做编辑这么多年，收到过许多不同的礼物，有鲜花，有丝巾，有图书，甚至有手工制作的手绢，但如此用心良苦的礼物还是第一次收到。最让我惊奇的是，她从哪儿找到我这么多照片？她回答说，是从我的博客中收集到的。然后再挑选出她认为最能代表我的十二张，并且按照不同的季节分类，还专门选了一张我在三亚潜水时的

照片放在六月里。

我写博客已经好多年了，发过的博文也有三四百篇了，都往上贴过什么样的照片，连我自己都记不清了。而她却要一一地打开搜寻，挑选，然后再制作，不说制作成本，光是这份心思和为此消耗的时间就足以令人感动，这样的礼物是花多少金钱都无法买到的啊！这份真诚和美好像冬日里的阳光，安静地照耀着，虽然不能立刻驱赶严寒，却把一份无言的温暖慢慢浸入你的心田。

不久后的一天我和她见了面，她说为了做这个台历，她在电脑前熬了好多个夜晚。我问她何必要这么辛苦费力地做这个？她说，当初她只是一个无助的下岗女工，正处在人生最艰难的时刻，是我给她编辑并刊发的那篇整版文章给她建立了极大的自信，并且在社会上产生了不小的影响，为她后来的再就业之路点亮了一盏明灯，她才有了今天的成就，成为一所业余学校的创办人。那时候她连电脑都不会用，如今，已经是这方面的能人高手了。到了年底她就在想，这一年，我应该用什么回报帮助过我的人？最简单的方法莫过于请人吃饭了，可是她觉得上餐馆太没个性了，她也不是那种善于在餐桌上应酬的性格，于是，她用尽心思亲手制作了这样的台历，分别送给几位曾经帮助过她的人。

她的话让我不由得心生惭愧。回望刚刚过去的一年，我几乎没有想过我应该去感谢谁？又如何感谢？只觉得时光匆匆流过，整日里疲惫不堪，心灵几乎处于麻木的状态。没想到，一本小小的台历却让我怦然心动，一丝丝的温暖和着一些些的感动在心间悄然弥漫开来。

岁尾年初，换新日历的时候，一页页回翻着一年的日历，上面记录最多的是我预约采访的时间、地点和人物，每当一个名字映入眼帘的时候，就有一张陌生又亲切的面孔在眼前浮现。这一年在我采访过的十几位人物之中，印象最深的是那位新中国第一批女飞行员伍竹迪。文章见报前我遵嘱去她家请她审稿，没想到老人家竟然亲手为我包了海鲜馅的饺子，我们边吃边聊，像晚辈和长辈在聊家常一般。她传奇般的人生经历给了我很深的感悟。一是自信对一个人成就事业的重要性，不要胆怯，要勇敢地面对自己的人生。二是女人的独立与自立，眼界与心胸。她的自立观来自从小母亲对她的教育，女人不能只当花瓶，无论做什么事，都要踏踏实实地做出成绩来，才能立得住。三是体育锻炼对人的重要性，不仅仅是对身体的锻炼，更是一个人从小培养起来的自信和勇气。她从少女时代的篮球健将到新中国第一代女飞行员，胆大，心细，身体灵活。无论是生育子女，还是遭遇挫折，好身体都给她帮了大忙。如今她已经80多岁了，还天天打太极拳，干家务活，甚至骑自行车去买菜，实在是太令人钦佩了！如果你在街上看到一个骑自行车的老太太，你会想到她曾是开飞机的吗？并且曾经驾机飞越天安门广场，接受毛泽东、刘少奇、周恩来等一代开国领袖的检阅……

　　每一次采访都是一次学习，都是对自己人生的一种滋养和丰富。让视野更开阔，让心灵更纯净。我深深地感谢他们。这么多年的记者生涯让我明白，帮助别人，其实也是在帮助自己，当有人感谢我们的时候，其实我们更应该感谢的是他们！

心灵中的海角天涯

只要你的心里没有矗立起一块"天涯海角"的石头，你就不会让"伟大"的"悲情故事"在你身上重演。

在这个被酷暑烙烤的夏天，早上一起来就昏头涨脑地开始流汗，打开音响，随手放一张碟片进去，便转身忙着去洗漱。忽然，一阵浑厚低沉的马头琴音缓缓响起，悠扬婉转的旋律顷刻间把我吸引了过去，凝神静听，一片辽阔的大草原立刻在脑海里闪现。在那广袤苍茫的远方，传来了女中音深情的歌唱："爱到什么时候？要爱到天长地久；我牵着你的手，牵着你到白头，牵到地老天荒，看着手心里的温柔……"

原本觉得俗不可耐的歌词，在悠扬的马头琴伴奏下，以如此深沉低缓、有如男声的女中音唱出，竟然深情得让人想要流泪，高高的雪山，蓝蓝的湖水，天辽地阔的无边诗意，一种来自远方的呼唤打湿了我的心。忽然想到，爱的最高境界也许不是相守，而是相思。是一种距离，一种无奈，一种想要牵手却永远也够不着的念想。

可是，既然相爱，又怎么会不能牵手呢？在当今无处不有网络、无处不发V（微信、微博）的信息时代，航天员能上九天览月，航海员能下五洋捉鳖，还存在地域意义上的海角天涯吗？人们意识中具象的"海角天涯"，不过是三亚海边的两块大石头上所刻的四个字而已，如今那大石头的周围早已变成人山人海的闹市，如果让一个小孩子在那里认识"海角天涯"这四个字的含义的话，一定与遥远和孤独无关。那么更远的地方呢？五大洲四大洋就不说了，即使是南极北极，也不再是让人望尘莫及的所在。那么还有哪儿，是能够叫做"天涯海角"的地方呢？

有一首著名的诗《世界上最遥远的距离》，诗中写道："世界上最遥远的距离/不是生与死/而是我就站在你面前，你却不知道我爱你/世界上最遥远的距离/不是我就站在你面前，你却不知道我爱你/而是，明明知道彼此相爱/却不能在一起/世界上最遥远的距离/不是明明知道彼此相爱却不能在一起/而是，明明无法抵抗这般想念，却还得故意装作丝毫没有把你放在心里……"

这便是真正的距离，心灵中的海角天涯！多半说的是相爱的人因为种种现实的阻碍而无法牵手，或者是暗恋、单恋、畸恋乃至不伦之恋，总之是想疯了都够不着的那种绝望之恋。而我今天想说的却是另一种心灵距离，一种总能为自己找到理由的"伟大距离"。

有一位爱写诗的朋友，早年离家南下创业，多年后终于事业有成，却总是忙得焦头烂额，难得抽身回家探望年迈的父母，一年拖一年，年关将近时，他以诗抒情，写下了《跪拜父母》的长诗，自己读着，如泣如诉，泪流满面。却被一位老乡嘲讽说，既然如此思乡，如此撕心裂肺，为何不干脆花时间回去一趟，不是用文字而是用自己这个大活人跪在父母面前呢！卖弄悲情或许也是一件很"美丽"的事吧！

这让我想起了自己三十多年的记者生涯中，报道过许许多多各条战线上的标兵模范和先进人物，在诸多的"先进事迹"中，总有一条是为了工作（或者帮助他人）而不管不顾自己的父母家人，甚至亲人病重或者去世都无法回到他们身边，等等。这样的事例往往成了我们报道中最具煽情效果的部分。可是换个角度去想，一个人情操的伟大或者足够先进的表现，一定要用对自己家人的不近人情来完成吗？

在刚刚落幕的伦敦奥运会中，中国运动员以38枚金牌的战绩雄居世界第二，为国人挣足了面子。在对这些优秀运动员的报道中，我们同样可以看到类似的"悲情故事"——为了参加奥运比赛，有的运动员亲属患绝症甚至去世都没有时间回去与亲人告别，或者是运动员的亲属"深明大义"，根本就不把这样的消息告诉给他（她）。然后他（她）再手捧奖牌，面对亲人的噩耗哭成泪人……

我以为，一个人无论身份地位的高低，所做工作的伟大与渺小，

除了极个别的情况，都不至于忙到数年不去探望自己亲人的地步，更不要说是年迈或患病的亲人了。无论你在什么地方，地域的距离都不是距离，只要你的心里没有矗立起一块"天涯海角"的石头，你就不会让"伟大"的"悲情故事"在你身上重演。

我和我的青春一起流泪

　　我站在我的油画面前，观看我青春的"电影"。那个夏天，那个傍晚，那片梦一样的海滩，那个拉着小提琴，渴望"长风破浪会有时，直挂云帆济沧海"的少女……

　　我的青春"复活"了！

　　一走进厅里，便立刻看见了我——那个拉小提琴的白衣少女！一身白底小碎花的连衣裙，站在海边的礁石上，左肩上一把棕色小提琴，刚刚拉完了乐曲的最后一组和弦，左手四指停留在高把位的和弦上，持弓的右臂高高扬起，仿佛那琴声并未停止，和着海风汇入海浪，化作点点浪花在海上翻滚。在我的身后，傍晚的云在层层堆积，深蓝色的海浪撞击着礁石。我的脑后梳着一把短短的小刷子，额前的留海被风吹起，露出光洁的额头。我的目光专注于琴弦，裙衫微微飘起，站立在礁石上的赤足与海水亲吻……

　　这就是青春岁月的我。

　　上世纪80年代，读大学二年级的那个暑假，我和儿时的好朋友一起从北京坐火车到北戴河，在人山人海的北京站，挤火车时，把我自己手工缝制的墨绿色琴套的背带都挤断了。在北戴河，我们每天花5毛钱住在当地中学的教室里，有的睡在用课桌搭成的"床"上，有的就干睡在铺着草垫子的地上。那是我22年的生命中第一次见到大海，第一次扑入大海的怀抱，那种震惊和狂喜，至今仍历历在目，鲜活如初！

　　当年的照片是黑白的，是用一台120相机拍摄的，胶卷是处理品，照片也是后来自己配的显影和定影药水自己冲洗的，不仅不很清楚，还尽是划痕，但却一直是我的珍藏。因为那上面饱含着我的青春梦想，我的少女情怀。曾经想把照片放大，但底片条件不允许，数码相机时代来临之后，放大这张照片就只能永远是一个梦想了。终于，我请一位了不起的画家把我这幅小小的黑白照片变成了色彩斑斓的油画，让我的青春"复活"了！

我把油画取回家，愣怔怔地，整个人像傻了一样。面对画中的自己，就如同面对着自己的青春，30多年前的日子一一清晰呈现。那个多情又多愁，敏感又善良的女孩，那个单纯又痴情的女孩，那个从小失去母亲、无人疼爱的女孩，那个点着煤油灯、在乡下低矮的土坯房里偷偷哭泣的弦上的少女时代……

不知不觉中，泪水悄悄涌出眼眶，我的青春岁月就是在泪水伴着琴声、琴声伴着泪水中渡过的，我哭。我哭。自从父亲挨整、母亲去世之后，心底的哀伤便是我人生的底色。直到考上了大学，直到谈了恋爱，那份内心的伤痛仍然像躲藏在暗处的幽灵，不时地跑出来掠夺我的欢乐。

那次从北戴河回到学校，我写了一篇散文《海之交响》，投寄出去之后，很快就发表在当时的《散文》月刊上。那是我在大学时代发表的第一篇散文，挣了平生第一笔"巨额"稿费——30元钱。那之前我也发表过一些诗歌，但稿费从来没有超过10元钱。

花有重开日，人无再少年。青春是什么？是健壮的肌肉，飞扬的神采，亮晶晶的眼眸，婀娜的身姿，还是楚楚动人的目光？

不，这些只是青春的表象，只有走过了青春，才能明白，青春实际上更是一种饥渴、困惑和躁动，是千万种可能，是无数次地重新来过。在这样的年龄里，错误可以被原谅，任性可以被宽容。青春是花蕾初绽时最娇嫩的伸展，是狂饮雨露后最饱满的绽放，是胆量，是勇气，是生长……

青春又是一种回忆，一种丧失，一种追悼。身处其中的人，没有谁在乎，因为来得容易，理所当然。只有在失去之后，才倍感珍贵，倍觉惋惜。正值青春的人，因为学业，因为情感，因为看不到光亮的前途，几乎没有人可以轻松自在地享受它。青春时光的人生多是忧郁的，迷茫的，甚至是悲苦的，因为成熟是要付出代价的。有人说，一个在感情上成熟的男人或女人，至少要接受10次失恋的调教。可是，在这多次的情感挫折中，那种撕心裂肺的痛苦和绝望足以扼杀了你的青春！所以说，青春又是最危险、最脆弱的时期，一时的冲动，一瞬的失控，都有可能酿成"千古恨"的悲剧。年轻时，我们不懂得爱，正因为人生的谜底尚待揭开，所以青春才更具魅力。

　　我站在我的油画面前，观看我青春的"电影"，那个夏天，那个傍晚，那片梦一样的海滩，那个拉着《梦幻曲》和《大海一样的深情》，渴望"长风破浪会有时，直挂云帆济沧海"的我。耳边响起了电影《时光倒流七十年》中那动人心弦的主题曲，时光真的能倒流吗？也许，在心里，在梦里……

也许很远，也许很近

因为网络的便捷，我们已经不太重视别离，站台上更少见执手相看泪眼的场面，至于赠别一类的诗文，或许也快成为绝唱了。

"人的一生应当有

许多停靠站

我但愿每一个站台

都有一盏雾中的灯

虽然再没有人用肩膀

挡住呼啸的风

以冻僵的手指

为我掖好白色的围巾

但愿灯像今夜一样亮着吧

即使冰雪封住了

每一条道路

仍有向远方出发的人……"

这是多年前我非常喜欢的一首舒婷的诗作《赠别》，今夜，当早春的寒意丝丝浸凉，窗外的灯火点点闪烁时，这样的诗句不知怎地突然涌上心头。于是关了屋里的灯，站在落地窗前，对着宁静的春夜，想象着那样一个站台，那样一种送别和那即将向远方出发的人。

曾在视频中看李开复给青年学生做的一场演讲，当有学生提问，请他谈谈自己的缺点时，他想了一下说，就是每天粘在电脑前的时间太多了，是一个电脑的重度用户。主持人问大概是多长时间，他说，基本上从早到晚，除了吃饭、开会差不多所有的时间。因为在他的卧室床头、汽车上甚至洗手间里都分别放有电脑。

不止是李开复，也不止是那些与他相类似的诸多成功人士，如今把时间都粘在电脑和手机上的人太多了。在这样的夜晚，如果有一大批不肯入睡的人，那么基本上不是对着电视便一定是对着电脑，或者是各类智能手机。当今，在有人群的地方，无论是会场还是商场，无论是陌生人还是亲朋好友，每个人都会时不时地拿出手机来埋头忙活一阵儿，似乎一会儿不与屏幕相对，便像丢了魂一样地怅然若失。许多孩子甚至已经不看纸质的童话书了，因为与屏幕上那些能动会唱的小动物相比，看纸质书太费劲了。从幼童到成人，手机、电脑已经成了我们的精神保姆，那么，我们还有多少时间感受生活，感受大自然，感受自己的心灵呢？

因为通讯网络的便捷，我们已经不太重视别离，站台上更少见执手相看泪眼的场面，至于赠别一类的诗文，或许也快成为绝唱了。

想起大学毕业的那个夏天，每个同学都专门准备了一个笔记本用来书写离别赠言。"别路云初起，离亭叶正飞。""为了新春绿色的生命，我不折柳相赠；为了你朋辈如云的前程，我不唱阳关。唯以一阕清歌寄上我的祝愿……""好朋友怎能忘记、怎能不怀想——那过去我们共同度过的美好时光！"厚厚的一本留言，在没有电脑的时代，每个人彰显个性的笔迹成了我们青春记忆中最为珍贵的礼物。还有，在毕业晚会上我朗诵了一首自己写的离别诗，记得其中有这样的句子："也许，今朝一别，终生难得再见；也许，来日的相会，都别是一番模样。那么来吧，握一下双手，道一声再见，彼此在心中写下永恒的留念。抛开烦恼、忧伤，不要把隔阂记在心上。来吧，同学，不要忘却共读四年的同窗……"

诗与文，是从心灵深处流淌出来的汁液，是需要情感的滋养和时间的沉淀，是一种积蓄已久的情感爆发。无论是作者还是读者，都需要沉下心来品味和感受。而今，在如此发达的网络时代，微博、微信上分分秒秒都可以把自己的情绪发泄出来，无论是喜悦、温馨的感受，鼓舞、

励志的思考，还是忧郁、愁苦的思绪，甚至愤怒、狂躁的恶言……都可以随时任意地在网络上像甩鼻涕一样喷洒出来。这种短而快的书写，可以让人们无需停下脚步，在匆忙的奔走中便可完成。这样的快节奏，与我们的速食店、速成班以及家禽的快速饲养相匹配。然而，有了这样的情感抒发和情绪发泄的渠道，有了这样与人快速沟通的虚拟平台，我们的心灵就不孤独了吗？我们担负的压力就会减轻了吗？也许在短暂的快慰之后，孤独更深了一层，压力更重了一分。

虽然立春已经很久了，但北方大地上的绿色仍像一个不肯轻易出场的大腕儿，还在幕后端着范儿，等待着春雨的召唤。清明时节，看电影《桃姐》，忽然就漫上心头一种说不出的伤感，影片中所展示的老年人的生活状态像一种预言，闪着红灯就亮在我们未来人生的某个路口。也许很远，也许很近，就像春花开放的时候，那鲜艳动人的花瓣上颗颗晶莹的露珠，也许是来日的梦境，也许是昨日的泪滴……

春深夏浅的夜晚

……无论你以往的日子多么辉煌，多么幸福，多么哀伤，全都随风而逝了。钱，房子，还有情感，爱过的和恨过的，所有的羡慕嫉妒恨，所有从前喜爱的、为之苦苦奋斗的、或者拼命积攒的、舍不得穿用的，全都没有任何意义了，生命就这样结束了，一个悄无声息的句号。

（一）

春深夏浅的夜晚，乘车走在回家的路上，车子沿着一条津城的小河行驶，堤岸是一排随风摇曳的垂柳。

夜晚，途中，街灯一盏一盏地闪过车窗，向后略去，像我们一段又一段过往的人生。五月初的晚风虽然很猛，但已不再寒冷。

车上，有低低的音乐响起，车窗外，都市的霓虹斑驳陆离，如梦似幻。没来由地，突然就涌起一阵伤感，突然，一个问号闪进脑海：我们能活多少年？

母亲去世时只有51岁，父亲如今已过了90寿辰依然硬朗，有时候真的很恍惚，生，还是死？早夭还是长寿？这一切的发生是偶然还是必然？冥冥中真的有命运这只魔手吗？不仅仅是上一辈，同龄人中也有一些人突然就离去了，生命不知在什么时候会突然熄灭，就像被车子甩在身后的那一串串街灯……

曾经，去医院看望一个患重病的朋友，那是一个新年的元旦，想在这辞旧迎新的日子，给她带去一点点温馨。因为她病得已经很严重了，

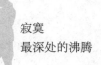
完全不能进食，连水都咽不下去，只能靠从大腿的静脉输一种营养液维持。她削瘦而衰弱，化疗后掉光的头发长出来了一点，鼻子上插着氧气管，说话几乎发不出声音，我努力贴过去听得半真，她不停地咳痰，面容愁苦。她说："我以前每天都会觉得今天比昨天好一点了，可是现在不这样想了……"她说最难熬的是夜里，整夜地睡不着。

从医院出来，我很难过！

一个人，到了这种时候，这种形象，没有隐私，没有能力做自己喜欢的任何事，甚至连吃东西的快乐都没有，活着的唯一目的就是等待死亡的到来，随时随地的，闭上眼睛，和自己的一生告别……无论你以往的日子多么辉煌，多么幸福，多么哀伤，全都随风而逝了。钱，房子，还有情感，爱过的和恨过的……所有的羡慕嫉妒恨，所有从前喜爱的、为之苦苦奋斗的、或者拼命积攒的、舍不得穿用的，全都没有任何意义了，生命就这样结束了，一个悄无声息的句号。

（二）

什么是命？什么是运？

在音乐厅听莫斯科交响乐团的演奏，斯美塔那的《伏尔塔瓦河》，德沃夏克的《自新大陆》，乐音穿行，旋律回荡，有一种岁月和命运在音乐中慢慢升腾，中间有一个断句，正在演奏的乐队突然停止，指挥的手臂停在半空，像是给生命以回眸的缝隙。学音乐的儿子告诉我，这是作曲家表现一种泣不成声的情绪，音断情不断。瞬间之后，音乐再次奏响，浪潮般掀起新的高潮……

当最后一个音符停止的时候，观众潮水般的掌声一浪高过一浪，他们不想让这流淌的音乐瞬间结束，于是，乐队重新坐好，指挥重新站定，随着他手势的起伏，旋律再次响起，人们安静了，沐浴在音乐的阳光雨露中，心灵再次得到了抚慰，灵魂再次受到了洗礼。

演出可以再有，音乐也可重听，而人生却没有返场，也不允许返场，无论你的人生是多么辉煌壮丽，或者多么温馨静美，再或者是多么悲伤疼痛，结束了就是永远地结束了。喜也好，悲也好，最后一个音符休止，这个世界就从你的生命里退出了。

（三）

一个亲戚的小女孩我们叫她小宝，只有两岁，像春天里的花骨朵一样生长着，和她在一起，仿佛能感受到那种生命的引力，正如朝阳般喷薄欲出，红艳艳的光辉把我们每一个成年人的内心都映照得透亮而温暖。孩子的笑脸真的像阳光一样，小宝笑了，全世界都笑了。同样，小宝哭了，全世界都哭了。那挂着泪珠的小脸，如同被乌云遮住的太阳……

这个两岁的小女孩，用她那天使般纯洁的笑容，点燃了我们心底尚残存的天真，又用她最晶莹剔透的眼泪，勾出了我们心尖上最鲜灵的疼爱……孩童的脸就是我们灵魂的镜子，那样的纯真自然，那是我们每个人都曾有过的人之初啊！

多么想留住这张孩童的笑脸，留住我们曾经纤尘不染的灵魂。在女孩淌着口水的笑靥中，蓦然回首，才发现我们已经走过了那么多的岁月，而岁月早已在我们的生命中刻上了难以磨灭的印记……

人生的困境

经济越发达，我们背负的东西越沉重，没有房子行不行？没有车子行不行？不进重点校行不行？不优秀不出色行不行？还没等你回答，全世界都张开大嘴说：不行！

这是两幅四格漫画，第一幅画的是：

1、一个头上有一撮毛的男人对一个戴帽子男人说："我好自卑，我有忧郁症。"

2、闻声又来了三个男人都说："我也有忧郁症。"

3、一群男人、女人凑过来纷纷说："我也有！我也有！"

4、那个戴帽子的男人说："我好自卑，我没有忧郁症。"

第二幅画的是：

1、一群人中的一个男子对他身旁的人说："你右边的有性格分裂症，后边的有狂躁症，左边的有忧郁症。"

2、男子继续说："右后边的有妄想症，左后边的有自闭症。"

3、那个男子身旁的人问道："那你呢？"男子说："我没事，我只是在等电影开演。"

4、其实这群人都坐在精神科门诊室外候诊，也包括那个说话的男子。于是那个男子身旁的人说："他病得也不轻啊！"

看到这，我们不由得会心一笑，这就是著名漫画家朱德庸的最新作品《大家都有病》给我们带来的幽默意境。他在书的自序中写道：我们碰上的，刚好是一个物质最丰富而精神最贫困的时代，每个人长大以后，肩膀上都背负着庞大的未来，都在为一种不可预见的"幸福"拼斗着。但所谓的幸福，却早已被商业稀释而单一化了。市场的不断扩张，商品的不停增产，其实都是违反人性的原有节奏和简单需求的，激发的不是我们更美好的未来，而是更贪婪的欲望。长期地违反人性，大家就会生病。当我们"进步"太快的时候，只是让少数人得到财富，让多数人得到心理疾病罢了。

于是，焦虑症，抑郁症，恐慌症，狂躁症，妄想症，自闭症……从我们周围的生活中和资讯的传播中获悉，似乎这样的病人越来越多，每个人都在喊压力大，却每个人都在往压力里拼命挤，生怕挤不上被落下。这种时代恐慌症从孩童时期就已经开始了——上有外教的双语幼儿园，挖心思找门路挤进重点小学，烧香拜佛花银子考上重点中学和大学，无数的作业和种类繁多的辅导班，无数的小考、中考和大考，好不容易大学毕业了，却又为能挤进一个好工作单位而左右奔突，上蹿下跳。所谓的好单位，就一定有众多的竞争者，挤不进去的怨天尤人，仰天长叹。侥幸挤进去了便如同钻进了压力巨大的蒸锅，久而久之生命便被一点点蒸干了。如果你还想继续往"上"挣扎，那么，你牺牲的也许就不仅仅是你的个人生活，而有可能是你的寿命了。

正如朱德庸所说，这是一个只有人教导我们如何成功，却没有人教导我们如何保有自我的世界。我们这个时代，对我们大家开了一场巨大的心灵玩笑。我们周围所有的东西都在增值，只有我们的人生在悄悄贬值。世界一直往前奔跑，而我们大家紧追在后，可不可以停下来喘口气？有没有另一种选择呢？

人，看似坚强其实很脆弱，有时仅仅是体检时医生随口的一句诊断，就有可能让一个人的精神崩溃，也有时仅仅是上司一个不屑的眼神就能让你足足郁闷好几天。契诃夫笔下的《小公务员之死》已经不再是玩笑。经济越发达，我们背负的东西越沉重，没有房子行不行？没有车子行不行？不进重点校行不行？不优秀不出色行不行？还没等你回答，全世界都张开大嘴说：不行！

大人累，孩子累，经济匮乏时期不能理解为什么外国影片里的富人面对美食还说没胃口，如今我们终于也品尝到吃不下、睡不着的滋味

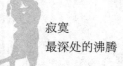
了。每个人都说忙，即使身不忙心也在忙，浮躁像传染病一样在每一个人身边徘徊。大家都有病，你没病，你便自卑了。大家都拼命往前跑，你不拼命，便落后了，脱轨了，被甩了，得有多大的心理支撑，才能有勇气自觉地"走在人生的边上"啊！

在《大家都有病》里，还有一幅四格漫画：1、一个被埋在文件堆里打着电话的人说："我忙得没有爱情生活，没有社交生活也没有休闲生活。"2、老板告诉他："公司倒闭了，你失业了。"3、他转悲为喜："算了，想开点，至少我可以有自己的生活了。"4、女人冲他喊："失业？谁要和你谈恋爱做朋友！"男人嘲讽他："喂，休闲也要钱地！"结论是：在这个有病的时代，无论忙或不忙都不会有生活。

几年前，我曾采访过朱德庸，他问我：你看过狗会笑吗？猫会笑吗？没有。只有我们人会笑。所以，我觉得幽默对人是太重要了！幽默就是人生唯一的解药。当我们的生活里充满幽默的时候，你生活的感觉就会回来，幽默可以弥补许多人性黑暗和负面的部分。因为人生就是这样，我们都如同坐上了旋转木马，游戏还没有结束，我们大家都不能下马，你哭也好，笑也好，也只能随着音乐不停地旋转下去……

心灵的湿地

临分手时，瑞典男人从包里取出一瓶包装精美的香水递给她。说这是送给你的圣诞礼物，希望它能让你能找回一点点圣诞节的感觉。那人走后，女友就傻傻地站在那儿很长时间，手里拿着这不期而至的珍贵礼物，心中充满感动。

刚搬到新宅的时候，我家窗外是一片很大的湿地，水草丰沛，鸟儿成群，加上旁边的小河，虽然夏天蚊子多一些，但感觉窗外总有些湿润润的空气在流动。如今，几年的功夫，水被抽干，草被铲净，湿地被填平，鸟儿也被迫另觅家园。窗外是一片新楼林立，为了盖楼，许多大树都被连根拔起。更忍无可忍的是，楼群中还矗立起一座被罗马柱环绕、假得吓人的欧式建筑，一家高档豪华餐馆。每到周末或节日，便鞭炮震天，浓烟蔽日，每一场婚礼秀的举行，都要让小区的天空失色，从前宁静的世界便不复存在。

渴望宁静，渴望湿润，北方越来越干燥的春天似有无形的火焰在日日燃烧。空气干燥，心更干燥。雨季不再来，人不能胜天，能够调节的或许只有我们自己的心灵了。

一位多年旅居海外的女友给我讲了这样一个小故事，那一年她与相恋的男朋友分手，一个人乘机飞回到她旅居的欧洲。那天飞机上很空，几乎没什么人。因为是圣诞节，飞机上的饭菜格外香，但她黯然神伤，没有胃口。坐在她旁边的是一个瑞典男人，那人礼貌地问她是不是身体不舒服，是否需要帮助？女友不可能跟这样一个陌生的外国人说她与恋

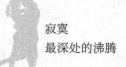
人分手的事，只说她是害怕一个人回去，因为她已经一年多没有回去过了，欧洲的家里一定很冷清，更不可能有圣诞节的气氛。因为在欧洲圣诞节是家庭的节日，是亲人团聚的日子。飞机到法兰克福机场落地，女友和瑞典男人要分别转机，奔向各自不同的目的地。临分手时，瑞典男人从包里取出一瓶包装精美的香水递给她。说这是送给你的圣诞礼物，希望它能让你能找回一点点圣诞节的感觉。那人走后，女友就傻傻地站在那儿很长时间，手里拿着这不期而至的珍贵礼物，心中充满感动。直到很多年过去了，她都无法忘却那个圣诞节的瞬间，那种陌生人之间的温暖。

这一点点温暖，这一点点节日的感觉，就能够让失落的心灵飘洒雨露、照射阳光。

这样的感觉有时会突然而至，有时候只是一个瞬间。几年前我到杭州采访时去了一趟西溪湿地。当我们的小船"闯"入这片轻柔的湿地时，天空飘着雨，水雾在天水之间撒下一张梦也似的湿网，越往水巷深处走，越像是进入了一条生命的迷航。与大江大海不同，湿地是一片岸与水、水与天、天与树界线不是很清晰的世界，恰巧此时又是在雨中，随着我们的船一程程驶入，眼前水墨画一般地展开了一幅江南水乡的巨大画卷，船头犹如浸满墨汁的笔尖，轻轻触碰一下水面，便轻波荡漾，倒影幽幽，画卷随之又展出一片新的图案。水波微微荡漾，世界如此宁静，在一片湿淋淋的绿色中，未知的水域里似有一个看不见的魔幻王国潜伏着，无数水妖正在船底起舞，湿的天空，湿的水面，湿的树丛，湿的小桥……我的心呢？湿了吗？

天上细雨霏霏，水珠在玻璃窗上舞蹈，雨珠渐大时，窗上立刻呈现出一幅抽象的水墨写意。而那断线珠子般的雨水，真像是少女的眼泪。我想到了自己一半幸福一半苦涩的童年，想起了从十几岁母亲去世之后自己跌跌撞撞的人生……

人生，有时真的需要一块湿地，

心灵，有时真的需要一种滋养。

那么，滋养心灵靠什么？亲情，爱情，友情，还是音乐，绘画还是文学，艺术，或者出门远行……也许是，也许不全是。我以为，心灵的滋养，青春时靠的是梦想，老年时靠的是回忆。青春时人人有梦，无论这梦想是多么地虚无飘渺，都可以成为我们前行的动力。那么老年呢？在老年人回忆的大筐里装的都是些什么物件呢？这么多年的人生采访中，接触过许许多多不同际遇的老年人，六十多岁时，回望人生一切仍清晰如昨，感觉自己内心仍然有力量。七十多岁时，最常回忆的是自己的童年，小时候那些发生在天空、大地、故乡、老宅里的故事，那些曾经让自己快乐和哭泣的日子。八十多岁以后有些事像被打上了马赛克在脑海中开始模糊了，但有些事反而像雕刻的一般凸显在记忆的屏幕上。过年回家的时候，常常看到九十多岁的父亲一个人坐在那"沉思"，虽然他不语，但我知道他的心里是满的，满满的都是回忆。

无边丝雨细如愁

　　大雨倾盆时，你关注的只是雷电交加的天空和水流成河的道路，而当小雨如丝时，你才能感受它细腻的飘洒。也许，正是因为人到老年，生命的速度放缓了，才更有时间来品味人生的滋味，更渴望来自心灵的交流与温暖。

　　"黑暗、沉重的日子来到了……你自己的疾病，亲人的苦痛老年的凄凉和悲哀，你所钟爱过的一切，你曾献身过的一切，都一去不复返地消失和毁灭了。走的是一条下坡路。"这是俄罗斯作家屠格涅夫在自己晚年写下的散文诗《老人》一文中的开头几句话，是人到老年时一种心境的真实写照。

　　一个人来到世上，从孩童到青年，从天真烂漫到一点点成熟，总会有许许多多关切的目光和扶助的手，带领着孩子们一步步走上生命之旅。当青春的花儿谢了，强壮的叶子也已泛黄，人生开始步入老年的时候，却很少有人来关注他们，搀扶他们。总以为他们走过那么漫长的人生之路，于旅途中哪儿有陷阱，哪儿需要拐弯，都已烂熟于心，无需别人的指点。如若关心，也只是关心他们的身体，他们的衣食住行。有谁知道他们在想些什么？在迈过老年这道人生的关口时内心深处曾有过怎样的恐惧与纠结？是如何适应从热闹的峰巅一下子退到寂静峡谷的这种失落与断裂，有谁真正关注过老人的情感和心灵呢？

　　近年来，总能听到老年人被各种推销营养保健品的骗子所骗的事例，可是，一而再再而三地警告和劝说之后，为什么仍然还有那么多老年人继续受骗上当呢？不要一味地埋怨老年人的愚顿或无知，为什么不反过来思忖一下：那些打亲情牌的推销者是如何轻易地俘获了老年人的心？就是因为这些口口声声叫着大爷大妈、甚至爸爸妈妈的推销者能充分揣摩老年人的心理渴求，细心又耐心地陪伴在老年人身旁，在他们心灵的空白区起脚射门，当然一射一个准了。

说到情感，一般人只认为与青年有关，似乎人一老，情感也随之飞灰烟灭了。殊不知，没有温饱之虑的老年人最脆弱的不是他们的身体，而是心灵。老年人知道，无论过去他们曾经多么辉煌，多么有理想有成就，年轻人都会不屑一顾。因这在年轻的世界里，你已经没有了竞争力，无须谁来防备便也无须谁来关注。年轻人宁愿自己跌倒了再爬起来，也不愿意听一个老年人喋喋不休的经验之谈。于是，老年人就只有沉默，然而在内心里，他们恰恰是最想说话、最渴望交流的人。他们不想从这个喧闹的世界里这么快地退出去，不愿意从此只靠回忆往事打发时光，内心的苦闷有时会因为一点点小事而纠结抑郁，思虑重重。

我认识一位退休女老师，年轻时与丈夫两地分居，一个人既要教课带毕业班，还要扶养三个孩子和照顾老人，几十年的光景每天都像冲锋的战士一样忙碌在学校和家庭的"战场"上。等到她终于退休回家，孩子们也都成家独立了，她的日子一下子清闲起来，于是就养起了宠物。前不久，她的一只养了很多年的爱猫突然死了，她悲痛万分，一时间被种种不祥的预感笼罩着，不能自控地胡思乱想，精神钻进了黑暗的死胡同，人一下子就萎靡了……亲友们都劝她去看心理医生，或许她真的应该与专门的医生进行交流。但我想，仅仅靠医生是不够的，我们有这么多的老年人，许多城市都在进入老龄化，虽然社会上充斥着五花八门的养生保健秘方和品种繁多的长寿食品，但活着与健康并不是同一个概念，身体的健康与心理的健康是缺一不可的。现代化社会越发达，人的心灵就越寂寞；现代化的高楼大厦越多，人际间的交流就越少。老年人要想不从这个日新月异的社会中退出，不能指望别人，只有依靠自己。所幸的是，已经有越来越多的老年人明白了这个道理。现在都市公园的清晨和夜晚几乎已经成了老年人的天下，他们或唱或跳，弯腰踢腿，锻

炼的已经不仅仅是身体，这种由肢体的灵活所带来的心灵愉悦，是任何一种养生秘方及大补药品所无法替代的。一位哲学家认为：老年人有两种心理是应当戒除的。一是沉浸于往事。不要整日回忆惋惜过去的好时光，也不要对故去的亲友过于哀伤。另一个应戒除的心理是过分依恋自己的孩子，希图从他们身上得到快乐和安慰。老年人要重新培养自己对某一事物的强烈兴趣，不仅限于自己的小家小业，并能投身于某些适当的活动，在这些活动中闪出的智慧之光可以大显其能，让你心情舒畅，精神愉快。

　　人到老年是一种生命的必然，就像这夏日的雨水，大雨倾盆时，你关注的只是雷电交加的天空和水流成河的道路，而当小雨如丝时，你才能感受它细腻的飘洒。也许，正是因为人到老年，生命的速度放缓了，才更有时间来品味人生的滋味，更渴望来自心灵的交流与温暖。

马儿啊，你慢些走

那时，我们读着拜伦、雪莱和普希金的诗句憧憬爱情；而今，姑娘们唱着流行歌曲梦想着背LV包开宝马车。那时，我们躲在被子里打着手电筒把内心的秘密说与日记本；而今，姑娘们站在电视演播厅的聚光灯下向小伙子明送秋波……

（一）

在这样的时代，还会有人害相思病吗？微信、短信、QQ、电子邮箱……无论你用何种方式，都可以在第一时间里找到你思念的那个人，即使你足不出户，也可以获得他的信息，听到他的声音，甚至看到他的影像。还有谁会因为思念而苦苦空想，独自憔悴，还想出病来，那不是傻子吗！

可是，不曾品尝过相思的爱情还是爱情吗？没有冬季的漫长期待，春天的羞涩含苞、夏日的辛勤耕作，秋天的果实会格外香甜吗？你会说，这都什么时代了，火车都已经从普快、特快、动车到高铁了，朝发夕至已嫌太慢，你还要让我们等上一年四季，在如此漫长的时间里，早不知道闪婚、闪离多少次了，就连私奔也都出出进进转好几圈了啊！

那么，爱情究竟是什么，是和如今日新月异拔地而起的高楼大厦或者跨江越海日行千里的高速铁路一样的物质存在吗？如今，生命中最大的魔鬼就是快，一切都要快，出名要趁早，恋爱要闪婚，前浪

还未落，后浪已冲上来，脚步稍慢一点就会"死"在沙滩上，成为别人眼中的"剩女"。可是，人类的脚步无论迈得多快，无论手伸得多长，一天的24小时不会变，日出的频率与夕阳的颜色不会变，明月当空时，无论你肯不肯花时间欣赏，它都眨着永恒的眼睛，把清辉播洒于人间……

同样的豆蔻年华，同样的青春岁月，那时，我们读着拜伦、雪莱和普希金的诗句憧憬爱情；而今，姑娘们唱着流行歌曲梦想着背LV包开宝马车。那时，我们躲在被子里打着手电筒把内心的秘密说与日记本；而今，姑娘们站在电视演播厅的聚光灯下向小伙子明送秋波。那时，我们和恋人一起攒钱，为买一件心仪的家具而共同期待；而今，姑娘们整容塑身，渴望一步就嫁入豪门。那时，我们虽然相恋却要品尝相思之苦，而今，姑娘们只要愿意就可以直接和男友上床……

没有想到的是，正当我们为高速、快速的时代节奏而欢呼雀跃的时候，突然发生的动车出轨、大桥断裂、高楼垮塌等重大灾难有如当头一棒，把我们都打蒙了。

（二）

有一首歌曾经受到批判，是马玉涛唱的《马儿啊，你慢些走》，而今是不是要再唱？

有一篇散文曾经很喜欢，是朱自清的《匆匆》："燕子去了，有再来的时候；杨柳枯了，有再青的时候；桃花谢了，有再开的时候，聪明的，你告诉我，我们的日子为什么一去不复返呢？"如果有续文的话，我会写：当火车毁了，桥梁塌了，飞机失联了，轮船沉没了，比日子更脆弱的生命，一经消逝便成永别，岂止匆匆，实在是残忍啊！

抢速度的人说，时间就是金钱，殊不知，时间也是生命。同样的时间，同样的生命，为什么要消逝得这样快？为什么要让后者成为前者的牺牲品？

朱自清在著名的《荷塘月色》中写道："一个人在这苍茫的月下，什么都可以想，什么都可以不想，便觉得是个自由的人。白天里一定要做的事，一定要说的话，现在都可以不理，这是独处的妙处，我且受用这无边的荷香月色好了。"

无疑，徘徊在荷塘边的朱自清过的是一种慢生活，这样悠然地在月下品味人生是需要时间的，都说文学是闲出来的，一点不错。举头望明月，如果你忙得连头都抬不起来了，还怎么去望明月呢？

也许，这是一个不需要文学陪伴的时代，因为心灵已经干涸，已经坚硬，为的是具备在激烈的竞争中不被柔软所累，才有更多胜出的机会。让风花雪月随风去吧，因为我们不再需要它。当我们为了能高速前进，不惜把一切都变得更冰冷坚硬时，我们真的感到幸福了吗？

也许，我们一生都在苦苦寻找，找机会，找工作，找出路，找朋友……把岁月交与网络，把命运抛给未来，而于无形中却偏偏丢失了自己。

如果我们还闲不下来，地球就会爆炸。让一部分人先富起来，不如让一部分人先闲下来吧。浮躁是一种传染病，像这夏日里浓雾湿重的阴霾，几乎让每一个灵魂在劫难逃。

还记得我们儿时玩过的游戏吗？跳皮筋，跳房子，捉迷藏，丢手绢……我们在蓝天下奔跑，在绿树间跳跃，我们的灵魂和我们的身体一起享受上苍赐与的灿烂阳光……

也许，那并不是最好的岁月，但回头时还能找到自己留下的脚印。如今，快闪的生活如狂涛击岸，跟不上身体奔跑速度的灵魂就真的被掩埋在沙滩上了。

樱桃红艳的时节

女人只有不断地在吸引、被吸引；诱惑、被诱惑的"拉锯"中穿梭，才可能比较透彻地了解情感，了解男人，了解世事，也了解自己。

（一）

女人过了35岁，便开始进入了真正意义上的成熟期了，像一颗颗红艳艳的樱桃，泛着诱人的色泽，呈现出一种丰盈的美丽。

这之后的一段岁月里，应该说是女人最成熟、最具魅力、也最为懂得生为女人的含义，并且能比较深刻地了解男人的时期。当然，对于有些女人来说，这也是一段内心空虚寂寞、失落感越来越强烈的年龄段。

曾经写过一篇《我们懂感情吗》的小文，起因是一位好朋友说过的话，她说："人在年轻时的选择不一定就是最好的，那时候我们不懂感情，而真正懂了之后，也大都有了婚姻的束缚。可这时发生的爱情才是最刻骨铭心的，因为这时才真正懂得了感情……"

其实，对于感情，什么叫懂，什么叫不懂？这与年龄或者有关，或者根本就没有什么关系。没遇上一段神魂颠倒的爱，也许活一辈子都不能叫懂。法国作家罗曼·罗兰说过："只有经历了爱的痛苦，才真正懂得爱。"在感情上，我以为重要的是经历，而不是年龄。每个人生活在这世上，都在以自己为圆心画出一个圆，都有自己追求的生活半径。但这世界却是无限大的，你不可能什么都想拥有，感情也是一样。世上出色的异性有许多，世上的情感也是多种多样，而你只能拥有一个人，接受一种情感。如若对于情感过多地贪恋，就注定要付出更多的代价。年轻时，我们不懂得爱，不懂得珍惜，索取多于付出，抱怨多于感受，总是强调自己而不去体谅对方。成熟之后才明白，爱情是多么地脆弱，又是多么地吝啬，如不精心呵护，稍微一不留神，它就会一下子逃得无影无踪。

（二）

女人什么时候最可爱？也许是花蕾初绽的青春妙龄，也许是樱桃红艳的成熟季节。无论女人的天姿如何，总是在她把自己的热情、柔美和善良完全自然展现的时候才最美。当一个女人为她所喜欢的某项事业忙得不可开交时，也许此刻她顾不上太多地修饰自己，却神采飞扬，精神焕发，人看上去便很有活力，这种从生命中迸发出来的活力便会让女人充满魅力。再美丽的躯体，如果感觉不到那种蓬勃向上、鲜活跳跃的生命力，便毫无魅力可言，那只不过是一幅美丽的图画，一个纸人而已。

这么多年的经历让我明白，其实女人的许多可人之处（优雅，魅力，女人味等）都是有意识训练出来的。比如对服装的感觉，你只有不断地逛街，不断地试穿，你才对服装有感觉，你才知道什么样的款式和颜色适合自己，能显示出自己的优点。当然，这需要你首先了解自己的身体，美在哪里？丑在哪里？该露出哪里？该遮住哪里等等。还有表情、声音、动作甚至眼神、目光，都需要训练，越了解这一切，运用纯熟这一切，才会越有女人味。只有把自己了解的透彻之后，才能去吸引别人。女人只有不断地在吸引、被吸引；诱惑、被诱惑的"拉锯"中穿梭，才可能比较透彻地了解男人，了解情感，了解世事，也了解自己。

（三）

也许是我们的生活太过平淡无趣，便对影视剧中的爱恨情仇格外青睐。尤其是那些演绎亲情爱情的煽情戏，更是被吸引被感动得一把鼻涕一把泪，夜夜坐在电视机前，犯了烟瘾一样地等着屏幕上的熟脸们死去

活来地长歌当哭。

　　据调查，被这类影视剧套牢的大多是中年以上妇女，因为她们的心灵大多是寂寞而干渴的。女人从背着书包的读书郎开始，考学，找工作，谈恋爱，结婚，生孩子，一路奔波下来，一直都处在万分紧张的人生竞技场上，直到孩子大些了，老公的事业也开始稳定了，人生进入了一个新的阶段，生活开始有了些许空隙，尤其是当老公忙碌得无暇陪伴自己，孩子被各种考试累得没时间与母亲交流，或者是上大学离开了家门，曾经热闹嘈杂的家中只剩下一个你，落寞与空虚便无形中袭击了你……

　　其实，我们每个人来到这个世界上都是孤独的，因为每个人的灵魂都是独立的，再亲的人，也只是身体的相连，而心灵深处，最赤裸的部分，一定是孤独的。所以，我们才拼命寻找寄托，寻找慰藉。有的人拥抱事业，让工作填满心灵所有的缝隙；有的人拥抱爱情，以为那份真爱深情就能驱走孤寂，或者拥抱金钱，在千金万银中体验富有的快感……然而，无论是拼命工作还是拼命挣钱，结果都是一样，就是落幕之后更大的孤独！对于灵魂来说，寂寞是永恒的，不寂寞是暂时的。

永远年轻，永远热泪盈眶

　　那一夜，我长久地仰望着灿烂星河，长久地倾听大海的涛声，多么想就这样永远地沉浸在星海之间。星星密密麻麻，一直铺展到海平线。望着，望着，心里突然涌起一种说不出的感动，泪水不知不觉地涌出眼眶，悄无声息地流下来。

　　年轻和年老的区别是什么？

　　是一头浓密的黑发，一口洁白的牙齿；一双炯炯有神的眼睛，还是丰盈弹性的肌肤，健步如飞的步履？这些当然没错，但这只是一个人暴露在外部的表象，真正检验一个人是否年轻的标尺其实在于他的内心，有没有对一切新鲜事物的好奇，对美好情感的强烈渴望，对想要做的事情充满激情，依然会被感染，会在某一个瞬间为了什么而怦然心动……

　　人的成熟也如同树的成熟，在秋天层林尽染、漫山红遍的时候，每一片叶子都在唱着雄浑壮阔的歌。它们走过了春天的含苞吐蕊，经历了夏日的风雨雷电，感受了阳光的温暖与狂热，也体验了暴雨的洗礼与撞击。聆听过林间鸟儿的歌唱，也曾在夜晚与月光缠绵。经历催它们成熟，伤痛给它们勇气。满树的果实讲述着数不清的故事，沉甸甸地压弯了枝头，它们还有欲望再去看那又高又蓝的天空，还会渴望与天空中南飞的大雁相约来年吗？

　　年轻通常与无知连在一起，无知就是一张白纸，从表面上看一无所有，却激流暗涌着无穷的创造力和爆发力，有着无限大的想象空间。每

一寸空白，都像是一扇神秘的人生之门，等待着我们去开启。每一个孩子出生的时候，都是父母掌心里的宝，都有一幅由父母画出的美好蓝图在向他招手。可是，人生无常，谁也不知道他的一生将会经历些什么样的磨难。我上小学的时候，轰轰烈烈的"文化大革命"开始了，一向骄傲的我戴上鲜红的臂章，成为首都第一批红小兵，跟在当时已是高中生的二姐屁股后头撒传单、喊口号、跳忠字舞，正闹得欢实时，却没想到一夜之间就变成了"反革命的狗崽子"，二姐去了北大荒，大哥去了内蒙古，没多久我们也被迫搬出了北京，被发配到在我眼里如同小学语文书里"万恶的旧社会"一样可怕的农村土坯房里，妈妈死了，家破了，我像野草一样在乡村的风雨中胡乱生长，幸亏遇上了一位好老师，才把我引上一条喜欢读书的文学之路。

记得很多年以后，有一次我从天津乘海轮去烟台，在海上度过了一个漫漫长夜，在那远离了城市与人群的夜海之上，星星成了我的一夜情侣。第一次看到那么清晰明亮的满天繁星。站在甲板上，仿佛就被拥在星星的怀中。那一夜，我长久地仰望着灿烂星河，长久地倾听大海的涛声，多么想就这样永远地沉浸在星海之间。星星密密麻麻，一直铺展到海平线。望着，望着，心里突然涌起一种说不出的感动，泪水不知不觉地涌出眼眶，悄无声息地流下来，肩膀抽动着，我真想痛痛快快地哭上一场啊！

小时候，我被父亲批评为"骄娇二气"，长大以后，又被朋友说成是"易感又易惑"。连我自己都惊异，我为什么如此轻易地就被一些人和事所感动，为什么经历了那么多的人生坎坷之后还怀有一颗跃跃欲试的心？有一次，几个女朋友坐在一起聊天，一位搞设计的女友说，她算是把一切都看透了，人生真没意思！而我说，我怎么觉得一切才刚刚开始呢！

也许，在年轻人的眼里，一个已经有一把年纪的人还活泼好动，爱唱爱跳，什么事都想往里掺和，多少有些匪夷所思。但采访过那么多人到老年的名家学者之后让我明白，他们的人生之所以精彩，是因为他们保有一颗永远不老的心。九十高龄的著名古典文学大家、加拿大皇家学会有史以来唯一的华裔院士叶嘉莹教授在接受采访时对我说，她好奇心特强，对什么事都感兴趣。当她给我演示她自创的一套健身操时，我仿佛看到那个年轻的她剪掉一头波浪长发后在月光下自由自在地骑着自行车……

年龄，永远都是人生无法逾越的一道门槛，如同死亡。最大的安慰是它的公平，无论是谁，贵为公主还是贱如婢女，谁也无法让年龄延长或停止，它犹如我们人生路上的一盏盏红灯，醒目地亮在每一个路口，迈过一盏，就少了一盏，被它带走的还有我们的生命。站在人生的长河边上，你会发现，逝去的每一分钟，都是永别。

也许，我们无法不让头发脱落变白，无法不让肌肤失去弹性而走向衰老，但我们仍然可以拥有一颗敏感而灵动的心，仍然可以向着太阳歌唱。秋高气爽，天高云淡，我们仍然可以与南飞的大雁相约来年。这样，我们就可以永远年轻，永远热泪盈眶！

在最青涩的年华相遇

老同学相见，最有意思的是，初一见面时会发现彼此都老了，有些人一时间连名字都想不起来了。可是一旦把酒话当年，岁月的痕迹便立刻剥落，你还是你，我还是我……

夜空，那么蓝，那么蓝。深蓝深邃的夜空，一轮似圆非圆的明月，那么亮，那么清晰，那么通透。远远地，还有一颗晶莹的小星，一眨一眨地与明月遥相呼应。在这深蓝纯净的夜空下，像一对相思相恋的情侣，脉脉相守，遥遥相望……夜，静静地，有微风吹过，便掀起一阵树叶的合唱，高大的白杨树，高过校园内一排排四层或六层的楼房，在风的鼓动下，向夜空招手，向月亮歌唱。空气那么清爽，深深地吸一口，似乎能品出丝丝甜甜的味道……

这样纯蓝如宝石般的夜空，这样明亮如水中洗过的月亮，这样无忧无虑、唯有依恋和欣赏的心情，是今天？是昨天？真的已经相隔了三十年的岁月么？

大学校园啊，那青春之梦开始的地方，那青涩恋情萌芽的土壤，阔别了那么多的岁月之后，我又回到了你的身旁，你的怀抱，却已寻找不到我们当年的足迹了。

远远地，我看到了我们中文系七八级曾经的教室，在这座当年文史哲教学楼的三楼，夜幕中灯火通明，缓步走进去，一层层迈上台阶，教室的门安静地敞开着，通明的灯光下竟然空无一人。依然是当年的那间教室，后面有三扇大窗，窗外有高高的白杨树。如今桌椅和窗框全部换成新的了，四面墙粉刷得雪白。仿佛依稀，那墙上贴满了我们的杰作：诗歌、散文、书法、绘画……走到后窗向外望去，对面的宿舍楼里人影晃动，仿佛依稀，听到有大提琴的乐声响起　旋律仍是那熟悉的"摘一束玫瑰送给你"。

　　我的坐位在第一排，左边是小红，右边是小罗，不用想，不用忆，闭上眼睛，所有的活色生香就在眼前。如今的桌椅全固定死了，不能挪动，而那时一到周末我们就把桌椅挪开，摆成一圈，教室中间就成了我们欢乐的海洋，班集舞会、诗歌朗诵会，联欢会，五彩缤纷的拉花挂满屋顶，全是我们女生自己动手剪出来的。那么多难忘的夜晚，唱的，说的，舞的，笑的，恍然间，一个上课迟到的男生就愣愣地站在门口，冲着全班同学大唱一声"啊巴拉古！呜……"（电影《流浪者》插曲"到处流浪"），引起全班同学的开怀大笑，连正讲课的老师也绷不住笑了起来。

　　爬上四楼，我想打开那扇通往楼顶平台的小门，无奈门被锁死了。这楼顶平台，是我们四年大学生活中最浪漫的地方，每天的晚自习前后，我们一群正值妙龄的女孩子，总是呼朋引伴地冲上去读书，唱歌，说悄悄话。有时候，就那么痴痴地不声不响，望着天上的暗云和星星幻想未来。平台上，还曾留下我们排演节目的身影，小提琴齐奏《梁祝》，莎士比亚的话剧《威尼斯商人》……

　　这是秋日里最晴朗的一天，为庆祝母校90周年校庆我们返回了久违的校园，老同学相见，最有意思的是，初一见面时会发现彼此都老了，有些人一时间连名字都想不起来了。可是一旦把酒话当年，交谈一深入，岁月的痕迹便立刻剥落，你还是你，我还是我，一个个全都本性暴露。这时，长什么模样，变得有多老已经不重要了，心态上，全都回到了学生时代。张三已经成为全国同行业的标杆式人物，自信取代了当年的怯懦。李四还是老样子，连娃娃式的发型都没有变，他说话时的神态和姿势让我记起三十年前在教室里争论时的情景。王五胖得几乎难以辨认，像蒸发了的大馒头，整个人扩大了好几倍。赵六的体重已达二百多斤，他去火车站接班上另一名女生时，两个人竟然谁也没认出谁来！女生中变化最明显的是一位当年的小妹妹，入学时只有16岁的她还只是一

个没有发育好的青涩少女，如今却正是风韵独具的美少妇。一位男生依然记得我当年的歌声和琴声，说："你那时拉的小提琴多好听啊！"另一位男生问我，还记得他当初往我口袋里塞的纸条上写的是什么吗？我说不记得了。他小声告诉我，他写的是"我要拨动你的琴弦！"哦？想起来了。那时个子高高的他穿着一条短短的露着脚脖子的裤子，在教室门口拦住正要往里走的我，说我父亲给我寄的汇款单来了，说着就往我口袋里塞了个什么东西，正盼着生活费的我掏出来一看，竟然是他自己写的一首小诗……

那时候我们充满激情，充满梦想，同时也怀揣不安，怀揣忐忑。无论丑俊，无论贫富，在最青涩的年华彼此相遇，就是一种缘分，更是人生永远无法复制的唯一。

岁月，真的能无痕吗

岁月是什么？不仅仅是时间的流逝，年龄的增长，它是生命啊！是欢笑，是忧愁，是孤寂，是烦恼……岁月是母亲，也是父亲；岁月是新生，也是死亡；岁月是青春，也是衰老。它就像一条湍急的河流，日夜不停地奔向远方……

最近听到一个新词，叫"岁月无痕脸"，是指通过填充剂、肉毒杆菌、化学换肤等方式打造出来的让人看不出实际年龄的完美面容。有一部分女性选择整容手术不是为了追求与年龄差距太大的扮嫩，而是为了让自己的面容"永恒"地停留在某一个年龄段（很多人都选择在36岁），然后通过可注射的填充剂和整容治疗让那张岁月无痕脸一直保持下去。

岁月，真的能无痕吗？

依靠现代医疗技术鼓捣出一张"岁月无痕脸"也许并不难，但是谁又能拥有一颗"岁月无痕心"呢？

正如泰戈尔的一句诗："天空没有翅膀的痕迹，而我已经飞过。"

岁月是什么？不仅仅是时间的流逝，年龄的增长，它是生命啊，是每一个人从呱呱坠地到一点点长大，一步步成熟，再到一天天老去的过程，是欢笑，是忧愁，是孤寂，是烦恼……一切的一切，我们每一个人都必须经历，别无选择。岁月是母亲，也是父亲；岁月是新生，也是死亡；岁月是青春，也是衰老。它就像一条湍急的河流，日夜不停地奔向远方……

岁月，就是在这岁岁年年的流逝中带走了我们的青春与梦想，无情地把皱纹和沧桑写在我们的脸上，刻进我们心底。有谁可以躲得过吗？

确实也见过一些保养得相当不错的女明星，如果你与她们只是擦肩而过，或者她们只是在舞台上表演或摆摆POSE，隔着台上台下的距离，加上灯光掩护，你会完全被她们的"岁月无痕脸"所蒙骗，还有电视屏幕，那真是一个亦真亦幻的魔法世界，那样情境下的面孔，其实根本就是不真实的。

记得两年前我曾有机会近距离接触日本著名的电影演员中野良子，那是在青岛举办的一次活动，主办方请来了许多明星大腕肋阵，其中就有中野良子，她是踏着电影《追捕》中"啦呀啦"的歌声走上舞台的，一袭粉嫩的拖地长纱裙紧裹着腰身，一顶浪漫且硕大的遮阳帽下，一波披肩长发。一张依然小巧的面庞，看上去皮肤娇好。秀美的眼睛，目光依然清纯。她仍然以"真优美"的语气和表情向大家问好，令人不由得感叹：将近三十年过去了，岁月竟然没有在她脸上留下丝毫痕迹？她依然是那个我们喜爱的真优美！我追上去给她拍照，一直追到电梯里。那是夏天，天气很热，在电梯狭小的空间我与她面对面，这时，她摘下大遮阳帽，露出了头顶上依稀花白的头发和额前的皱纹……不由得在心底暗暗感叹，时光无情，"真优美"的时代已经过去了。中野良子早已不再是当年银幕上那个叫着"我是你的同谋！"而令无数小伙子心动的叛逆少女，那个骑着马为爱情而狂奔的妙龄女郎！

只有在这时，你才会恍然悟道，这一代人，已经随着"真优美"一起老了，而新一代人，甚至已经很少有人知道她了。在他们眼里，最帅的明星是与中野良子同时出现的黄晓明，粉丝们疯狂了，全都拥向了他。那么试想一下，再过三十年或者更久，黄晓明连同他的粉丝也会变老，岁月无偏向啊。

曾经，我是何等地喜欢琼瑶剧中的男主演秦汉啊，他的深情、儒雅、风度翩翩，他和林青霞演共同演绎出一部又一部"直教人生死相许"的爱情故事，曾经是那么深入骨髓地感动过我。那年采访上海电影节时，参加由上影厂举办的一次大型焰火晚宴，正和同伴取菜的当口，忽然听到有如电影中熟悉的声音在与人交谈，不由得一阵狂喜，是他！

正是秦汉！于是，我举着相机穿过拥挤的人群奔到他面前，想着一定要和他拍一张合影。可是，当我真正面对面地见到他之后，竟然所有的激动与渴望瞬间灰飞烟灭——他老了，两鬓的头发已经花白，完全不是银幕上那个帅不可挡的"情种"形象了。由此我很后悔见到他真人，破坏了我脑海中美好的记忆，并把这一切变化归罪于岁月。

然而，岁月又何罪之有？

岁月是一只看不见的魔手，没有谁能逃出它的手心。所谓"岁月无痕脸"是想用现代医疗技术来对抗自然法则，也许可以"管用"一时，但时间一长定会"露馅"。但如果我们能以平和的心态拥抱岁月，热爱生活，拥有一颗"岁月无痕心"那么，外表上的岁月之痕又何必计较，何必非要动用刀剪和针管进行围追堵截呢！看看已经超过一百岁、虽然布满沧桑却依然精神矍铄的杨绛老人，就会明白，对于心中有爱的人来说，岁月之痕也是一种美啊！

绝望，也是一种营养

没有人的一生是一帆风顺的。即使是含着金钥匙出生的人，日后的际遇福祸也未可知。跌入谷底的时候不要绝望，也许在最黑暗的夜晚，你才能看到天上最晶莹无尘的繁星。

当你为某件事的不顺利，某个人的失信、不仗义、甚至阴险狡诈、危难时无人肯伸援手而郁闷、纠结的时候，千万不要钻死胡同，让悲催的阴云把心灵的天空罩得一片灰暗。越是这样的时刻，越是要试着把心放大，把目光放远。是谁说过，人生不如意十之八九，要常想一二。上帝在这里关了门，一定会在别处开一扇窗的。

大学毕业那年，最初我被分到了一家省级机关做公务员，上世纪80年代择业的观念与现在不同，那时我们的理想是想做与专业对口的工作，中文系同学最想去的是文学类杂志社、出版社、电视台、报社、或者社科院等，要不然留校当老师也好。可是全班一百多同学，那样的单位根本轮不到我。并且据说早在毕业分配之前，那家机关就来学校挑人挑中了我。

那时我已经在全国各类文学刊物上发表了不少的诗歌和散文，正满脑子装着青春少女浪漫的念头，一下子踏进庄严肃静的机关大楼，想到从此就要远离诗情画意的生活，内心像塞了一团乱棉絮，说不出来的郁闷和堵心。年少气盛的我到处乱蹿，想调换工作，正好有位分到一家行业报社的同学对我说，他们那里正需要人。于是我不管三七二十一，就跑去毛遂自荐，没想到顺利地被人家录用了，柳暗花明啊！

可是，原先的机关说什么也不放人。我初生牛犊不怕虎，竟然一连几天在机关大门口堵住局长，大谈特谈我的文学理想和新闻理论，至今我都记得那位局长是如何耐心地请我安下心来在机关工作，并且也顺着我的思路讲了一大套在机关写材料也需要文学色彩等大道理。可是我已箭在弦上，不管你放不放人我都一走了之。要知道，那个年月没有档案关系就什么都没有。没有工资，没有宿舍，最要命的是没有粮票。在这远离家人的陌生城市，我根本就没把这些物质上的东西当回事，因为我能当记者了，可以继续走我的写作之路，再也不用坐在办公室无聊地打发时间了。没有宿舍，我就在企业家属楼里的一间有十几个小保姆混住的屋子里搭了张木板当床，所有的个人物品都临时寄放在报社男同学的宿舍里。没有工资，也不好意思再跟父亲要钱了，男朋友每个月发了工资，便在第一时间分一半来给我用。最不好解决的是粮票，每个人的定量就那么多，大家都要吃饭啊。没想到一个家在当地的女同学的父亲专门给我送来了粮票，让我感动得想哭。就这样，一年多的时间，我就一直"漂"在这家报社，虽然什么都没有，我却当得有滋有味。直到我调回天津之前，才要回了档案，补发了工资和粮票。重要的是，我有了媒体工作的经历和经验，给我之后的记者生涯打开了关键的第一扇门。

有些事，现在说起来似乎没什么，可当初流过的那些眼泪，那么多漆黑的夜晚在陌生城市的街头徘徊，每每需要求人的时候心里都要先哆嗦一阵，被拒绝的次数多了，看到街上的每一个人，似乎都在张着大嘴对你吐出两个字：不行！那样的时候，多想有人能帮我一把，助我一下啊！可是，没有人，我们谁也不认识。曾在学校里当学生会干部的男朋友以为老师可以帮助他，就跑回学校看看能不能按重新分配来解决，但他同样被拒绝了……或许，绝望也是一种营养，在流泪的同时，也激发了我们靠自己打拼的斗志。

没有人的一生是一帆风顺的。即使是含着金钥匙出生的人，日后的际遇福祸也未可知。跌入谷底的时候不要绝望，也许在最黑暗的夜晚，你才能看到天上最晶莹无尘的繁星。

父亲已经九十多岁了，一生戎马，一生灾难重重。十几年前，当大姐突遇车祸、生命垂危时，我们都不敢告诉他。没想到他却在偶然得知

之后平静地到医院看望大姐，并安慰她说，人的一生总会遇到灾难的，你弟弟妹妹他们在小时候都遭过罪而你没有，现在出了这样的事你也不要太难过，人生总是需要平衡的……

　　人生这部大书，是要付出同样大的努力、甚至要呕心沥血才能读懂的。什么事情都有可能发生，什么人都有可能背叛，有援手相助也是暂时的，而需要我们独立面对这个世界却是永远的。不要过多乞求他人的帮助，有，固然好，没有，也不必抱怨，走自己的路，用自己的双脚。

在哪里能找到你的渴望

艺术这东西说起来有点虚，似乎没有美味佳肴那般实惠，但在人的精神世界中，它是灯塔，是雨露，是阳光。如果你的心灵无处安放，无所依附，就去听一听歌、读一读书吧，那里一定能找到你的渴望。

"如果我的歌你不爱听，那是歌里没有你的渴望"。这话是谁说的？一位女诗人？我还来不及考证，却瞬间就深深地被这句话击中了。

是啊，为什么我爱听邓丽君，爱听刘欢，爱听蔡琴，爱听降央卓玛……每当沉浸在这样的歌声里时，都会让我有一种被理解、被包容、心灵相通的感动，因为这歌声里真的包涵了我的渴望。"小城故事"、"千言万语"、"情怨"、"你的眼神" "父亲的草原母亲的河"……他们的歌声或甜美或深沉，全都充满了浓浓的情意和真挚的情感，用声音传递着一种心灵最隐秘处的渴望。

有时候我弄不清，感动我的究竟是旋律还是歌词，比如琼瑶的"我有一帘幽梦"，比如李商隐的"相见时难别亦难"等等。常常是，开始听歌的时候，我还没觉得什么，听着听着，竟然鼻子发酸，有泪盈眶，似有满腹的心事被人看穿，又似有无形的怀抱将我温暖。仿佛前世今生都被这歌声淘尽，人便痴痴地随歌声飘荡，恍然不知身在何处。几分熟悉，又几分陌生，几分真实，又几分梦幻。

如果说，完全是因为歌中的内容让我感动，可是为什么当我听英国女歌手莎拉·布莱曼的演唱会时，在完全不懂歌词的情况下也会被感动。那是几年前一个初春的夜晚，北京首都体育馆，当全场的灯光暗下

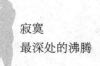

来的时候，这位"月光女神"披着黑色披风以一个幽灵的方式出现，魅影一般，在黑暗的舞台中央默然独立。片刻后，灯光亮了，披风退去，低胸紧腰的红裙间，双峰汹涌，金色的波浪长发，伴着她手举裙角旋转，这时她亮开了歌喉，那空灵的歌声响起，穿越整座体育馆，仿佛有无数的精灵乘着音符的翅膀钻进我们的心房，一种莫名的激动袭上心头，竟然全身膨胀，热泪奔涌，通灵似地被歌声击穿！

由于我的坐位离舞台很远，根本看不清她的脸，但她的歌声仿佛是一种诉说，亲切优美，尽管是并不熟悉的旋律和完全陌生的英文歌词，但声音就是具有这样奇妙的感染力。莎拉·布莱曼的声音是一种处于自然音与假声之间的"跨界"音色，非常甜美、生动、亲切，什么都不需要解释，唯有这歌声就够了。有那么一刻，我闭上眼睛，感受那单纯的听觉之美，剔除了视觉的干扰，那声音占满了我的整个身心。

之前也曾听过一些火爆的流行歌手的演唱会，但往往是视觉刺激和做秀表演大大多于纯粹的歌声，是只能看而不能听的。但莎拉·布莱曼不同，听她的歌，仿佛有柔美的丝绸滑过你的面庞，有晶莹的露珠在阳光下闪烁，有宁静的月光在夜空中朗照……

也许，在这样动听的歌声中，已经载满了我心中的渴望。并不是对那些功名利禄、锦衣玉食的物质渴望，而是由歌声所带来精神向往。人的心灵有时候会觉得空虚，会感到孤独，会茫然，会感伤，会无所依附，而歌声恰恰犹如一种无形的食品，能喂饱我们饥渴的灵魂。

前不久，在天津大剧院看著名俄罗斯歌剧《叶甫根尼·澳涅金》让我的心情久久不能平静，因为这部歌剧是由普希金同名叙事长诗改编的。而普希金的这首长诗正是我少女时代最为倾心的作品，我曾抄写过整整一个本子，甚至背诵过其中大段的诗文。尤其是女主角达吉雅娜写给澳涅金的那封长信："……另一个！……不，在这世界上/我的心决不献给任何一个人！/这是神明所注定，上苍的意思：/只有你才能占有我的心。/我整个生命是最好的证明，/保证我一定会和你相逢……"当由柴柯夫斯基作曲的音乐奏响，白裙飘飘的女主角在舞台上虚拟的卧室里唱出这封信时，那感觉好奇妙！女高音歌唱家在长达20多分钟的歌唱中，清晰地再现了一个情窦初开的少女因暗恋而产生的内心纠结，春心萌动，情感起伏，又渴望，又恐惧，欲语还休，欲止又启……与诗歌不同，有了布景，有了音乐，有了真实的演员，用歌声来表达少女内心的委婉、缠绵、多情和自卑自怜，让人听得荡气回肠。

所以，无论是歌曲还是乐曲，无论是图书还是影视剧，或者曲艺，或者绘画，艺术这东西说起来有点虚，似乎没有美味佳肴那般实惠，但在人的精神世界中，它是灯塔，是雨露，是阳光。如果你的心灵无处安放，无所依附，就去听一听歌、读一读书吧，那里一定能找到你的渴望。

是什么，让我们的情感支离破碎

上代人的一段感情或许可以在心底记上一辈子，不思量，自难忘。才下眉头，却上心头。而今天的人甚至都没有机会品尝思念的滋味，因为无论你在天涯海角，动一下手指头，一个微信，你的笑脸便立刻会出现在对方的手机上。

偶然，翻出一封当年我读大学时父亲写给我的信，那种带方格的稿纸，足足有十几页之多，那是正读中文系的我想写一篇有关老家的散文，便写信向父亲寻问一些关于老家的往事，因为我从出生到长大都从未回过老家，而父亲却在信中向我详细地描述了老家的人情风貌，在我读来，那信本身就是一篇优美的散文。

记忆中，自从我离家去读大学一直到参加工作，和父亲的通信就从来没有断过，直到后来可以随时方便地打电话为止。如今，我儿子出国读书已经四年了，我们却没有相互写过一封书面的信，电话、电子邮箱、QQ视频、微博、微信等等，虽然联系远比在纸上写信要紧密和及时多了，但却琐碎、无序，完全的碎片化，毫无思想，更谈不上文笔了。

电子时代，科技的日益发达，生活越来越方便，但人的情感却越发粗糙，像速食和快餐一样，越来越垃圾。这一代人在发短信、写电子邮件的时候，常常是开头没有称呼，结尾也没有属名，至于"此致、敬礼"之类的礼貌用语更是被当作废话抛弃。殊不知，文字的力量，不仅仅在文字表面，而在于字里行间的情感跳跃和思想轨迹。再粗犷的人，再浮躁的心，当他把某种情感和思绪落到白纸黑字上的时候，也是要斟酌思考一番的。无奈的是，书信这和最真挚、最能表达人类情感的文体如今已近乎绝迹。

当初博客火的时候，就觉得像是在自家庭院里开了块菜园子，萝卜青菜各种各的，长势喜人的自然会引来众多观光客。然后是微博，140个字的低标准让好多不会写博客文章的人有了倾吐发泄之地，一时间粉丝云集，大火特火。然后又有了微信，让不使用电脑的人也一下子"解放"了手脚，直接在手机上就参加到人云亦云的滚滚洪流之中……在当代通讯中，文字的门槛越降越低，参与的方式越来越随意，没有最短，只有更短，再懒都没关系，一个字不写，点个表情符号发出去也可以表达心意。

于是，手机成了人们须臾不能离开的物件，甚至已经超越了物件的属性，而成为人类的一个器官了。每天早晨一睁眼，先摸的不是自己的头和脸，而是手机，手机几乎成了一个人全部社会关系的总和。外出旅行时，一旦手机能上网，你便立刻和你原来的那个世界接通了。如果不慎将手机丢了，人瞬间就傻了一半，疯了一半，完全找不着自己了。无论走到哪里，没有人举头望玥月，却有大片的人低头看手机。想寻找什么，想预订什么，上手机点一下、搜一下就全有了。团购吃饭、看电影，都可以通过手机解决。手机是金刚钻，手机是万能胶，手机是百科全书……手指代替了笔，百度代替了记忆，好多人已经不再用笔了，也不再用脑子了，只需用手指在手机上划一下，点一下，就万事大吉了。

日益碎片化的联络方式，让人们的情感也开始支离破碎。整日沉迷于微信或微博，貌似时时在和这个世界沟通，实则连和家人说话都懒得开口。今天的人们对爱情的感觉已经没有上代人那么丰富细腻了，上代人的一段感情或许可以在心底记上一辈子，不思量，自难忘。才下眉头，却上心头。而今天的人甚至都没有机会品尝思念的滋味，因为无论你在天涯海角，动一下手指头，一个微信，你的笑脸便立刻会出现在对方的手机上。

一次偶然的机会，和一群年轻的同行一起外出旅行，大家相互加

了微群，仿佛分分钟都在呼吸着彼此的呼吸。漫长的旅程中，年轻人开始热火朝天地玩起"杀人"游戏，对输者的惩罚很有意思，先是让一个女生跳肚皮舞，后是让另一个女生去脱掉对面男生的衣服。对一个年龄稍大些的男生的惩罚是必须拥抱陌生人。这一下可让他为难了，面对景区里熙熙攘攘的人群，他踌躇万分。最后，他终于说服了一个抱孩子的中年妇女，让他抱一抱那个怀里的孩子。他这一抱不得了，刚才还在起哄的一群玩伴全都凑过来纷纷想要抱抱这孩子。就在他们的尖叫和嬉闹声中，我却听到了他们心灵中的另一种声音，那就是孤独。手机虽然方便，却没有温度，屏幕上的字虽然工整，却千人一面。科技的发达只能让生活更便捷，却无法让心灵更温暖，更充实。而唯有这拥抱，这人与人肌体的真实接触，才让他们露出那么灿烂的笑容，那么温情的目光……

你心灵中的那个位置是空的吗

表面看起来，我们都是衣食无忧，过着很平静的日子，但是心里边却有一个位置是空的，那个位置没有被占领，那就是感情……

曾经去采访一位当年前很火的女电影明星，与她面对面地坐下来交谈时，不由得心生感慨：20多年的光阴是怎样流逝的？时间都去哪儿了？无论是当年的她，还是当年像我一样与她同龄的观众，都已经迈过青春的门槛，进入到中年的行列，就如同她在回答我提问时自嘲地说"我不是明星，我是老同志"一样，时间之手终究还算平等，无论你保养得多么无懈可击，但岁月的痕迹还是会在你的眼底眉梢或举手投足中将你的外表出卖。

人到中年之后，女人的日子很像一部没有多少情节和戏剧冲突的意识流电影，表面上波澜不惊，却在内心深处依然波涛汹涌。在物质生活基本满足、不再为衣食而忧、为孩子而操劳的情况下，中年夫妻如何在平淡的婚姻生活中继续走下去？面对忙碌的丈夫，内心寂寞的妻子如何调整自己内心的平衡，用什么来填补内心的情感空白？

当我把这个问题抛给那位女明星时，她说，当代女性通常都是经济上很独立，精神上也独立，但她们的感情却是不独立的。这个年龄段的女人还是很依恋家庭的，所以在这样一个高速发展的社会里，她们就面临着很多困境。表面看起来，我们都是衣食无忧，过着很平静的日子，但是心里边却有一个位置是空的，那个位置没有被占领，那就是感情……虽然我的感情经历了很多磨难，但我还是一个相信感情的人。我

一直觉得每一个人在社会上，不管处在什么位置，情感的支撑都是最重要的，一旦没有了这个支撑，你会发现自己不堪一击，心灵脆弱的不得了，反过来，如果你有了情感的支撑，便会觉得自己很有力量。

力量能使人淡定，而空虚使人惶恐。我有一位刚到中年的女友，嫁了一个年长于她许多的富有老公，也算是富婆一族了，但她就是无法淡定。她老公是一个堕性很强的懒家伙，他不会哄女人，更不会或不屑于情感的表达，常常还要女友来迁就他。他可以给她钱，给她一处好几百平方米的大宅，但却无法使她获得内心的满足，当她敞开所有纤细的绒毛试图去吸吮对方的情感雨露时，她情感的胃口却总是能只获得半饱，总是不能满足，总需要吃点零食来进行填充。于是便让身体变得格外忙碌，瑜伽，旅游，摄影，美容……时间被占满了，空间也被占满了，但每到夜晚，仍然睡不着，不得不靠安眠药来维持。在那一个又一个黑暗中的无眠时光，男人分明就睡在身旁，可心却是空落落的，漏出了很大的缝隙……

反过来说，男人也是一样。对男人而言，恋爱时更多的是性的吸引，在情感的天平上，性的需求侵占了爱情的位置，自以为是全心全意地爱上这个女人。而真的成为眷属之后，性的满足，让那个位置开始有了缝隙，女人身上曾经吸引他的神秘光环一点点褪却，女神变成了女人。通常男人的心没有那么细，加上打拼事业已经消耗了大部分精力，便无暇顾及女人过细的心情和感受。婚后程式化的生活容易使人麻木，而身边出现的其他异性，会以一种新鲜的面貌成为新的吸引。有定力的男人会控制自己的欲望，而定力不够，或者因为有权力、金钱、学识、风度等雄厚的实力垫底，根本就不需要什么定力，便会将新鲜的果子摘来尝尝……

人生的不满足是一种常态，而满足往往只是暂时的停顿。当你心里的那个位置空了的时候，你要怎样填充它？有的人会寻找零食来补充。当零食过于美味，而不愿再吃主食时，背叛和破裂就发生了……对情感的贪婪和对美食的贪婪是一样的，其实饥饿一点又何妨呢，既可以减少疾病，又可以保持身材。

与爱情相比，惦念是有分量的。当一个人满怀惦念，满怀牵挂时，他的内心是充实的。比如儿行千里母担忧，父母年迈挂心头。一头是孩子，一头是老人，有一分沉甸甸的情感压坠，负担虽然沉重，却也是一种慰藉，一分充实。而当一个人真的了无牵挂了，也会了无生趣的。活而为谁？做而为谁？没了压力，也没了动力，人生便会失重，失衡，像翘翘板一样，那头的分量没了，自己便会跌落。完全只为自己而活不是不可以，但即使是穿金戴银，吃香喝辣，恐怕心灵中的那个位置还是空的……

三、金色——年华

你怕老吗

经验像一只魔手，一寸寸扼杀了你对事物的敏感。触角的灵敏度下降，有感觉的东西一天天减少甚至消失，每一天的日子都是前一天的翻版。春夏秋冬，日升日落，没有新鲜感，便没有了摩擦力，如同越磨越光滑的路面，日子出溜得也越来越快，老之将至便成了现实。

那天去商场买东西，看那售货的小姑娘懵懵懂懂的，似乎对她卖的东西并不熟悉，便问她多大，不会是店家雇用的童工吧？没想到那小姑娘一脸沮丧地说："我19了，老了，都奔二了！"

一个亲戚的女儿过30岁生日的时候对我叹气道："再也不能腆着脸说自己是二十几岁了！"

还有一次采访一个事业有成的女子，刚想说她如此年轻就如此有成就时，她却不无焦虑地说："我都38岁了，唉！要是28岁该多好啊！"

一位快到退休年龄的女友说："过去我们常常形容某人的年龄时说年过半百，真没想到这么快就轮到我自己了。"

"别揪啊，白头发也是头发！"生白发的人恨白发，而脱发的人却恨不能满头白发，至少还有染黑的本钱……

为什么我们会如此在乎自己的年龄？并且往往越是表面上不在乎的人，心里其实越是纠结郁闷得紧，不信你看那些说不在乎的人，头发一准染得黢黑，衣服一准穿得特嫩。

年龄，成了我们心灵上的一道紧箍咒，尤其对于女人。仿佛刚刚告别了柴火妞的青涩，懂得臭美，学会了打扮，就已经开始面临"剩女"

的门槛，青春像一捧无论怎样努力都捧不住的水，每一个指缝都在往外渗漏。昨天还做着一帘幽梦的少女，一不留神就不知梦断何方，春去了无痕了。更残酷的是，女人还要受生育年龄的捆绑，错过了，便永远没有机会了。小的时候盼长大，渴望能穿上那洁白的婚纱，真正长大了，却又恨不能永远停留在16岁的花季。憧憬未来时，我们想象的都是未来的美好，而真正走进这样的日子之后，才惊觉所有的美好都像一袭华丽的袍子，在柔软华美的外表下，里面却悄悄爬满了虱子。那么爱情呢？直叫人生死相许的爱情该是女人生命中最绚丽的那朵花了吧？当然是，但那花是烟花，虽璀璨耀眼，却转瞬即逝，留下的是那一抹绚烂之后更深层的寂寞。

为什么长大以后，我们会觉得时间过得快，并且越来越快？是因为我们的感觉变得麻木了。小时候，一切都觉得新鲜，哪怕是一件很小的事，都是新刺激、新感觉，都要我们一点一滴地感受和品味，认识新世界，结识新朋友。每一分钟，世界都是新的，日子便过得很慢很长。而长大之后，听得多了，看得多了，经历得也多了起来，经验像一只魔手，一寸寸扼杀了你对事物的敏感。触角的灵敏度下降，有感觉的东西一天天减少甚至消失，每一天的日子都是前一天的翻版，想都不用想就预知了一切。春夏秋冬，日升日落，没有新鲜感，便没有了摩擦力，如同越磨越光滑的路面，车子出溜得也越来越快，日子转瞬间就出溜没了。

试想如果我们到了一个陌生的地方，或者从事一件并不熟悉的事情，因为陌生而产生新鲜感，因为不熟悉而产生了阻力，这时，时间就变慢了，日子就变长了。这种感觉，在外出旅行时最为明显。同样是24小时一天，在熟悉的环境里，什么都没做便过去了。如果你坐在飞机上，这24小时会变得无比漫长。如果不离开，这一天便与昨天无异。而离开了，24小时之后，你可能就已经站在地球的另一面了。陌生的旅程和环境，让每一分钟都变得饱满、充实而富有张力。而熟悉的日子，让每一天都似曾相识，便会觉得空洞无趣。

在路上，最能感受一分光阴的流逝和人生的沧桑，尤其是坐汽车。车轮向前，与地面摩擦出微微的颠簸，一程又一程，仿佛就是我们的生命与岁月在摩擦，光阴就像被甩在车后的里程，怎么留也留不住。即使你停下车，走出车门原地不动，但仍能感到云在动，风在动，海浪在动，光阴依然是抓不住的。

由于长寿，许多人退休后还要度过相对漫长的人生，如果被"老之将至"的魔咒所罩住，心灵便会从此失去自由，日子也会过得沉重暗淡而没有生气。其实，无论青年、中年还是老年，我们都应该像新生儿一样从头开始，都像迎接第一缕朝霞一样充满欣喜。把人生的每一个阶段都当成最好的阶段，因为每一个阶段的人生都只有一次！

皱纹，你好

女人一生中，真正作为女人的性别属性，其实只有短短的三四十年。儿童时期，你还只是个未发育的孩子。直到青春期开始，你才像花蕊一样吐出了女孩独有的气息，伸出嫩嫩的触角接受男人的赞美与追逐……

女人要学会接受任何时候的自己，青春靓丽时，肌肤紧致，双目神采飞扬，你可以在异性发亮的眼神中体验自己的魅力，找到无比的自信。而人到中年之后，皮肤开始松弛，白发像潜伏已久的卧底，突然间就冒了出来，皱纹像一枚岁月的钢印，一经盖上就再也去不掉了。更加可怕的是你的腰围，不知不觉就从一尺八、二尺发展到二尺三、二尺四，并且还有继续膨胀的巨大潜力……去逛服装商厦，刚刚打量上一款自己喜欢的裙子或裤子，那早盯上你的售货小姐就用勿庸置疑心的口吻给你判了"死刑"——没有你的尺寸！再参加聚会的时候，习惯了被男人的目光追踪、语言调侃的你，猛然发现那些黄毛小丫头早把那些无论是小伙子还是老男人的目光全都吸引了过去。

你，不再是焦点。

在男人圈里被忽视、被冷落，或许你还能忍受，更让你感到绝望的是那种有距离的礼貌与尊重，这无疑证明了你已经脱离了女人的属性，而单纯地变成一位长者，或者专业上的资深人士。在作为职业者自豪的同时，作为女人的你却满心悲哀。

女人一生中，真正作为女人的性别属性，其实只有短短的三四十年。儿童时期，你只是个孩子，在成人眼里女孩与男孩子并没有多少不同，直到青春期开始，你才像花蕊一样吐出了女孩独有的气息，伸出嫩嫩的触角接受男人的赞美与追逐。而更年期之后，或者再老一些，你就是老年人，在青年人眼里，老头与老太太也没有多少差别。而女人，或许儿童时还不懂得，一旦走过青春的风景，便再也不愿意让自己从这风景中退出去了！

岁月对生命的消磨，有如愚公移山，岁月就是潜伏在每一个人生命窗外的愚公，日日夜夜"挖山"不止，老年便于不知不觉中降临了。也许容貌的衰老还在其次，身体的背叛更令人无奈，先是牙齿出了问题，治好一颗，又坏一颗，嘴里的世界开始动摇，如同"一座座火山爆发，一顶顶王冠落地"般唱起了挽歌。然后是眼睛不再听话，原先看得清清爽爽的文字，渐渐地模糊起来。不知从哪天开始，颈椎罢工，膝盖起义，腰椎也开始拧把，不舒服的日子越来越多……

直到这时你才明白，青春就是对生命的任意挥霍，那时候你是多么地肆无忌惮啊，任性地哭，尽性地唱，多高的山都敢攀，多深的水也敢游，不知什么叫害怕，从没有想过身体会不听使唤。想吃就畅快地大嚼大咽，不想吃就饿起自己没商量。任性地熬夜，通宵达旦地聚会玩耍。冷啊，热啊，什么都不在乎，什么禁忌都不放在眼里。你以为这是用之不竭的资源，天长地久都不会改变。可是这资源却一夜之间亮起了红灯，你才明白了什么叫衰老，什么叫无奈。

于是，曾经的美女不甘心，便跑去给美容院的生意添柴加火，去皱、去眼袋、吸脂、拉皮……美容也如吸毒一样很容易上瘾，毕竟你在一段时间里会觉得自己梦回青春了，对镜自揽，美目盼兮，那叫一个舒服！可是，日子一长，潜伏的愚公仍旧日夜不停地"挖山"又让你回到真实的年龄里，于是，不甘心的你毒瘾发作般地再次光顾美容院……

有男人说，再美的女人，也只是喜欢她的青年时代，一旦容颜老去，便只把她当成一个哲学家来敬仰，因为老女人再美，也与自己没有关系了。而事实上，那美女即使年轻，他与人家的关系也只是一厢情愿地心跳加速，心潮澎湃而已。尽管如此，男人的目光还是在很大程度上残酷地考验着女人的自信。

　　我曾经在采访旅德艺术家王小慧时问过她："女人都怕老，你怕吗？"

　　王小慧说："老并不可怕，关键是要优雅地老去。我不希望变成那种让人厌烦的女人，或者是让人觉得无法和她年轻的时候联想到一起的老女人，她们把自己完全糟蹋了。我希望我是那种在每一个年龄段都能焕发出属于那个年龄段芬芳的女人。皱纹本身并不可怕。我给老年的奥黛丽·赫本拍过肖像，我曾这样形容过她：她是玫瑰般的女人，不仅仅美，而且有魅力。玫瑰生命过程的每一阶段都有它的美，无论含苞待放或盛开之际，甚至在干枯之后依然美丽。所以我总将干花插到瓶中，保留很久，当它被日光晒得褪去色泽后仍然能散发出淡淡幽香。我看到过这样的比喻，说美丽的女人五十如醇酒，六十如骄阳，七十如晚霞，八十如明月，九十如清风……我也希望自己能那样。"

　　如果说，青春是女人生命中最美丽的绽放，那么老年就是女人生命中最淡定的坚守。无论你接受与否，也无论你是民女还是皇后，它都会追随着岁月的脚步找到你。既然别无选择，当我们望着镜中脸上不断增多的皱纹时，何不把心态放平，问一声：你好啊！

也曾有过"一帘幽梦"

初读琼瑶，几乎和初听邓丽君一样，郁积于内心深处的情感立刻被引爆，在缠绵伤感中烈焰腾腾！经常是读着读着，不知不觉已潸然泪下，深深地沉浸到某一个故事情境当中不能自拔，人在魂离，情飞天外……

曾经，我是琼瑶最痴迷的粉丝。

她的每一本书，她的每一部能找到的电影和电视剧，都是我一件件最消魂的梦的衣裳。我看的第一本琼瑶小说是《我是一片云》，他从书店买回来，告诉我，这是目前在台湾最热的小说，大陆才刚刚出版。从此，我掉了进去，从来没有想到，竟然有人与我是如此地心灵相通！

我的大学时代，爱情小说几乎百分之百读的是外国作品，《安娜·卡列尼娜》、《简爱》、《飘》、《苔丝》、《红与黑》……中国小说除了《红楼梦》这样的古典小说外，就是唐宋诗词中的"才下眉头，却上心头"了。那时候张爱玲、张恨水等还没有被允许阅读，连《梁祝》的唱片都不能公开听，所以，初读琼瑶，几乎和初听邓丽君一样，郁积于内心深处的情感立刻被引爆，在缠绵伤感中烈焰腾腾！经常是读着读着，不知不觉已潸然泪下，深深地沉浸到某一个故事情境当中不能自拔，人在魂离，情飞天外……

那时候，爱情，尤其是无法以婚姻为结果的爱情，是只能藏在心底蜡炬成灰泪始干的。而这个名叫琼瑶的女人竟然直抒真情，呼天喊地地为爱情歌唱，将咽泪装欢的女儿心、女儿情，丝丝缕缕地抽了出来，和

着泪水编织成片片云彩，做成了梦的衣裳……

我晕了！不仅狂读《窗外》、《在水一方》、《聚散两依依》、《庭院深深》……还狂唱几乎所有的琼瑶影视插曲，甚至迷上了琼瑶剧中的男主演，秦汉、秦祥林、刘德凯等，那样地温情脉脉，那样地情深款款，那样地至死不渝！都让我的心一阵阵狂跳不已。

一个人走在街上，我唱"我有一帘幽梦"；

一个人游在水中，我唱"我是一片云"；

一个人坐在窗前。我唱"聚也依依，散也依依"；

一个人望夜空星河，我唱"几度夕阳红"……

琼瑶的小说，成了我那一时间的精神食粮，我把自己幻想成她故事中的女主角，畅快淋漓地享受一顿顿精神大餐。被人说成浅薄也好，无聊也罢，反正我喜欢！并且深信我会永远喜欢！

可是，许多年过去之后，当我以同样的心情再度坐在电视机前，看琼瑶新改编的《又见一帘幽梦》时，才发现，当年的感觉已经找不到了，为爱疯狂的痴情男女们已经不再令我魂牵梦莹，甚至完全进不了戏，看不下去了。曾经想和琼瑶一起通过电视屏幕，到人间仙境一般的普罗旺斯去谈一场本世纪最最浪漫的恋爱的心情被破坏了。恍然惊醒：爱情，其实无所谓深浅，更无所谓浓淡，人世间的爱情，其实全是恋爱中的人自己制造出来的。同样的情感经历，在他那里可以惊天地泣鬼神，在你这里也许平平淡淡不愿提起。在他那里也许魂牵梦系、生死相随！在你这里也许轻描淡写、不留痕迹……

问世间情为何物？不如问世间人为何如此不同？

不愿再唱，不愿再想，琼瑶成了我的过去时。

不再做梦，不再被梦幻所诱惑，没有眼泪，没有歌声，我，还是我吗？

我曾经的"一帘幽梦"去了哪里？什么时候悄悄消失的呢？

于是，我对自己说：也许，你真的已经老了啊！

前些天采访时遇到一位28岁的女孩，让我帮她寻找一个如意郎君，我说你聪明伶俐又漂亮，着什么急呢？女孩说，她并不是急着要结婚，而是急着想要一种恋爱的状态。

恋爱状态，要的是一种恋爱的过程，是那种"晕"的感觉，那种神魂颠倒的滋味。恋爱中的女人是最美的，柔情似水，佳期如梦，正是琼瑶小说中的情景。可是，在当今如此物质至上、如此浮躁喧嚣的时代，琼瑶小说中的主人公恐怕早都一拍两散，各自攀附有房、有车、有存款的主儿去了。再脱口而出的歌词恐怕就变成"问世间钱为何物？直教人生死相许"了。

于是，我知道我为什么再也读不了琼瑶了，因为那种纤尘不染、美得像梦一样的爱情早已经随风而逝，被当代的滚滚红尘所淹没，像博物馆里的标本一样干瘪无光。很多人买得起奔驰、宝马、LV，却买不到一份"金风玉露一相逢，便胜却人间无数"的感情，难怪有人说，感情已经成为这个时代最大的奢侈品。琼瑶老了，琼瑶式的爱情也老了，我们那一代被她的爱情故事吸引得神魂颠倒的读者也老了，我的"一帘幽梦"其实早已到了梦醒时分，只是，我自己还不甘心就这样与美梦告别罢了。

我的"布娃娃"岁月

　　真正长成少女之后，我最喜欢的就是织毛活和钩花样了。从普通的平针，上下针到花样翻新的各种针法。钩的花样就更多了，一针针钩，一片片连，一朵朵花对结在一起……我把漂白的棉线钩成一幅幅美丽的图案，上面缀满了我少女时代的梦想。

　　那天，我收到一个女孩子送来的"三八"节礼物——一个毛线做的小娃娃。就是这么一个简单的小礼物，一下子就把我的思绪拉得很远很远。

　　记得小时候我特别想得到一个漂亮的布娃娃玩，可是没人给我买，稍大一点以后这种情结仍然浓烈。大约是上小学三四年级的时候吧，我自己给自己用棉花和棉线缝了一个布娃娃，我用废弃的破背心缝出娃娃的头和四肢，然后往里边塞上棉花连起来，再用好多黑线缝到头上做头发，然后编成小辫，脸用毛笔画出眉毛眼睛和嘴，这时候娃娃还不好看，我会用好多颜色的小布头给她做成各种各样的小衣服，新疆服上漂亮的小坎肩，西藏服裙子上面鲜艳的彩条，蒙古服上有雪白绒毛的袖子……凡是我在幼儿园演节目时穿过的服装我都能凭印象缝出个样子来，换着样地给我的布娃娃穿，记忆中玩得可高兴了。

　　上中学以后，我还学会了做少女侧面头像的软雕塑挂饰，先用硬纸壳剪出一个少女的侧面头像，深陷的眼窝。高高的鼻梁、尖尖的下额，很洋气的那种。然后垫上一层薄薄的棉花，再用肉色丝袜绷上缝好，这样脸就做成了。下一步是用针线在眼角和嘴角的位置缝出两个凹陷的点，使面部有了立体感。然后开始画眼睛，大大的，深深的，睫毛翘翘的。然后是嘴，小巧的，红红的。再把织过的金色或棕色毛线一股股拆开，给少女弄成一头大波浪的美发，然后用漂亮的丝绒布头给她做一件半身的衣服，有时还要在衣领上镶一圈蕾丝花边，再做一顶洋气的帽子扣在大波浪上，最后把一块剪成棱形的硬纸板用彩色的亮光纸糊好，把做好的少女头像固定在上面，再用透明的玻璃纸包起来，瞧，可爱的少女头像挂饰就做好了。中学毕业时，我一口气做了十几个，分别送给我的老师和同学。

真正长成少女之后，我最喜欢的就是织毛活和钩花样了。从织手套、袜子开始，到织毛衣、毛裤、毛背心，从普通的平针，上下针到花样翻新的各种针法。没有多余的线，就不断地织了拆，拆了织，好像永远有新毛衣穿一样。刚参加工作领到第一个月的工资，便全都买成毛线，无比虔诚地为内心的一分情感织成毛衣和毛背心，是那种当时很流行的花纹。

钩的花样就更多了，一枚小小的钩针在手，便可以钩出十几种花样。一毛多钱一团的棉线，一针针钩，一片片连，一朵朵花对结在一起再钩上花边，便完成了我的一件件作品：台布，窗帘，杯垫……钩东西也很容易上瘾，尤其是那花朵快钩完的时候。与如今学生在课堂上偷玩手机不同，我读中学时是把手藏在课桌下偷偷地钩着一朵朵小花。我把漂白的棉线钩成一幅幅美丽的图案，上面缀满了我少女时代的梦想。

16岁那年，在内蒙兵团下乡的大哥给我寄来一把小提琴，立刻它就成了我生命中的宝贝。为了给它做一个琴套，我第一次花钱买了新崭崭的军绿色斜纹布，先量好尺寸，做出纸样，才敢把布裁开，用缝纫机匝结实，再缝上拉链，安上背带和金属环扣，与别人花钱买来的琴套没有两样，那是我自认为最成功的一件作品，背上它好不神气！

上大学之后懂得臭美了，却从来没有想过伸手向父亲要钱去买新衣服，拿手好戏还是自己的"创造"。我做的第一件"时装"是一件白色的短袖套头衫，只花几块钱买来棉布和花边，借同学家的缝纫机，胸前扎三道竖的折皱，领口镶上花边，穿上之后得意极了。之后我又一发而

不可收地做过泡泡袖的上衣，斜着裁剪的大下摆连衣裙等好多件只需花三五块钱就能穿在身上的"时装"，心里总是美滋滋的。结婚有了孩子之后，孩子的许多小衣服都是我自己用布头做的，还想方设法在衣领和口袋上做些装饰来配套，我甚至用自己的一件旧防寒服给孩子改做成一身小棉袄棉裤……

有时候会想，没有女儿也是一种缺憾，不能给她梳小辫，做花裙子，手牵着手逛街，没有机会施展我的好多"技能"，并且全都面临"失传"的无奈，比如做布娃娃，剪纸，手工，钩花，折纸等等。儿子小的时候，我迫不及待地教会了他做手工和剪纸，他常常因此项技能在幼儿园受到表扬。后来又陆续地传给了许多亲戚朋友的小孩。可是，如今物质太丰富了，电脑、电子游戏、足以让人眼花缭乱的玩具和精美逼真的芭比娃娃系列早把这一代独生女的房间装得满满的，小姑娘们再也不会玩我们小时候的"过家家"游戏了，而我的女儿心、女人梦却大都源自那个月朦胧鸟朦胧的"过家家"时代啊！

我没有想到，收到这个小礼物，竟然勾起了我这么多的回忆，忽然觉得，当物质极大丰富的同时，也许我们都忘了——人生最简单的快乐其实离物质很远。

在老歌中复活的童年

这歌声，犹如鼠标的箭头不经意触碰了一个界面，便呼拉拉一层层地打开了岁月的一个个窗口，与歌曲有关的人生画面便一幅幅自动弹了出来。

和朋友们同车出游，一路上尽情地扯开嗓子大唱，竟然一首一首全是老歌，全是上世纪六七十年代、如今被称之为"红歌"的歌，《山丹丹开花红艳艳》、《毛主席走遍祖国大地》、《革命人永远是年轻》、《北京的金山上》……以及能倒背如流的毛主席语录歌和毛主席诗词歌，"世界是你们的"、"领导我们事业的核心力量"、"下定决心"、"沁园春·雪"、"七律·长征"。还有当年最火爆的京剧"样板戏"，从李铁梅、阿庆嫂、小常宝、唱到柯湘、江水英……年龄相仿的好朋友们，一人起头，大家唱和，可以几个小时不停歇，不重样，并且唱得有板有眼，韵味悠长。

汽车行驶在郊外绿意葱茏的风景中，歌声回荡在我们遥远的人生记忆里。

这歌声，犹如鼠标的箭头不经意触碰了一个界面，便呼拉拉一层层地打开了岁月的一个个窗口，与歌曲有关的人生画面便一幅幅自动弹了出来。十岁左右的时候，我还在北京上"六一"小学，是首都第一批"红小兵"，为了"宣传毛泽东思想"，我和几个小伙伴每天都跳上从始发站八大处到终点站动物园的37路公交车，在车上高唱"样板戏"和革命歌曲，一唱就是一个多小时，然后乘上回程车再唱一个多小时，

不管车上有多少人，挤成什么样，我们都高唱不止，因为这是"政治任务"，嗓子唱哑了、唱劈了也不能停止，乘客多么不愿意听也没人敢反对，那时候也没有什么伴奏和扩音设备，硬是用嗓子干唱，然后我们向老师汇报"战果"的时候，觉得自己像英雄一样了不起。

今天的孩童无法想象我们童年时的景象：一群穿着自造的绿军装的疯丫头，每天到有毛主席挥手的巨型雕塑广场上连唱带蹦地跳"忠字舞"。记忆中广场上总是人潮沸腾，歌声嘹亮，很多大人也围在那又唱又表（演）。尤其是"停课闹革命"的那段日子，几乎就是我们唱革命歌曲的"专业"时间。后来，唱的更多的是"样板戏"，记得有一次学校让我们学习解放军"野营拉练"，"行军"的时候，老师起头，带领我们唱《智取威虎山》，所有男角的唱段都由男生唱，女角的由女生唱，我们竟然从头到尾一段不拉地唱完了整部戏……战友文工团排练《长征组歌》的时候，我的小学同学里好几个人的父母都是其中的演员，便每天跟着他们一起看大人排练，便也学会了"雪皑皑、野茫茫""战士双脚走天下、四渡赤水出奇兵"等其中的大部分唱段。

后来，我参加了学校的"毛泽东思想宣传队"，唱李铁梅，唱小常宝，唱马玉涛的《老房东查辅》和《看见你们格外亲》，表演集体舞《草原英雄小姐妹》、《最美的赞歌献给党》，参加大合唱"江山万里闪耀着金色的光芒……"

说实话，那时候就是照猫画虎地跟着瞎唱，对有些歌词的理解也是懵懵懂懂，甚至连那些词是怎么写的都不会。直到后来长大了些，才知道原来唱的是这样的意思啊！

我们这一代上世纪五十年代末六十年代初出生的人，几乎就是唱着"红歌"长大的，记忆中好像从来没有唱过其他不"红"的歌。第一次接触京剧便是革命"样板戏"，看的电影也是《地雷战》、《地道战》、《列宁在十月》这一类的，应该说，我们是地道的"红孩子"。"红歌"融入了我们整个的童年时光和少年岁月，成为烙进我们生命中的印记，想忘都忘不掉。有一次吃饭时，儿子问我小时候都唱过什么歌？我便一首首唱了起来，当我唱到"毛主席语录"、"老三篇"等歌曲时，儿子听着这些极其不像歌词的词，很奇怪地问：这么难记的词，你怎么背得这么熟？是啊，我自己也很惊奇　隔了那么多岁月，这些歌词像是一张事先刻录好的碟，一按启始键，便一串串从嘴里冒了出来，我根本没背啊，怎么记得这样清楚呢！可见一个人儿童时期的记忆是多么地深刻！

后来，《洪湖赤卫队》、《江姐》等歌剧解禁了，我就抱着一个半导体收音机从头听到尾，播一遍我听一遍，把江姐和韩英的唱段一句句地学唱下来，然后小声地唱给自己听，唱着心里还特别美。前几年去韶山和井冈山的时候，大巴车上一路都在播放这些老歌，这一下我可过足了唱瘾，一首首跟着唱，从"红米饭南瓜汤"到"抬头望见北斗星"连我自己都吃惊，竟然全都会唱，竟然记得所有的歌词！不仅是我，一些平常从未见其唱过歌的同龄人也在小声地哼唱，慢慢地，小声变成了大声，独唱变成了合唱……才恍然悟道，那其实是一个时代的集体记忆，是烙进那一代人童年里抹也抹不掉的背景音乐啊！

脆弱与救赎

　　每一次别离，都撕心裂肺；每一次抉择，都痛彻心扉！为了面包，要背负良心的骂名；为了爱情，也许终将被爱情抛弃！

　　经常会有这样一些时刻，也许只是因为一件很小的事，可我们的内心却在瞬间陷入脆弱的深潭，郁闷、纠结、暴躁、伤感，理智的城堡稀里哗啦全线崩溃，心底的火山轰轰隆隆突然爆发。哭泣、号叫，黯然神伤，末日般的幻灭感瞬间淹没了我们。

　　再坚强的人也有脆弱的瞬间，再能忍的人也有忍不住的时刻。怕自己不够好，怕被别人瞧不起，怕孩子没有好前程，怕老公钱挣得不够多，怕爱人变心、怕房子涨价，怕股市暴跌，怕食品有毒，怕家人突患重病……我们怕的东西越来越多，我们的内心越来越脆弱，一点点的风吹草动，都有可能吓坏我们的神经，我们每个人的身上都背着沉重的包袱，我们在人生的道路上如履薄冰，任何一场意外的风暴，都可能吹落最后一根稻草，让我们的精神陷入崩溃的泥沼。

　　冷静下来细想，人的一生是一场永远没有终结的"战斗"。小时候，总盼着快快长大，以为只要长大了，就不会再被老师和家长训斥，就可以随心所欲地做自己。到了青春的花季和雨季，才发现我们活得一点也不诗意，整天被无聊又无奈的课业和一场又一场的考试压得喘不过气来，便盼着考上大学就好了，就可以高枕无忧地享受青春了。可是真的上了大学之后才发现，周围所有的人都在暗中使劲，考研、出国、考公务员、找工作……恍然悟道，人生与命运的挣扎和较量此时才刚刚开始。

当我们拼命努力，强咽泪水，付出了只有我们自己知道的代价，总算换来一份不好也不坏的工作，刚刚喘匀了一口气，新的难题又接踵而至，恋爱、结婚、房子、车子……想想都头大，为了翻越这一座又一座大山，你跑得汗流浃背，气喘吁吁，日渐憔悴，却总是山重水复疑无路，最终还是靠了父母、亲朋、师长等伸出的援手，才得以柳暗花明又一村。手捧玫瑰花，满心欢喜地以为，王子和公主从此可以过上幸福的生活了。没想到，当孩子降临，望着宝宝粉扑扑的小脸和纯真无邪的目光时，你内心的坚强瞬间坍塌，柔软得像婴儿肉嘟嘟的小手。然而片刻之后，你的神经又立刻绷紧，为人父（母）的喜悦和责任同时"绑架"了你。于是，从给孩子挣奶粉钱开始，你又拉开架式，踏上了人生新一轮的征程。

这时候你有一点明白了，其实人生就是一场又一场内心软弱与坚强的较量，无论谁占了上风，都是短暂的胜利者。有时，坚强像一架鼓风机，让生命的风帆高高扬起。有时，脆弱又像无边的黑暗一层层压下来，心灵完全变成绝望的空洞。这时，那些励志的故事便成了我们心灵的营养。有一个三十出头的小伙子对我说，他特别喜欢看斯蒂芬·金的《肖申克的救赎》，小说中那个被冤枉入狱判了无期徒刑的男主人公，靠一把藏在《圣经》里的小小鹰嘴锄，竟然花了二十年的时间挖通了囚牢里的一条暗道，终于成功逃亡。在这近乎绝望的二十年里，日复一日，锲而不舍，他的内心该是多么的强大啊！那个小伙子对我说，每当他遇到困难，感觉自己快要撑不下去的时候，就再看一遍这部小说或者同名电影，与之相比，自己的那点困难真的就不算什么了。

信息时代，媒介无孔不入，每天我们都能从各种渠道获悉许多"疯狂"的信息，明星绯闻，政要八卦，江湖骗术，发财捷径……意志不坚强的人，一不留神就有可能被带到沟里。我们应该崇拜谁？当谁的粉丝？在迷宫一样的战阵里朝哪条路走才不是歧途？面对重重诱惑如何分辨、如何选择？面包和爱情，哪个更重要？每一次别离，都撕心裂肺；每一次抉择，都痛彻心扉！为了面包，要背负良心的骂名；为了爱情，

也许终将被爱情抛弃！未知的世界一片迷茫，童话中的无忧城堡又在哪里？地老天荒、忠贞不渝的爱情真的存在吗？我们跋山涉水，我们披肝沥胆，我们找到了吗？也许，我们的目标就如同《命若琴弦》（史铁生作品）中那老瞎子的谎言，幸福的灵丹妙方原本就是一张白纸，琴弦弹断一千根，还有一万根等在前头。

有时候，我们期盼奇迹出现、时光能倒流，你会说，那样就可以知道在我人生的哪一步要走怎样的路了。但事实是，即使人生真的重新来过，你仍然会面对许多新的谜团和新的选择，仍然会有许多未知与挣扎、许多内心极度脆弱的时分，或许，这才正是人生的魅力所在。

青春在每个人心里都永垂不朽

　　人类潜意识中的情绪通常是被理智所压抑的，当你不再运用理智之剑的时候，你便获得了灵魂的自由。女人爱撒娇、装嗲、扮嫩，不仅仅是外表的需要，也是灵魂的需要。

　　夏日的一个夜晚，海边，我和一群朋友光着脚在沙滩上漫步，看波涛层层翻卷，像一排排美丽的少女，披着一波柔情万种的巨大披风手牵手地奔跑着踏上沙滩，把白色的花边层层叠叠铺排开来……

　　望着，望着，一种遥远又切近的记忆，一份温柔又苦涩的情感，一寸寸溢满心田。这样的夏夜，这样的海边，仿佛依稀，我还是大学时代那个穿着白色连衣裙、拉着小提琴的女生，多愁善感，易喜易悲，把满腹无处诉说的少女心事用琴声说与海浪，说与夜空。那是在我22年的生命中第一次见到大海。

　　这么快，三十多年的生命已经像海浪一样踏着不同的节拍一点一滴地悄然流逝，真想再回到那个热情奔放、充满幻想的青春岁月，那个用眼泪、诗歌和琴声拥抱爱情的自己！

　　夜色深沉，海在涨潮。突然，沙滩上燃放起璀璨的焰火，把海天映照得无比辽阔。紧接着又点燃了篝火，原来是一群进行拓展训练的孩子们正在举办篝火晚会，一张张欢乐的笑脸，一阵阵清脆的歌声，夜空里，引得天边的小星也眨着眼睛与之回应。

　　这时，我发现我的女友们瞬间都变成了"老顽童"，竟然在沙滩上踢起了"足球"，嘻嘻哈哈，无所顾忌，比旁边做游戏的孩子们还要尽

情尽性，简直玩"疯"了！而那暂时充当足球的物件竟然是她们脚上的拖鞋，不管是穿长裙的还是穿短裤的，暗夜中，腿随意地扬，腰尽情地弯。这些平日里斯文婉约的女秀才们，此时不用穿越时空隧道就一股脑全都回到了童年，回到了生命最不需要面具的原生态！

这样的疯狂释放，被一位作家朋友理解为"每个女人的心里都有想要艳遇的潜在渴望"。也许吧，人类潜意识中的情绪通常是被理智所压抑的，当你不再运用理智之剑的时候，你便获得了灵魂的自由。女人爱撒娇、装嗲、扮嫩，不仅仅是外表的需要，也是灵魂的需要啊！尤其是当身体也充分自由的时候，灵魂便大笑，便欢乐，在这夜海的沙滩上，身心完全开放，是一种多么难得的回归，多么珍贵的返璞归真啊！

第二天，在乳山公园海边，美丽的临崖别墅前拍照时，这些中年女友们再次"潜意识"大暴发，个个手舞足蹈，做仙仙欲飞之状，全然不顾及身边男士的存在。那一刻，她们早已把身外的这个世界摒弃了，灵魂中那个青春妙龄的自我如施了魔法一般地无限膨胀起来……

于是明白，在每个人的心里，青春永远像一个流着鼻涕、在你身后躲猫猫的孩子，无论你活到多么老，他都会找机会跳出来，耍几下，扮个鬼脸，调个皮，有时候会给自己一个惊喜而忘了难为情。

一位中年朋友说了一件让他事后想来颇为尴尬的事：有一位女士是他年幼时认识的，因为是父辈的同事，便叫人家阿姨。几十年之后，在前不久一个机会里与之偶然相遇，他嘴里的"阿姨"便脱口而出。就在对方愣神的片刻，他猛然醒悟，这样的称呼实在太不靠谱，其实自己也已经是叔叔伯伯辈的人了！仔细算来，那"阿姨"实际上比自己也大不了几岁。只不过在与故人相遇的瞬间，记忆让他回到了童年。

我采访过一位精英人物，三十多年前赴美留学成就辉煌，后加入美国国籍，如今已经是美国业界的知名学者。想不到采访时他还张嘴闭嘴地称美国人为"洋人"。忽然想到，在上世纪80年代国门刚刚开启时，在他们这些第一批出国的年轻人眼里，"洋人"的概念与今天有着多么大的不同啊！经过了这么多年的改革开放之后，国人大批出去，"老外"大批进来，所谓"洋人"早已经没有任何新鲜感与神秘感了，今天的留学生再也不会觉得"洋人"有什么了不起。可是，在这位教授的潜意识里，当年的印象竟然还是那么深刻。就像我采访过的许多著名老人一样，言语间似乎永远都生活在他们的青春岁月里……

青春岁月是一张人生的底片，一个人二十多岁时对世界的感觉会跟随他一辈子。

秋天的阳光

其实，情怀无处不在，自由永远在心底吟唱。也许某一个时段你无暇顾及它，但只要你不被物质打倒，你的心灵就是自由的。

同样是上午9点多钟，同样是热浪袭人，但为什么却开始有了不一样的感觉？静下来细品品，原来是阳光，照射在窗外树叶上的阳光，已经不再是夏日那般湿润润的沉闷，而变成了爽爽的朗气。蝉鸣依旧，却不再连阴雨般地不停，而变成一曲之后再一曲有间断地连唱……

不用看日历，阳光的亮度已与夏日不同，阳光的味道也与夏日不同，阳光是一种心情，秋天一到，它的胸襟就变得阔大了起来。然而这秋阳又仿佛是一阵催赶岁月的鼓点，预示着一年的光阴已经被掠走了大半，不知道埋伏在哪里的岁月之鞭又在无形中狠狠地一甩！

在北方，秋天是一年中最美好的季节，也是我出生的季节。然而对于秋，内心深处却有着极为复杂的情感。人类其实是无法走出大自然掌心的，所谓"人定胜天"其实也是一种阿Q精神，即使我们可以有航天人飞上太空，也只是到人家那里去溜达溜达，并不能战胜什么。说来说去，战胜的还是我们人类自己，是我们先前对太空的无知和畏惧。

我以为，人类最可贵的不是去战胜什么，而是具备一颗能够感知世界的心，心灵的敏感和心灵的自由是最为珍贵的。如果你对自然界的任何变化都失去了应有的感应，那么，你的心灵一定是干燥的，虚空的。

一个读到博士毕业的小伙子很有一些文人情怀，除了他的专业之外，还喜欢写一些小散文抒发心情，有时也会弹着吉他唱一两首自己写的歌。他和我聊起路遥的小说《平凡的世界》和美国作家卡勒德·胡赛尼的小说《追风筝的人》，兴致勃勃地讲述他对作品的看法和由此激发的人生感悟。但让他有些纠结的是，当他离开校园走入工作岗位之后，他的这些爱好都被整日里焦头烂额的工作给淹没了。虽然他的工作在世俗眼里是很有面子的那种，挣的钱不算多也还过得去。可是，他却觉得心灵一天天开始变得空虚起来，忙忙碌碌中总觉得缺少点什么。于是，每天无论忙到多晚多累，回到家以后，他都要倚在床头看一会儿书，或者拨弄几下吉他的琴弦。也只有在这时，他才觉得活得像他自己，才能感受到一种心灵的安宁与满足。他问我，作为一个男人，有这样的文人情怀是好还是不好？他很害怕一旦结婚成了家之后，连晚上这点抒发情怀的小自由也将要被剥夺了。

他的纠结让我多少有些吃惊，在如今这个物质财富高于一切，大多数人只把房子、车子和票子当成人生重中之重的时代，80后这一代人中，还有像他这样注重心灵生活的青年。

是啊！心灵，自由，情怀，应该说这曾经是上世纪五六十年代青年人心中最神圣、最珍贵的东西，那时候大家都没有钱，更没有房子，对物质的要求非常简单。那时候没有电视和电脑，读书的人比现在要多，烦恼的人却比现在要少。即使是农村干重体力活的知青，在夜晚的煤油灯下，还是有许多双对着书本的眼睛。那时候读书没有任何功利，只是为了滋养饥渴的灵魂。

而如今，诗人气质、文人情怀，如果换不成钱的话，便统统都是无用的别名。博士小伙子的父母希望他尽快娶妻生子，尽量挣更多的钱。我对他说，你父母没有错，你作为一个儿子，一个男人，第一重要的当然是能够自立和日后的养家糊口。但这并不等于说，你就要从此关闭心灵的窗子。你有一份文人情怀很可贵，不要放弃这份心灵的滋养，它换不来钱，却比金钱更重要，它会在潜移默化中充实你的人生，提升你的品位。心灵的充实，可以让你在遇到困扰和挫折时保持淡定与从容，让

你的内心变得强大。其实，情怀无处不在，自由永远在心底吟唱。也许某一个时段你无暇顾及它，但只要你不被物质打倒，你的心灵就是自由的。

在电子产品全面覆盖、信息量有如排山倒海之势的当下，当我们被那种功能齐全、视听强刺激的电子产品侵占了脑海之后，我们的想象力和创造力便会节节败退。久而久之，只剩下了一个接收功能。殊不知，在电子产品洪流滚滚的信息大潮中，又裹挟着多少无用甚至有害的垃圾！物质可以让你过上衣食无忧的日子，却难以填补你依然空虚的灵魂。如果你怀有一点文人情怀，有精神慰藉在心中，即使一个人远在天涯，或者走在完全陌生的人群中，你都不会孤单，因为你心里盛着一个满满的世界。

幸福不是烤白薯

　　幸福，只能是一朵开在内心的花朵，也许会浸出芬芳，也许正是由苦酒酿造而成，怎么可以在大街上像卖烤白薯一样吆喝出来呢！

　　你幸福吗？

　　对一个陌生人发出这样的提问，真是一件要多傻有多傻的可笑至极的事情。尤其当这样的提问来自于一个权威媒体时，就更让人变得不知所措，因为你从对方那期待的眼神中，分明能读出这样的潜台词：你是幸福呢？还是幸福呢？还是幸福呢？

　　如果你反问对方：你这样满大街地找幸福，你自己幸福吗？想必他也会手足无措的。可惜，老实的中国百姓，没有一个人反问对方，大都按着提问者的暗示做了肯定的回答。看得让人心生狐疑，他们说的是自己的心里话吗？反而倒是少数答非所问、貌似不靠谱的人让人觉得更可信些。

　　这回，同样的问题"砸"到了莫言头上，这位刚刚摘取了诺贝尔文学奖桂冠的作家先生，大概是媒体眼中最最幸福的人了。没想到他一点也没客气，面对大牌主持人直率地说："我不知道。主持人又问：绝大多数人觉得您这个时候应该高兴，幸福。莫言说："幸福就是什么都不想，一切都放下，身体健康，精神没有任何压力才幸福。我现在压力很大，忧虑重重。能算幸福吗？"

　　我相信莫言说的是真心话，真感觉。幸福是一种发自内心的美妙感觉与陶醉状态，而此时的莫言，在媒体的强光聚焦下，已经快变成无处

藏身的裸体了，他怎么敢、又怎么可能自享美妙与陶醉？按照中国人的谦逊美德，他此刻必须要夹起尾巴做平淡状，就算是被各路媒体和粉丝围追堵截得焦头烂额，也不能表现出丝毫的厌烦。这时候，他已经不属于他自己了，他的情绪、他的语言、他的一切行为举止，都要符合那个聚光灯下获得了世界文学大奖者的形象。压力山大啊！他能不累、不忧虑重重吗？又何谈幸福呢！

当然，在普通人眼里，这也是一种幸福。就如同"宁愿在宝马车里哭，也不愿意在自行车上笑"一样，有时候，哭比笑更幸福，累比闲更过瘾。一切都来自于每个个体不同的感觉。可见幸福这玩意儿并没有一个统一的标准。它不是一种物件，可以放到天平上去称，更不是一块蛋糕，可以看到它上面的奶油和巧克力。与其问幸福，不如问快乐。因为快乐和开心是可外溢的，可观可触，可以感染给别人的。

而幸福，却只能是一朵开在内心的花朵，也许会浸出芬芳，也许正是由苦酒酿造而成，怎么可以在大街上像卖烤白薯一样吆喝出来呢？一个人是否幸福，正如一个人是否痛苦一样，是属于个人的隐私。更何况性格不同，有人开朗，有人羞涩，你让他们统统要对着镜头敞开心扉，没有点"二"的精神，还真做不到。能碰上一个"芙蓉姐姐"那么生猛的，那就是访问者的幸福了。

写到这，不由得扪心自问：我幸福吗？是与否，一时我还真不能够确定。那么反过来问：我痛苦吗？答案同样也不能确定。于是想到，人的感觉何其复杂，人的情绪何其多样，心有千千结，种种细密的心事和情感，岂止是幸福或痛苦所能涵盖的。

其实幸福和痛苦一样，都不是人生的常态，都只是某一段时间或某一个时刻感受到的一种刺激，无论大小强弱，都是短暂的。而人生的常态就是平淡和平静，就如同我们追求非凡而实际上我们只能平凡一样，我们追求幸福却不一定能得到幸福，我们惧怕痛苦却不一定能逃脱痛苦。人常说平安是福，只要能在幸福的光芒指引下过平静安宁的生活，便也算是一种幸福了。

哲人说，幸运之道有如空中的天河，是无数弱小的星团集结而成，它们并不是一个一个地看得见的，而是聚集在一起才能放出耀眼的光芒。类此，有许多小小的、人所难见的美德，或者不如说是能力和习惯，久而久之地聚集起来，便是能使一个人幸运的基座。幸福之道亦如此，天上掉陷饼的事也许会有，但一定不会让你碰上。只有在我们生命中每一个平常的日子里做出自己哪怕是微小的努力，在最痛苦最脆弱的时候也不放弃希望，让这些小小的、微微的美德聚集起来，成为你在人生旅途中的能力和习惯，你的生命中的'天河"就一定会有繁星闪烁的那一刻。幸福也许很短暂，但唯此才更加珍贵。

其实真的与你无关

对于一个成熟又成功的男人来说，情感的激荡是一种危险的存在，如同夜雾中闪烁的烛光，既可以带来温馨与浪漫，也会毫不留情地引燃大火甚至造成爆炸与毁灭……

某位年过半百、一向以正能量赢得尊重、且知名度颇高的成功男士被曝出已离婚再恋，并且新欢是演艺界的80后，让许多人大跌眼镜，仿佛又一座火山爆发，又一顶王冠落地，消息迅速横扫网络，多米诺骨牌一样推翻了许多人心中的精神偶像。

这让我想起了陈佩斯在小品《主角与配角》中对朱时茂说的一句话：都说长成我这样的才会当叛徒，没想到啊没想到，你朱时茂浓眉大眼的也会叛变……

是啊，像这样一位一身正气，人过50敢问顶珠峰、年逾60又过海留学的知名企业家，多大的气场，全是正能量，怎么可以和某些贪腐分子一样，也弄出个"小三"来呢！

不错，在如今的电子时代，网络给每一个人都提供了爆料的机会和发声的平台，每一天都有可能爆炸新的"原子弹"。然而当舆论的"蘑菇云"渐渐散去之后，你有没有想过，除了消费名人、娱乐自己之外，他人的婚变究竟与我们有多大关系？

前不久，回学校参加大学毕业30周年同学聚会，一位如今已官至某市一把手的同学提起一件往事，有一个外系的男生因工作出色而要往市里提拔，但组织部门听说他在校期间曾经有过不光彩的记录，读大二的时候，该同学因用望远镜偷窥女洗澡堂里的女生洗澡而受到过学校处分，便来向我们班的这位同学核实。这位同学是这样回答的，他说："这事确实有，但是，说心里话，那时候我们男生心里都想往女洗澡堂里看，只是我们都不敢那样做，而这个男生他做了。这算个什么问题呢！"

情同此理，估计有不少"发"了的中年男人都对年轻漂亮的女孩子想入非非过，但却因为这样或那样的阻碍无法实现，而这位老总却敢为别人之不敢，大胆做了而已。我曾经写过一篇题为《男人五十正辉煌》的专访，没想到一经见报立刻引起许多同龄男性读者的强烈共鸣，于是想到，与女人相比，男人通常晚熟，尤其在情感上。青春时期的男孩子最可贵的是虎虎生气与旺盛活力，却激情有余而体察不足，这也是一些女孩子喜欢成熟男人温存稳重的原因。只有到了这般时候，夕阳如火却不刺眼，果实香甜又全无青涩，对女孩儿的吸引力可谓真正强大。

从另一方面说，别以为男人个个都是一堵坚实的墙，而实际上在身心疲惫之际，男人也想找另一面墙靠上一靠，或者在秋风叶落时分，也渴望春花能再度开放。在对待女人的感情上，男人的心态就更为复杂。尤其是成熟又有一定声望、财富、学识和地位的成功男，就常常会陷入自己情感的春梦而欲罢不能。对年轻美丽女性或明投或暗送的一捆捆"秋天的菠菜"当然心领神会，情感上的渴望乃至两性方面的吸引都在悄悄地撩拨着他们的心弦，但又由于身份、地位、家庭、舆论等种种细而密的丝网的裹缠，便很难抒发或宣泄那一份情感和渴望。试想一下，当一个成熟男人已经戴着种种光耀却沉重的人生面具"铁面人"一般地压抑自己许多年之后，忽然有了一种重新去爱的感动，猛然间意识到自己仍然怀有激情，在异性面前仍然充满魅力，该是多么的庆幸与狂喜！这是一种灵魂的颤栗，一种回归青春、还原为人性本来面目的洗礼。然而不得不冷静下来的是，男人毕竟除了性别属性之外，更多的是其社会属性，是作为企业家、业界精英、某一级领导或者普通职员在这个社会中的公众形象。对于一个成熟又成功的男人来说，情感的激荡是一种危险的存在，如同夜雾中闪烁的烛光，既可以带来温馨与浪漫，也会毫不留情地引燃大火甚至造成爆炸与毁灭……

在这里，我们且不做任何道德评判，只是好奇，这样一桩极其私

人的事情为什么会引起如此巨大的舆论海啸？皆因为这个事件的主角太"浓眉大眼"了，已经板上钉钉地只能饰演正面角色，即使穿上反面角色的衣服，也还是一个"地下工作者"的形象，他怎么可能真的就"叛变"了呢！更何况还与某些经济利益、巨额资产密切相关，你想一个人"战斗"都不行，既然曾经享受过作为公众人物所特有的"粉丝"拥戴，那么也必然要承受众"粉丝"愤怒时的滔天巨浪，因为你在他们心里的那艘航船已经倾覆……

　　不过，类似的偶像"倾覆"事件以后一定还会有，要明白的是，这其实真的与你无关。

最冷的时候，划亮一根小小的火柴

在陆地上并不起眼的人一旦上了冰，竟然帅不可挡起来，吸引得众女生无不投去羡慕的目光。只见他一个急刹车之后又一个华丽转身，一丝得意的微笑浮上嘴角，潇洒得像一个冰上皇帝。

好冷啊！今年冬天寒冷来得格外早，还没进入腊月，就已经是天寒地冻，雪舞冰封了。昨天还绿意尚存的树木仿佛一夜之间就伤透了心，落尽了叶子，只把赤裸裸的枝权伸向蓝天。傍晚时分，逼人的寒气在夜幕的鼓励下变本加厉，我在刺骨的寒风中颤抖，打车打不着，偶有空车驶过或者不停，或者上车问过目的地之后表示方向不对不能拉，那么等公交车吧，只见车来的路口方向已经挤成一团车粥，红灯转绿灯，绿灯再转红灯，久久都没有车能开过来。终于等到有车开过来了，却不是我要等的那辆。10分钟，15分钟，20分钟，30分钟……时间一分一秒地过去了，人已经冻得近乎绝望。最初是寒风吹得头耳生疼，然后是手脚发僵，鼻孔发痒。只好不停地在原地跺脚踏步，尽量让身体活动着给自己取暖。心情从焦急、畏惧、期盼、忍耐到渐渐麻木并开始适应，甚至不再焦虑，无奈地看长街灯海，看行人匆匆，看最后的落叶在风中慢镜头般配地缓缓起舞……

忽然，街那边飘来阵阵炒栗子的香味，连忙跑过去买了一包刚出锅的糖炒栗子，手捧热气腾腾的香甜美味，忽然想起了安徒生童话《卖火柴的小女孩》，在脑海中划亮一根小小的火柴，哇！许多关于冬天的美好景象和美妙记忆便——在脑海中闪现——

　　第一个记忆是关于雪的。那一年儿子刚上小学，春节时我带他回北京八大处看望姥爷。恰巧刚刚下过雪，八大处的山脚下一片苍茫，儿子只是进屋叫了一声姥爷，就一头扎进雪地里再也不肯进屋了。到了吃饭的时候我出去找他，才发现他只穿着一身绒衣裤在雪地里玩得正欢。我喊他，他像没听见一样仍旧在雪地里疯跑，嘴边的哈气变成一团团白烟，活像一只解了套的小狗。我追过去，看见他满头冒汗，兴奋地说："妈妈你看！这全是我一个人踩的脚印，还有那么多的白雪上没有我的脚印呢，我要把它们全都踩满！"我笑了，方明白儿子如此兴奋的原因。我们常年住在喧闹的市区，每当下雪之后，为了安全的缘故，地上的雪总是被很快地扫掉或洒上盐水化掉。即使不这样，都市滚滚的车流人流也会把原本洁白的雪辗轧、踩踏得面目全非。而此刻，竟然有那么多的白雪安安静静地沉睡着，仿佛大地上一层厚厚的白色毛毯，儿子就是这天地间唯一的主宰，他可以随心所欲地拥有这些雪，得意得如同一个富翁。只见他越跑越兴奋，一串串脚印在他小小的身影后延伸着，像是一本刚刚打开的书……

　　第二个记忆是关于冰的。青春飞扬，冰上浪漫，当脚蹬冰鞋、长发在寒风中飞舞的时候，我从没感到过冷，那是一曲与寒风拥抱、与雪花接吻的冬之恋歌。我没想到，大学的体育课到了冬天的科目便是滑冰。那是上世纪80年代初，从没上过冰的我和一群女同学穿上花样冰刀鞋之后立刻"残废"，小心翼翼地按着老师教的要领艰难向前蹭步，还是免不了一会儿一个屁股蹲儿。四脚朝天的时候，只见一个矫健的身影"嗖"地从眼前"飞"过，在陆地上并不起眼的人一旦上了冰，竟然帅不可挡起来，吸引得众女生无不投去羡慕的目光。只见他一个急刹车之后又一个华丽转身，一丝得意的微笑浮上嘴角，潇洒得像一个冰上皇帝。后来，我们为了排练新年要演出的节目，爬上教学楼顶平台，踏着厚厚积雪练习小提琴协奏曲《梁祝》，一个个穿着大棉袄大棉裤大棉鞋臃肿不堪，却在冰天雪地里把梁山伯与祝英台的"蝴蝶之恋"演奏得荡气回肠，别具韵味……

　　第三个记忆是关于炉火的，是属于我们的"围炉夜话"。现代化生活让人们远离了炉火，即使有的家里装修出一个西式壁炉，那炉火也是用电代替的假火苗。而不远的曾经，冬日的炉火是每个家庭里最温暖的地方，烟囱在屋中盘绕着伸出窗外，炉火上的水壶咕嘟咕嘟地冒着热气。有一年，我们花高价多买了一些定额外的蜂窝煤，便终于可以放开胆子烧炉子，不用再为了省煤而封火了。这天正好有朋友从远方来，我们便烧足一锅开水，围着炉子涮起羊肉来。窗外雪花飞舞，屋内炉火熊熊，香喷喷的涮羊肉伴着段子和笑声下肚，暖融融的友谊在我们当时只有十几平方米，集客厅、卧室、厨房于一屋的家中弥漫着，那感觉真的无比美好……

真诚是一个孩童

　　科技发达的电子时代，当每个人都可以随时随地的发声，每个人都有圈子可以做秀的时候，还有真诚存在吗？

　　谁是真诚的？人什么时候才是真诚的？是面对自己？还是面对他人？

　　前两天看了一档电视节目，在北京大学的讲台上，诺贝尔物理学奖得主杨振宁与诺贝尔文学奖得主莫言进行了一场"科学与文学的对话"，而主持人是著名画家、学者范曾先生。不要说节目内容，单是这人员的组成就已经足够令人震撼，令人神往了。伴随着诺贝尔奖授奖仪式上的传统音乐莫扎特的D大调进行曲，当神采依然的扬振宁在妻子翁帆的搀扶下缓步走出，当底气十足的莫言从容地上台，当身着中山装、气宇轩昂的范曾站立在两者之间时，燕园沸腾了，未名湖畔仿佛刮起了一阵旋风，湖水荡漾，层层涟漪激起人们的无限好奇与猜想。台上功成名就、头戴诺贝尔桂冠的名人大家与台下风华正茂、热血满腔的莘莘学子就"科学、文学、梦想与奋斗"展开对话，这样的"真人秀"在开播前就已吊足了观众的胃口。

　　当时杨振宁91岁，范曾78岁，莫言58岁。物理、文学、艺术，应该说，年龄不是障碍，专业也不是障碍。然而，不知是电视屏幕的容量有限，还是受节目时间的制约，他们之间的对话让人感到有点对不上茬口，貌似有些牵强，虽然都在尽力配合，装模作样，却缺乏某种坦诚，颇有点"做秀"的味道，真真难为了这三位名家。

　　难道是科学家不真诚吗？作家不真诚吗？画家不真诚吗？当然不

是！但我以为科学家的真诚在科研中，作家的真诚在作品里，画家的真诚在绘画中。在那些没有聚光灯照耀、独自摸索钻研创作的过程中，他们默默付出了不为人知的种种努力，付出了智慧、心血、汗水和最美好的青春年华，他们用真诚换获取了成功，用真诚赢得了赞誉。他们的真诚不是在聚光灯下，他们不是靠做秀来吸引眼球。所以，在舞台上空谈科学、文学或者艺术不是他们的长项，更不用说要按照一档节目的要求进行某种"高端对话"。这样的"表演"当然无法让人感到真诚的存在。从这个角度上说，电视节目本身就是一种做秀，无论是多大的名人，多么想真诚的人，当他站在聚光灯下的时候，都难免虚伪，或者说只能是有限度地真诚。难怪有人说，他从来都不相信一个人在公众媒体上所说的话是发自肺腑的。

如今为了博人眼球，节目制作者已经使出了浑身解数，征婚、招聘、模仿秀……跳水也好，唱歌、跳舞也罢，秀就是秀，不要说什么"非诚勿扰"，打诚信牌，总喊"狼来了"的话，即使真狼来了，便也没有人会相信了。这就是我们这个时代的悲哀。科技发达的电子时代，当每个人都可以随时随地的发声，每个人都有圈子可以做秀的时候，还有真诚存在吗？不妨试验一下，用文字表达与用语言表达有什么样的区别？过去，传统羞涩的中国人很少有人会面对面地说"爱"，无论是对父母还是对恋人，甚至一辈子都不曾说过这样的话。倒是有一大批敢在纸上写爱的人，情书就是中国人最真诚的表达方式之一。一笔一划写出爱的时候，通常也是最私密的时候，没有人看见，没有人知晓，你才可以把心剖开，把情展开，把爱说出来。即使日后那个看信的人不以为然，也能避免了当面被拒绝的尴尬和难为情。几乎每个人都写过"亲爱的爸爸妈妈"，但一多半的人没有当面这样说过，心里多想说，也还是说不出口。可是如今不同了，QQ、短信、微博、微信，想怎么表达就怎么表达，想什么时候说就什么时候说，当表达变得容易甚至泛滥的时候，就缺少了一分郑重，一分真诚。

真诚还和年龄与阅历有关，未经世事时，我们都睁着一双纯净的眼睛看世界，都怀着一颗虔诚的心接收未来。是一次又一次的虚伪和欺骗在我们的眼睛中撒下雾霾，毁灭了我们心灵的纯净，让我们渐渐丢掉了

那个名叫真诚的宝物。在经验、阅历和资深的背后，一部分人开始变得老谋深算和老奸巨滑起来，他们给真诚起了一个别名：傻。

　　然而越是世事险恶，人们越是渴望真诚。真诚既是易碎的，也是不朽的，它需要用同样的真诚来做交换。就如同科学、文学或者艺术，你不付出真诚的汗水，你不用你心灵的汁液进行浇灌，它是不会开出美丽花朵的。真诚是一个孩童，只要它住在你心里，你就永远能看到清澈的湖水和湛蓝的天空……

羞涩是一张旧船票

这是一个不需要含蓄、不给羞涩机会的时代，如果你不幸恰恰生就了羞涩的性格，那么你将注定被时代的滚滚红尘所抛弃。这个时代的得意之人，一定是硬头皮、厚脸皮的欲望强烈者。

如果你是一个少女，你愿意被降生在哪个时代？

"田野小河边红莓花儿开，有一位少年真使我心爱，可是我不能对他表白，满怀的心腹话儿没法讲出来……"这是上世纪五十年代广为流传的一首俄罗斯民歌，与那时代中国女孩子的心态是基本相通的。少女怀春，是一杯有点苦、有点辣、却能于呛人的苦辣中品出丝丝甘甜又让人上瘾的酒，那种朦胧中的欲望让女孩子对异性充满了幻想。那时的女孩子很少有主动向男孩表白心迹的，胆子大一点的也无非就是暗送秋波或以字传情，在书本里夹个小纸条什么的，或是请亲朋好友代为悄悄打探。如若一不小心，心事被人看穿，定会羞涩难当、恨不能找个地缝钻进去。

那时的女孩是羞涩的，含蓄的，傻傻的。

而如今，女孩子被时代的风气鼓动着，被影视作品里那些大胆追男的偶像刺激着，早已摘掉了羞涩的面纱，你追我赶地奔上了爱情的快速路。她们嫌"妹妹你大胆地往前走"那种钻高粱地的把戏太老土了，便直接走上荧屏，在一个又一个相亲节目里敞开心扉，向那个靶子一样戳在众女生中间的男生射出自己的丘比特之箭，无论被选择或被拒绝，全无羞涩可言，目光直勾勾的，语言火辣辣的，个个都胜过好儿男。挑

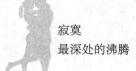
逗，戏耍，勾引，没有点定力的男性还真接不住招。在这样的情形之下，你若还羞涩、被动，对异性"爱你在心口难开"，等着男孩来追自己，那么，只能让羞涩的你到一边凉快去吧！别人勇敢，别人冲上去了，别人便成功了。

这是一个不需要含蓄、不给羞涩机会的时代，如果你不幸恰恰生就了羞涩的性格，那么你将注定被时代的滚滚红尘所抛弃。如果你再有点才华，加上自尊，那么你所过的，将是心比天高、命比纸薄的一生。这个时代的得意之人，一定是硬头皮、厚脸皮的欲望强烈者。无论政界还是商界，商场还是情场，全都一样！帅哥谁都喜欢，钻石王老五谁都想要，想那帅哥在投怀送抱者中左挑右选早就花了眼，根本看不见、想不到还有一个站在边上含情脉脉的你，你那暗中送不出去的"菠菜"，在一池活蹦乱跳的"生猛海鲜"面前，早就被晾成了干草……

曾经采访过一个年近三十的女白领，她长得不算漂亮，但很会打扮，一头波浪式长发恰到好处地衬出她婀娜的腰肢，眼睛不大却"电力"充足，一个风情万种的回眸，就足以让那被"瞄准"的异性神魂颠倒。她曾经抢过好几个女同学的男朋友，她对追她的男人和容易"上钩"的男人全无兴趣，她喜欢在抢夺和追逐中体验一种胜利者的快感，如同对自己魅力的一次次检验，尤其是从那些比她漂亮的美女手中抢男朋友，她有一股"越是艰险越向前"的激情，但是她却并不想马上结婚，她还想在情场上再"玩"几年，把命运的缰绳牢牢掌握在自己手中，钓不到金龟婿誓不罢休。与之相反的另一个女孩子，又温柔又能干，就是因为天生无丽质又偏偏难自弃，还喜欢做一厢情愿的美梦，在她暗中渴求的男孩子面前总是胆怯、犹豫，还放不下自尊，便一错再错，错过了因缘，也错过了大好年华，成为亲朋好友眼中的"剩女"。

也许是长期的封建社会对女性压抑得太深、束缚得太久，一旦反弹起来便势如破竹，汹涌澎湃，那些影视作品中的经典故事便成了许多人心中的榜样。女追男，最让人心动的例子莫过于日本电影《追捕》中的真优美了，当这个富家小姐偶遇处在被追捕中的硬汉高仓建饰演的男主角之后，便立刻疯狂地爱上了他，当男主角拒绝她说："我是一个罪犯"时，她瞪着黑葡萄一样的大眼睛喊道"我是你的同谋！"那一刻，真优美成了所有中国男人的梦中情人，也让中国女人顿时傻了眼：竟然可以这样追男人！多年以后才清醒，那是在演戏啊，并且一定是男人编出来的戏，想让美女像天上掉馅饼一样掉到他们怀里。还真有不少女人中了招，纷纷主动投入各类冒牌高仓建的怀抱。

"真优美时代"所渲染的是一种爱情至上的神话，为了爱情可以不顾贫与富、敌与友、甚至生与死，为了爱情可以牺牲一切。如今，就算是有一百个"高仓建"站在面前，恐怕也会被女孩们提出的诸如房子、车子、票子等要求吓得掉头就跑，没有丰厚的物质做基础，硬汉便也硬不起来了。

爱情不再单纯，少女不再清纯，羞涩像一张过时的旧船票，虽有收藏价值，却登不上今天的任何一艘客船了……

做一条"微笑的鱼"

心灵不是胃口，美味佳肴填不饱它，心灵的寂寞与饥渴就像几米笔下那条"微笑的鱼"，被囚禁在一个大水族箱里。直到它被释放出来，发着绿光在都市的夜晚游走，它会问：都市里的每个人都睡着了吗？他们正在做着美梦吗？

"有谁见过一只微笑的鱼？一只像狗一样忠心，像猫一样贴心，像爱人一样深情的鱼……我们微醺地进入这个故事，跟着鱼儿笑，随着主人起舞，跟主人和鱼儿回归大海，我们让微笑的鱼滑入心底，然后我们和主人一样，都变成了微笑的鱼。"

这是台湾绘本画家几米笔下的故事片断，想得到吗？如此美丽梦幻的故事竟然是在他遭遇身心重创之后一点一滴地创作出来的。1995年，刚刚过完春节，还在睡梦中的几米突然被右大腿的剧烈疼痛所惊醒，经诊断，他竟然患了极其凶险的骨髓性白血病——血癌。面对这突如其来灾难，几米说他也像电视连续剧中遭逢悲惨命运的主角一样，放肆地大哭大闹，一直哭到昏昏沉沉地睡着了。接下来化疗的日子悲惨之极，他呕吐、发烧、昏迷、疼痛……出院之后，稍稍恢复的几米开始从一个全新的视角思考人生，开始扪心自问：你正在什么样的季节？春、夏、秋、冬？心情冷暖又是由谁决定的？上帝？自己？还是路人甲？

生病之前，几米多年一直供职于一家广告公司，天天都要画画，画许多不同的"小人"，也画小狗和怪兽等各种动物，画它们不同的神情和姿势，但他从来没有对笔下的"小人"和动物投入过情感，这样的画画只是他赚钱谋生的工作而已。直到他终于给累得病倒了，伤感、悲痛甚至绝望，泪水淹没了从前那些浮现在脑海里的"小人"和动物，他开始把自己的心情和感悟融入到那些"小人"和动物中去，这些故事，有的甜美，有的感伤，更有一些无法诉说的情绪，都在他绘画的过程中一点一滴地释放出来。

"窗帘吹开了，梦来了，害羞寂寞的小女生跟随着毛毛兔，在梦的梦里嬉戏。毛毛兔不说再见就离开了寂寞的城市；口哨响起，蝙蝠侠、黑狗出来了，这次小女生将有什么奇遇……"

每个清晨，几米都安静地坐在窗边的书桌前，耐心地为这个"走进森林的小女孩"寻找她奇遇的线索，她从哪里来？踩着枕木要去哪里？她是孤单一个人吗？还是将会遇到许多玩伴？她快乐吗？她悲伤吗？她寂寞吗？想到一个答案就画一张图，有时一天就这样过去了，有时两天就这样过去了，有时整个礼拜就这样过去了。他一笔一划地刻画出森林里的树干，仿佛秒针一秒一秒走过的痕迹，时间无声地流逝，却留下了一整片"森林"。三个月之后，他画完了他的第一本书《森林里的秘密》，这一年他已经40岁了。之后，他的创作一发而不可收，《微笑的鱼》《向左走，向右走》《月亮忘记了》《地下铁》《蓝石头》……

我一直痴迷于几米的绘本，痴迷于那种心灵的释放，在他笔下那些充满幻想的"小人"和动物的身上寻找自己的影子。慢慢地，都市的喧嚣飘远了，浮躁的心开始变得沉静。每当夜晚天气晴好的时候，也会不由自主地对着天上的星星发呆，对着流水出神。前些天在皖南郎溪采风的时候，乘坐缆车慢悠悠地上山，漫山遍野的竹海扑面而来，苍翠欲滴，随风摇曳，如妩媚婀娜的少女，又似生机勃发的少年，在这寂静的山林中，世界都仿佛凝固了，便可以慢慢地品味，细细地思索，给绷紧的神经松绑，让心灵自由飞翔。待到登上山顶，远眺如诗似画的天子湖，猛然间想到，为什么我们会远离了如此美丽的大自然，而一头扎进滚滚红尘中，像头拼命的驴子一样一圈又一圈地拉磨，吃含有毒素的食品，呼吸被污染的空气，玩着尔虞我诈的游

戏，为几斗米磕头折腰，在欲望的诱惑下出卖灵魂，对物质的贪恋像吸毒一样上瘾……

人类似乎永远都在走着一条环形线，我们曾经与天斗、与地斗，干了很多劳民伤财、破坏自然的事情。我们在物质越来越丰富的同时，才发现为此付出了沉重的环境代价，而生活并没有因为物质的富足而变得美好，心灵不是胃口，美味佳肴填不饱它，心灵的寂寞与饥渴就像几米笔下那条"微笑的鱼"，被囚禁在一个大水族箱里。直到它被释放出来，发着绿光在都市的夜晚游走，它会问：都市里的每个人都睡着了吗？他们正在做着美梦吗？好久没有抬头看看天上的月亮，忘了怎么跟星星许愿了……

让我们放慢行进的脚步，回望已经走过的人生，给心灵一次放逐的机会。

告别，在这个多雾的冬天

岁月的残酷，就在于生命的这种不辞而别。它像一个偷儿，拿去了你的青春和自由，却又一点也没引起你的注意。

这个冬天格外冷，多雪，多雾，多霾，也多哀伤。亲人、朋友、艺术家去世的消息一个个传来，跑医院，跑火葬场，在花店里扎起一个个雪白与金黄的花篮，踩着冰雪去与逝者告别。

告别，竟然成了这个冬天最钻心刺肺的一个词语。

前两天，刚刚到医院看望了一位重病的朋友，没想到，那一眼竟成永别。

清晨，站在一片茫茫的大雾中，封冻的河流被皑皑白雪覆盖，四野无人，雪面上只有一串串小狗留下的足迹，仰望迷雾中的天空，什么也看不见，却又仿佛穿越了前世今生。

人生到处都是驿站，随便一挥手，便成永别。

死亡是残酷的，比死亡更残酷的是告别。就像是一棵树上生长的叶子，有嫩绿的新叶，有茂盛的阔叶，有泛黄的秋叶，有枯萎的老叶……然后是飘落，与生长交替的飘落。亲人、朋友先于我们飘落了，而我们却眼看着他们的飘落而无能为力，因为这是自然的法则。我们只能在树上向着飘落的亲人和朋友默默致哀。当一片片飘落的叶子从我们眼前滑过的时候，我们都感到了一种彻骨的寒冷和锥心的疼痛，那感觉的内涵谁也没有说，但分明是每片叶子都能感受到的。

我们经历的永别往往是面对亲人和朋友，是他人的离去。而我们从

来没有想到过如何面对自己的离去，如何与自己的生命告别？

我曾经写过一首小诗《逝去的每一分钟，都是永别》："当你迎着初升的朝阳/当你载着晚归的星光/当你换上夏日的短裙/当你加厚御寒的冬装/你想过没有/永别了，昨日的时光……"诗写得很长，那年我刚刚大学毕业，正值青春年华，却时时有伤感袭上心头，写诗便成了我青春的功课。而今，数十载岁月悄然流逝，不经意间，我已经告别了自己的大半人生。老同学相聚时，再谈起校园往事：操场晨跑、图书馆抢位、诗社对诗、乐队排练、宿舍卧谈……简直就是另一场人生，另一个自己！

没错，人生就是在不断地告别一个又一个昨天之后才能成长，才能成为今日的自己。尤其是当了母亲之后，真真切切地感受一个小生命从无到有，从孕育出生到一点点摇摇晃晃地长大，点点滴滴终汇成一条生命之河。婴儿时期是一场人生，童年岁月又是另一场人生，及至长大成人，孩子不知道，母亲却已在心里与这一场又一场的人生无形地告别了。长大了的孩子便不可能再是那个你曾经抱在怀里的娇儿，他有他的人生、他的故事，以后还会有他的孩子。过去了的，就永远地过去了。

再比如，两个相爱的人，无论爱着，还是不爱，分开了，再重逢，你已不再是当初的你，我亦不复是当初的我了。过去了的，无论当初何等珍贵，何等刻骨铭心，也只能属于过去，昨天的故事今天不可能重续！因为昨天已经与我们永别了。即使是两个相爱的人终成眷属，无论过得幸福或者不幸，你都不再是当初的你，我也不可能是当初的我了。在婚姻的河床里，无论是来自大海、江河，还是小溪，一经汇合，便成一体。情人变成了眷属，就与兄妹、姐弟、父女、母子等亲属一样，成为一家人，或叫家里人。总之，你做情人时的种种"特权"在进入婚姻之后便渐渐失去了。既然是家中的一员，你就必然要承担起一个家庭的担子，没有人再笑着你的笑，哭着你的哭，敏感着你的得意和失落了。你所有的情绪必须要迎合整个家庭的情绪，尤其是孩子的情绪。于是，某一天你会惊觉，在婚姻的河床里，你再也找不到属于你自己的那朵浪花了。

岁月的残酷，就在于生命的这种不辞而别。它像一个偷儿，拿去了你的青春和自由，却又一点也没引起你的注意，仿佛什么都没有发生过，却又是实实在在地告别了从前。人总是喜欢在镜前端详自己的容颜：又生出几根白发？又多出几道皱纹？却很少有人肯"端详"自己的灵魂，在那么一刻的寂静孤独中，扪心自问，在我已经走过的人生中，曾经收获了什么？又错过了什么？

当雪花轻叩着屋檐，当寒风敲打着窗棂，当有人吟诵着雪莱的著名诗句"冬天到了，春天还会远吗"的时候，你有没有想过，这个让我们寒冷又痛苦的冬天也是我们生命中的一部分，情感的一部分，事业的一部分，记忆的一部分啊！

拥一片蓝天入怀

梦想是什么？一片蓝天？一片树林？还是夜晚的星光？或者是一片
金灿灿的油菜花田……

春天像一个贪睡的孩子，千呼万唤都不肯起床。鸟儿在树上叽叽
喳喳地叫，小草在泥土下边一拱一拱地盼，可它就是不肯露头，不肯登
场，它在和大地玩捉迷藏，让你冷透了，等够了，它才磨磨蹭蹭地爬起
来，伸出暖融融的小手，焐热一朵又一朵含苞的花蕾。

就在这样的寒冷的春日，我来到北京大学的百周年纪念讲堂，参加
凤凰卫视"世界因你而美丽——影响世界的华人盛典的颁奖活动，当济
济一堂的华人翘楚、精英才俊依次登上辉煌的领奖台时，特别吸引我的
是一位刚刚14岁的小姑娘，她走上台的时候穿着一条翠绿色的裸肩长
裙，宛若一只飞来的春燕。虽然她讲着一口临时抱佛脚学来的声调古怪
的中文，但她目光中所表露的真诚实在是让人感动。这个名叫林心瑜的
美籍华裔小姑娘凭着敏锐的观察力和过人的创造力，从2009年发起了一
项将烹调废油（地沟油）转化为燃料的项目，为在贫困社区的家庭提供
燃油取暖，至今已造福了千家万户。这一举措不仅让她受到了美国总统
奥巴马的亲切接见，还被国外媒体评为"世界上最有力量最具影响力的
25位青年"之一。

当晚，接过奖杯的小姑娘这样说："我一再觉得世界上两个最重
要的东西就是保护环境和帮助弱势。我希望有更多的人愿意加入进来，
不管是在美国还是在中国，因为我们都住在同一个地球上，我希望每一

代人都可以享受到新鲜的空气和干净的水，还有那些需要帮助的人，都可以得到应该有的照顾。我希望我可以把年轻人保护环境的热诚，像小树苗一样种在这里，看着它长大。我愿意把我的想法分享给中国的年轻人。只是拥有iPhone、iPad或者是从不挨骂、挨打都不会让你真正快乐，应该拥有你的梦想，并且努力地追求它，实现梦想你才会真正快乐……"

刚开始做这件事时，林心瑜只有10岁。从发传单到挨家挨户收集废油，直到提出法案让所有商家也必须回收废油并得到政府立法，一个孩子用她的热情和真诚，把不可能变成了可能。怎么不让人感动呢！

颁奖晚会结束后，站在北大校园里仰望夜空，没有星星，也没有月亮，感受到的只有春夜的寒冷。不禁想到：梦想是什么？是一片蓝天？一片树林？还是夜晚的星光？或者是一片金灿灿的油菜花田……

是啊，那年的清明时节，我们来到朝思暮想的江西婺源。抵达后，驱车直奔江岭油菜花梯田，车在途中，就已经被路边大片大片的花海陶醉，太美了！蓝天白云之下，这金灿灿的黄色竟然是这么强烈，这么热情！在绿叶的衬托下，宛如一张张孩子的笑脸，欢闹着，调皮着，拥一片蓝天入怀。从来不知道，油菜花能长这么高，从远处看，似乎也就半人高，真正陷进花丛，竟然一下子就被"淹没"了！沿着梯田的田埂往山坡上走，再从高处往下看，好开阔啊！铺天盖地的油菜花撞入眼帘，仿佛是从天而降的画师用巨笔在大地上涂抹的金色油彩，浓浓烈烈地成条成块，一层层地铺向山边、溪畔，直到目光所及的天际……

放眼望山下，左边是一汪碧绿的溪水，宛如一条玉带系结在硕大金色花篮的底端，有人在水中悠然地划着竹筏，荡起层层绸缎般的涟漪。在这条溪水的对面散落着一片白色的徽派民居，温馨而安静。右边是一座山峰，像是花夫人依偎的伟岸夫君。回望身前身后，每当有微微的清风吹拂，朵朵小黄花像一群淘气的孩子，你捅我一下，我撞你一下，嘻嘻哈哈，笑成一片。

后来，当我们乘车离开婺源开往九江的时候，车窗外的景色再一次震撼着我的心魂！曾经去过九寨沟，最销魂的是山峰间那一湖静美的海子，那种独有的绿和蓝，像一面躺在大山之间的魔镜，在阳光下泛着

宝石般诱人的色泽。而此时，山峰间的海子变成了花田，绿色变成了金黄，山重花复，明晃晃的黄色有一种强烈的跳跃感，孩童般的天真烂漫，让人心生暖意，真像是一部美丽的童话。

在被雾霾遮蔽的北方春夜，回想那梦一样的金色春光，真怕那真实的美景有一天也会变成童话里才有的故事。保护环境，真应该像小姑娘林心瑜一样，从自己做起，从一点一滴做起，让我们的家园永远有湛蓝的天空，有清澈的河流，有比梦想还美的山川花海……

命运真的敲过门吗

命运其实就是一个强盗，从来都是破门而入，不容分说地将你抓起再抛出去，在没有走完人生路之前，谁也无法预料自己的命运将会是什么。我们更不可能扼住命运的咽喉，因为我们的命运根本不在自己手上……

这一段时间做老报人口述史，一头栽进他们这一代人过往的"战斗"岁月中，每每与一位老前辈面对面地交谈时，都会产生一种时空交错的幻觉，无论如何也无法将眼前这位满头白发、皱纹纵横、步履蹒跚的形象与记忆中那位精神饱满、意气风发、才华横溢的当年印象相重合，心中便不由得生出无限感慨。

这些出生于上世纪二三十年代的新闻前辈，基本上都是新中国的第一代媒体人，他们的青春岁月乃至整个人生都与新中国的新闻事业紧密相连，他们中有的是从部队转入地方，踏着硝烟进入刚刚解放的城市，投身刚刚创刊的报纸。有的是在城市做党的地下工作的青年学生，怀着热血和浪漫的情愫推开新中国新闻事业的大门，开始人生新的旅程。也有的是真正的产业工人，因为热爱因为憧憬，怀着一颗孜孜以求的虔诚之心转入新闻队伍的……

然而，当他们逐一打开记忆的大门，回望自己数十载的新闻人生时，最鲜活、最刻骨铭心的记忆是什么？是爱，是恨，是悔，还是欣慰？同一个时代，命运却不尽相同：是性格决定命运吗？是，也不是。

她，一辈子都把报社当家，在她的生命中新闻事业高于一切，神圣

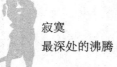

而不允许有丝毫的慢待。她可以不顾自己的身体，自己的孩子，但不能耽误哪怕是一丁点报社的工作。在没有人要求的情况下，她把铺盖卷放在办公室，晚上就睡在办公桌搭成的"床"上，大桌子放身子，小桌子放脑袋，觉得很自然。采访时她说："我这一辈子都献给报社了，我很高兴！"我相信她的话出自真心，她就是报社这个环境里栽种的植物，在这里她生长得郁郁葱葱，离开这里她充满不舍和难忘，回忆便是她晚年生活的雨露阳光。

他，曾经是校园里的学生运动领袖，带着一股虎虎生气踏入新中国的新闻圣殿，青春与才华让他对自己的前途成竹在胸。哪知饱蘸墨汁的笔尖刚落到纸上，一节新竹还未画完就被一场猝不及防的风暴打入了十八层地狱，只因在会上说了一句"错"话，"右派"的帽子便让他一戴就是二十多年。待到重回新闻岗位时已是人到中年……话说当年，虽然酸甜苦辣尽在其中，却也是"虽九死其仍未悔"！

而他，回望自己的新闻人生时却悲愤在胸，怎一个悔字了得！当身边的同事和朋友一夜之间成批地变成了"右派"之时，面对要求他必须表态的领导，他小心再小心地说着半真心半违心的话，总算逃过一劫。却不料一波未平一波又起，已经痛恨自己"软骨头"的他还是在不久后的又一场运动中在劫难逃。下放劳动，在猪圈里与猪同眠，却让他因祸得福地在那场全国人民都挨饿的自然灾害中有猪食可以充饥，甚至还能把喂猪的病死瘟鸡偷回家中让老母开荤……他一直在真诚地忏悔自己的人生，为什么会在一次次运动中写过那么多"歌颂"和"批判"的虚假文章？为什么不能像张志新、遇罗克等人那样坚持真理，坚守自己的内心？我说，您要是那样的话，今天您就是一位烈士了！他没有理会我的调侃，依然沉浸在自己的思绪中无法自拔……

还有他，她，他……除了老报人之外，我还采访过不少八十岁左右的老年人，比如已九十多岁的诗词大家叶嘉莹教授，她八十五岁那年我还在南开大学听过她的课并与之长谈至深夜。要说人生坎坷，她少年丧母、青年丈夫突然入狱、人到中年又痛失爱女，可谓悲欢离合、沧桑历尽。

再比如新中国第一代女飞行员伍竹迪，无比热爱飞行事业，甚至怀孕五六个月了还要驾机飞上蓝天。却在她飞行生涯的鼎盛时期突然被打入"另册"，强行卸掉了她飞行的翅膀，只因为她的亲属中有海外关系……

当一个人走过了大半的人生之后，命运这个词便会不请自来。

"咚咚咚咚……"耳畔响起的是贝多芬《命运》交响曲的第一组音符，被人们称之为"命运在敲门"。

命运真的敲过门吗？如果是真的敲过的话，起码还给你一个思考的过程，是谁在敲门？开，还是不开？不幸的是，命运从未敲过门，命运其实就是一个强盗，从来都是破门而入，不容分说地将你抓起再抛出去，在没有走完人生路之前，谁也无法预料自己的命运将会是什么。我们更不可能扼住命运的咽喉，因为我们的命运根本不在自己手上……

命若琴弦

那样的煎熬，如同把心拴在了蹦极绳上，忽然间掉入万丈深渊，忽然间又被拽上堤岸……

等待是一份煎熬，也是一种苦恋。未知的结局是悲还是喜?是祸还是福? 分分秒秒，心心念念，忽而恐惧到窒息，忽而又期盼到狂喜。把时间碾成粉末，一点一滴都写满希望。把光阴切成碎片，一寸一厘又都闪着寒光。在人类能上"九天揽月"能下"五洋捉鳖"、科技如此发达的21世纪，等待，却成了这些日子人们最无奈的一门功课。

飞机失联，亲人失联，家属在等待，国人在等待，千千万万颗焦灼的心都在等待。

等待，是人类所有情感中最最折磨人的一种。因为未知，因为无解，因为结果的多重性和可变性而揪心而焦虑。与悲伤和愤怒相比，等待更令人难耐，心灵像被拘禁，将被判什么样的刑罚，只能在种种恐怖的想象中等待结局的到来。

一位曾参加过汶川大地震救灾的记者告诉我，当年她是随第一批救援队伍赶到现场的，其时余震未停，断壁残垣中不时能听到各种求救的呼唤声，但道路已经中断，救援的大型机械无法马上抵达现场，仅凭人力根本不可能掀动那些巨大的建筑残壁。只能眼睁睁地感知那些被困在废墟中的生命正在与死神搏斗却无法向他们伸出援手。大雨滂沱中，仍然能听到越来越微弱的呼救声。虽然救援的大部队正在日夜兼程，道路也在一寸寸被打通，可是在这一切到来之前，被压在废墟下面的人，除了等待，只能祈祷。我曾问这位女记者，在地震灾区，最让你恐怖的是什么？她一直不肯回答。在我再三地追问下，她才说，你一定要听吗？我点头说是。她说，最恐怖的就是你明明能听到那些生命的存在，却无法救他们出来，只能听着这些求救的声音一点点变弱，然后一点点消失，很多人都没有能等到救援大部队的到来……说着，她的眼泪断线珠子般涌了出来。

在所有的等待中，这样的等待恐怕是最残忍的了。

记得多年前外出旅游的姐姐出了车祸，好不容易把命救了回来，又要面临一次大手术，医生对我们讲了手术中有可能出现的种种险情，其中最可怕的就是大出血，因为手术的部位紧挨着主动脉，一旦发生大出血后果将不堪设想，要求家属必须要做好一切思想准备。当亲人被推进手术室之后，家属能做的就只有祈祷和等待了。那样的煎熬，如同把心拴在了蹦极绳上，忽然间掉入万丈深渊，忽然间又被拽上堤岸，一分一秒竟然变得如此漫长，回想着医生说过的话，无数种可怕的情景不受控制地在脑海里涌现，手术室外的走廊，像是冥冥中的命运审判台，直到被告之手术成功的那一刻。

等待虽然磨人，却也有不同。有一种等待是可以预知的，比如等待假期，等待成长，等待早春天的新绿，等待秋天的金黄，等待爱情的来临，等待新生命的降生……这样的等待虽然漫长，却充满喜悦，充满希望。

生命是顽强的，也是脆弱的，一场突如其来的灾难就有可能改变人们预知的期望。等待的后面便常常会在倏忽间变了颜色。这让我想起了史铁生的小说《命若琴弦》，一位年老的盲艺人带着一个盲徒弟走乡串寨，以说书为生。老艺人小时候的师傅告诉他，在他的三弦琴匣里装着一个能让他做明眼人的"秘方"，告诉他只要老老实实地弹琴说书，当弹断第一千根琴弦的时候，便可取出那"秘方"看世界了。虔诚的艺人怀揣这样的梦想和希望，含辛茹苦地弹了一辈子，也等了一辈子，当他终于弹断了第一千根琴弦之后，按照师傅的嘱咐取出那"秘方"时，看过"秘方"的郎中却告诉他，那不过是一张白纸罢了，希望的破灭让老艺人顿时崩溃……史铁生在小说中写道："牵引着他活下去、走下去

的东西骤然间消失干净，就像一根不能拉紧的琴弦，再难弹出悦耳的曲子。老瞎子的心弦断了。现在发现那目的原来是空的。"

　　希望，失望，盼来的结果如此残忍，真正的命若琴弦啊！但是他不能死，因为与他同样瞎眼的徒弟还在等待着他的"秘方"呢！大病一场之后，他并没有把真相告诉给他的徒弟，而是像他师傅当年一样，骗说自己记错了，应该是一千二百根，于是，师徒二人重新上路，一老一少继续走在弹琴说书的路上。师傅的心已死，而徒弟的心中却依然满怀着希望等待那第一千二百根琴弦被弹断的时刻……

别人的故事和我的眼泪

随着一页页写满钢笔字的纸页翻过，炭的青春岁月，我的心情故事，都像复活了一样就站在每一页的字里行间，那个梳着两个小刷子、每天到图书馆抢座位的小女生正冲着我笑呢！

在《红楼梦》里，在《安娜·卡列妮娜》里，在《德伯家的苔丝》里，在《牛虻》里，在《马丁·伊登》里，在《家》里，在《青春之歌》里……在许许多多的文学作品里，度过了我迷茫无助的少女时代和对知识无比饥渴的青春岁月。

小学五年级时弄到一本没头没尾破破烂烂的《红楼梦》，读不懂的地方就全都跳过去，只把目光集中在林黛玉和贾宝玉的故事里，读得我似懂非懂却无比迷恋。那时候我们家因为父亲的"重大政治历史问题"已经从北京被赶到了乡下，住在农民租给我们的土坯房里，北方农村的家居，火炕占据了靠窗的半间屋子。当时妈妈正帮忙给大姐带还不到一岁的小外甥，忙不过来的时候让我帮忙照看一会儿。我就把所有的被子褥子落起来搭成"城墙"堵住炕沿，把小外甥放里边以防他掉下来，然后放心大胆地开始读我的书，读着读着，便情不自禁地掉进了另一个世界中，和林妹妹一起写诗，一起葬花，伤心流泪，早已忘记了我还有看孩子的任务。直到妈妈走进来，才惊慌失措地发现，小外甥正一个人爬到窗台上抓小土块吃呢，满手满嘴都是泥巴。我自然要挨一顿臭骂，书也惨遭没收……

上大学前，我读的书毫无系统，逮着什么读什么，对我影响最大

的就属巴金的《家》了，尤其是鸣凤和三少爷觉慧的爱情，因为鸣凤的投湖而死，看得我潸然泪下。18岁那年，高考还没恢复，大哥和二姐分别在内蒙古和黑龙江下乡，母亲病逝多年后，父亲又娶了继母，我的前途看不到光亮，我的生活没有一丝丝的温暖，心情更是极度地压抑和悲凉，加上身体也不好，便有一种很绝望的念头在心底滋生着，那一刻在我耳边响起的竟是鸣凤投湖前的那段内心独白："明天，所有的人都有明天，然而在她的面前却横着一片黑暗，那一片、一片连接着一直到无穷的黑暗，在那里是没有明天的。是的，她的生活里是永远没有明天的。明天，小鸟在树枝上唱歌，朝日的阳光染黄树梢，在水面上散布无数明珠的时候，她已经永远闭上眼睛看不见这一切了……"这样的句子让我心碎，让少女的我泣不成声。可是我不能没有明天啊！正是为了这样一个有小鸟叫、有朝阳升起的明天，我选择了坚强，并且真的盼到了踏入大学校门的时刻。

上世纪80年代初，百废待兴，许多文化禁忌还没完全解除，出版业还没缓过气来。每月靠父亲30元生活费读大学的我，别说是没钱买书，即使有钱也买不到什么可读的书，那时读书的途径只有一条，就是借。能借到一本喜欢的书，简直如同中了大奖，从拿到书的那一刻开始，便夜以继日、晨昏不分地疯狂抢读。记得大学宿舍我们7个女生，每人的借书证一次只能借三本书，好多想读的书要在图书馆排很长时间的队，等别人还了才能借到。所以，宿舍里一旦有人借到了大家喜欢的书，便要争分夺秒地全屋"传阅"，这样对时间的要求就更苛刻了。有一次一位同学借到了马格丽特·米切尔的小说《飘》，厚厚的三大本，近百万字，我是一连好几夜没睡觉一口气读完的，遇到好的句子和段落，便一定会把它抄在本子上，已至于慢慢地抄书成了习惯，只要读到喜欢的句子就一定要抄下来。我抄过的书实在是太多了，像图书那么大的笔记本，我一共抄满了20多本！以至于许多抄过的书，即使后来能买到了，也买齐了，但想读的时候，仍然会习惯地翻看我的手抄本。

在许多人拿着手机阅读电子书的今天，再翻出我那些又旧又土的本子出来，真令我自己都感到有些不可思义。我甚至忘记了我曾经抄过的那些内容，大都是名著中我喜欢的段落。有歌德的《少年维特之烦恼》，普希金的《欧根·奥涅金》，屠格涅夫的《罗亭》，莎士比亚的《仲夏夜之梦》，杰克·伦敦的《马丁·伊登》，雨果的《九三年》，罗曼罗兰的《约翰·克里斯朵夫》，还有《罗丹艺术论》《培根论说文集》《十八世纪法国哲学》等等。甚至但丁的《神曲》，不仅抄了文，还认认真真地画出了书中的"地狱图"和"天堂图"……

随着一页页写满钢笔字的纸页翻迈，我的青春岁月，我的心情故事，都像复活了一样就站在每一页的字里行间，那个梳着两个小刷子、每天到图书馆抢座位的小女生正冲着我笑呢

我亲爱的小纸片

那种灵动和现场感特别有意思。于是特别感谢这东一张西一张小小的纸片，久而久之，随手记录心情成了一种习惯，甚至在采访的间隙、开会的会场、入厕的片刻、梦醒时分……

一个人独处的时候，总会有许许多多的思绪涌上心头，尤其是独自出门，乘飞机、乘火车或者长途汽车的时候，思绪便像漫上堤岸的海浪层层叠叠地汹涌而来。当身边的人都在低着头、把目光集中到手机屏幕上的时候，我经常会不合时宜地拿出纸笔狂写一阵，为的是把这瞬间的思绪记录下来，有时可以写很长，有时就几句话，写过就塞进包里或扔在一旁，不知道什么时间再看到它们，拿起来一读，哦，我竟然还有过这样的思绪！那种灵动和现场感特别有意思。于是特别感谢这东一张西一张小小的纸片，久而久之，随手记录心情成了一种习惯，甚至在采访的间隙、开会的会场、入厕的片刻、梦醒时分……都会有突然而至的感悟叩开心门，都会随手记录下来。

纸片一：飞机起飞时天已经黑了，舷窗外，津城大地一片璀璨。很快，我就发现了亮闪闪的"天津之眼"和蜿蜒的海河串起的灯链。渐渐地，飞机告别了地上的灯河，升上天空，一轮圆圆大大的月亮就挂在舷窗上，仿佛一双亮闪闪的大眼睛，伴着我向南飞去，它将在两个多小时的行程中一直陪伴着我，好奇妙！飞机越飞越高，陷入更深的黑暗之中，反衬着那轮明月愈发明亮。这天刚好是八月十五，我人生中的又一轮明月与我在天上相逢！它太年轻，又太老成，它太轻盈，又太厚重……从天上望人间，多么渴望人间烟火！如果我是仙，会何等羡慕那人间的温情。而当我落地之后，又会何等向往那天上的自由与超凡……

纸片二：坐在我旁边的陈忠实，一根接一根地抽着雪茄，被烟雾熏染着，他慢慢翻着津南的《海河柳》杂志，一页，又一页，不知他是否会想到他无望而悲苦的少年时代，他的处女作和第一次投稿的经历……桌上，有他的眼镜。烟缸里，粗硕的雪茄烟蒂此刻静静地"停"在那里，仿佛仍在思考。不料，他一扭头看到了我的纸片，小声说："这你也记？太勤奋了！"

纸片三：濮存昕走进排练厅，第一眼看上去，像个民工。头发乱乱的，一件内红外灰的双色运动外套，帽子是鲜红的，一条起皱的旧牛仔裤，一双休闲鞋，完全随意的状态。唯有他那张依然白晰、清秀的脸，这是最不像民工的地方。他一上场，排练厅立刻"活"了，刚才那几个小伙子演得那么热闹都不吸引人。"求求你们了，先生们，怎么能把我的书房当酒吧了？"（台词）。他进入角色，变成了契诃夫笔下的伊凡诺夫。他靠在椅子上，右手抠着嘴，一声不响。不知是在戏里还是戏外。突然，他开口了："我这是怎么了？"（台词）。显然是在戏中。"人是一件多么复杂的机器啊！"（台词）。他把道具手枪咬在嘴里。"我发现你们女人要抢救男人时特别美，眼睛像湖水一样是蓝的"（台词）。我从来没有这么近距离地看话剧，在北京人艺的排练厅里，我与濮存昕几乎面对面，他的表演真正进入了无疆界的地步，松弛、自然……

纸片四：中国式开会，像一种假面舞会，有的人狡猾，有的人直白，有的人邀功，有的人献媚，有的人中庸，有的人纯粹在混，有的人是在起哄，有的人其实是心怀鬼胎……

纸片五：在路上，最能感受一份人生的沧桑和流浪的逍遥。汽车向前，左边是连绵的山脉，右边是如歌的地中海，长久地望着车窗外，人也有些痴痴的。因为有了云，天才立体，因为有了树，地才立体。低处的云，高处的云，近处的云，远处的云……我看云时，云不看我。我想云时，云不想我。它不下来，我飞不上去，看它想它又如何呢！

纸片六：人是有各种不同的神经系统的，这个开启，那个就关闭，

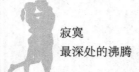
久而久之，我们会忘却自己关闭掉的那个系统，或者说能力。而突然的契机奖其开启，会让人无端生出一分大惊喜。在进入中年之后，作为男人，他心灵中的某种系统已经沉睡了许多年。当他和年轻的女孩子来到咖啡厅这样的环境中，他的那套系统开始苏醒，自然地，他变成了一个浪漫的情人。

纸片七：一位朋友说，他过去曾写过日记，比如"那个女孩真漂亮"之类的，后来怕被人看见，不知要往哪里藏，干脆就不再写了……日记，记录的是你的人生，不敢记录内心的真实，曾经的心情就在岁月中消失了。为了安全，我们丢掉了多少人生……

还有许多，许多。纸片虽小，却是自己心灵的火花，不知什么时候，被什么人或事所感动，便在心里悄悄点燃，记录下来便是一种心灵的财富，犹如心灵的年轮，层层叠叠书写着心灵的秘史。

是谁说过，去远方的时候，除了相机，记得带上纸笔。风景是相同的，但看风景的心情永远不会重复。每过一段时间，我都会静静地坐在窗前，一张张翻看我写满了字的小纸片。读文字与看照片不同，看照片也许能立刻走进拍照时的风景里，看到那个穿着各色衣裙在镜头前做秀的自己，却看不到风景外、笑脸背后的真实情感。唯有文字，才是我心灵的镜子，那是深藏在我内心深处的另一番风景……

那时，我无法写出真相

当她发现我悄悄在包里放了录音机，便立刻沉了脸，并要求我彻底删除她说的话。

虽然写了那么多关于情感的话题，，但其实在我的人生经历中，最多的体验还是媒体这一行，还是换个话题说说媒体吧。所谓真相其实也并没有隐藏着什么惊天的秘密，只是一些小小的故事而已。我们不能说媒体报道的不是真相，只能说因了种种原因，媒体报道的只能是部分真相，要不怎么会有若干年后的"解密"一说呢！

比如报道英雄模范，多年后我们才知道，原来雷锋也穿过皮鞋，也有过女朋友谈过恋爱。但这些在当时的报道中是绝对不可以说的，就像"样板戏"《智取威虎山》中小常宝唱的"到夜晚，爹想祖母我想娘"，为什么爹就不能想娘呢？因为那样是有损当时革命者的"精神境界"的。

还记得我们这一代人上小学读的语文书中，都有《小英雄戴碧蓉》这篇课文，上世纪60年代，在那个如火如荼的"革命"岁月，这个11岁的湖南小女孩从火车轮子底下救出3个年龄更小的孩子，为此她失去了一条腿和一只胳膊，几乎流尽了全身的最后一滴血，支撑她活下来的全是别人献给她的血，因为输血她还得了丙肝。一瞬间她的名字传遍全中国，成了"共和国英雄谱"中的一员。1969年，国庆20周年的时候，12岁的她应邀到北京去见毛主席。她和"草原英雄小姐妹"一起住进了中南海，周恩来总理抱起她，问她家乡的情况，并亲自给她和龙梅打来了

洗脚水……在当年的媒体中曾有这样的报道：当小英雄从昏迷中醒来的
时候，发现自己只剩下一只胳膊和一条腿了，她说，我还有一条腿照样
可以走革命路，我还有一只胳膊，照样可以为人民服务。前些年，我曾
多次采访过戴碧蓉，她给我看过一张相当震撼的照片，那是一张不大的
黑白照片，在一张小小的病床前围满了高举"红宝书"的解放军战士，
他们在高喊"向小英雄学习！向小英雄致敬！"一类的口号，齐刷刷的
手臂像森林。戴碧蓉告诉我，真实的情况是，当她从昏迷中醒来的时
候，看到妈妈在哭，才知道自己的一条腿和一只胳膊都没了，她从来没
说过报纸上的那些话。但既然被塑造成了英雄，为了与英雄的高大形象
相符合，重残的她回到学校，不仅要忍着伤痛和正常同学一起上课，还
要早来晚走，用一条腿跳着打扫教室，用一只手擦全班的课桌……也许
是对媒体宣传有太多的负面感受，从一开始她就坚决拒绝采访，以至于
第一次见面我都没敢"暴露身份"。即使后来我们到湖南的医院专程去
看她，与她聊得相当投机时，当她发现我悄悄在包里放了录音机，便立
刻沉了脸，并要求我彻底删除她说的话，我只好遵命照办。

　　在媒体上不能说出全部事实真相，有时候是为了某种宣传的需要，
而有时候也是为了被访者的隐私。第一次采访靳羽西的时候，正是她刚
刚离婚、精神上最痛苦的时候，在凯悦饭店陪她吃饭，她说，你是第一
个知道我离婚的记者，请你千万不要把这件事写出去！虽然对于媒体人
来说，以靳羽西的知名度，这是一个足以吸引眼球的消息，但作为一个
女人，我更了解她心中的感受。于是我在当时的那篇对她的报道中只是
引用了泰戈尔的一首诗"你有星群在天上，你屋里的灯却没有点亮"做
了小小的暗示。直到5年之后，她离婚的事已不再是新闻了，我才用更大
的篇幅详细写出了那一过程。

　　刚当记者的时候我跑财贸口新闻，为了写好一位劳动模范，我主动
到这家大型商场和劳模一起站柜台，亲身体验之后我发现，劳模对顾客
的服务确实是热情周到，但奇怪的是，在他忙得不可开交的时候，和他
同组的其他售货员却都冷眼站在一旁，形成一种忙得忙死、闲得闲死的
状况，并且还属他年纪最长。我问那些售货员这是为什么？回答说：人
家是劳模呀！显然带有强烈的情绪在里边。但我的稿子不能这么写，我

不仅要写出劳模的高大形象，还要写出他对其他人的榜样作用……

如今到了自媒体时代，人人都可以在网上写出自己最真实的见闻和感受，但局限性永远存在，也许是媒本人自身的眼界、立场、角度所致，也许是社会、环境、历史的原因所限，百分之百客观地报道真相其实是做不到的。

谁在那儿，我心灵的故乡

　　世间婚姻，真正能心心相印的能有几对？爱，如果不要求心灵的契合，便是盲目的；爱，如果太要求心灵的契合，又是苛刻的。

　　那一夜，2011年岁末的那个夜晚，乘坐最末一班火车返回津城，夜幕在窗外风驰电掣般后退着，偶有点点灯火掠过，也是稍纵即逝，一闪便消失了。黑暗像一位永恒的旅人，默默陪伴着不眠的归途，思绪却像涨潮的浪花，一波又一波，奔跑着登上心灵的堤岸。

　　濮存昕那张被痛苦扭曲了的脸孔一直在我的脑海中闪现，不，应该说是由他饰演的那个名叫伊凡诺夫的俄罗斯人的脸孔。在这出由他主演的契诃夫的话剧中，从出场到以自杀结束，他的灵魂一直在与无可救药的孤独残忍地厮杀着。生活潦倒，负债沉重，日子无聊且无奈，最可怕的是没有人能够理解他内心的纠结与苦闷。妻子爱他，为了他甚至改变了自己的信仰，断绝了与父母的来往，放弃了大笔的家产。可是他却痛苦地发现，他已经不再爱这个曾令他疯狂追求过的女人。而另一个年轻姑娘萨莎却在这时对他发起了猛烈的情感攻势，他陶醉了，忘乎所以地高呼："新生活！幸福！"可是到了第二天，他对这"新生活"就不大相信了。懦弱，自卑，让他看不起自己又摆脱不掉现实，他必须要面对的是：妻子患了重病，给妻子看病的医生怒斥他是个骗子，而油滑又贪婪的管家让他感到恶心，他说："我像个幻影似的在世上游荡，头也重了，心也空了，没有了信仰，没有了爱情，没有了生活目标。我不知道我是谁，为什么活着，有什么希望？我已经觉得，爱情是虚妄，温存是虚伪，劳动没有意义，就是唱歌和演说也一样没有趣味。无论我走到哪里，我都把悲哀、不满、迷茫和对于人生的恐惧带了过去。面对明天，我的灵魂在颤抖……"

在首都剧场的舞台上，随着"啪"地一声枪响，濮存昕结束了他所饰演的男主角伊凡诺夫的生命，魂飞魄散地站在舞台中央，把契诃夫笔下一个19世纪的俄罗斯人对自己灵魂的拷问深深地嵌入观众的心底。我一直在想，伊凡诺夫为什么要自杀？他有大片虽然破败却是属于他的庄园，还有不顾一切要嫁给他的美丽姑娘，可是他的心却是空的，现实的一切都无法走进去，那深渊般黑暗的绝望……可是谁又能理解他？他疯了吗？不！他比谁都清醒。

不由得想到，人与人心灵的契合是多么难啊！"谁能与我同醉，相知年年岁岁？"即使是夫妻，身体上的契合易，心灵上的契合却很难。也许有的人能有一小部分达到契合，就已经是超级幸运了。"知音"也不过是在某一个点上的相知而已。宝玉和黛玉到是心灵契合，但却不能在世俗的层面上达到契合。而婚姻，不是要对心灵负责，而是要对家庭、对社会负责。茫茫人海，世间婚姻，真正能心心相印的能有几对？爱，如果不要求心灵的契合，便是盲目的；爱，如果太要求心灵的契合，又是苛刻的。而更多的时候，爱是放纵的，随意的，迁就于某些物质或者客观世界需要的。

在当今由房子、车子等物质材料堆积起来的婚姻大厦中，爱情都已经"穷"得羞于见人，更不要谈什么心灵的契合与否了。已经太久了，没有人来关注爱情，更没有人来拷问灵魂。我们的精神世界在物质日益丰满的背后，越来越苍白。相思变得滑稽而可笑，泪水在金钱的天平上完全失重。而我们的灵魂呢，其实是越来越走向了孤独。在光怪陆离、喧嚣热闹的滚滚红尘中，人们穿着体面而奢华的服装，吃着一桌桌美味大餐，却在繁华落幕之后找不到自己的心灵家园。看，网络上飘荡着多少孤独的灵魂啊！那些不眠不休的"微信控"、"QQ控"们，他们在寻找什么？在迷恋什么？在这陌生而无边的网络世界中，他们伸出自己或冰凉或滚烫的触角，寻寻觅觅，让虚拟的温情包围自己，使光阴不再那么虚空无助。

　　也许，身的孤独是一时的，而心的孤独却是一世的。对一些仍然有梦的女孩子来说，如果找不到那种心灵上的依托，她们宁愿关闭自己的心灵。也许，某一天，某一时刻，她的心灵突然被什么东西唤醒，是一双眼睛？一句问候？一种感觉？一个身影……

　　席慕蓉说："孤独就是诚实地面对自己。很多人问我为什么写诗？真的是因为寂寞。诗是在一无所有的荒野里，想办法找来一些材料盖起来的一个挡风避雨的房子。"她在《我折叠着我的爱》一诗中写道：

　　"这是一首亘古传唱着的长调，

　　在大地与苍穹之间，

　　我们彼此倾诉，

　　那灵魂的美丽与寂寥，

　　请你静静聆听，

　　再接受我歌声的带引，

　　重回那久已遗忘的心灵的故乡……"

四、紫色——女人

如花岁月

直到日本电视剧《血疑》在中国播出，由粟原小卷饰演的大岛理惠身穿风衣、脚登高筒靴风度翩翩、仪态万方地走在巴黎晚秋满地落叶中的镜头出现时，才猛然感悟，女人原来可以如此美丽，才让我是那么地渴望也拥有一件如此漂亮的风衣啊！

早春的阳光像一条薄薄的丝巾，悄然系结在冬末的胸口，虽然无法抵御仍在坚守的寒意，却把脉脉温情丝丝缕缕地撒向大地，让风不再凛冽。走在树丛中，已经能听到鸟儿欢快地歌声。岁月的更迭没有门槛，人生的年轮又如何计算呢？

在这个有阳光朗照的早春，一桌五十岁上下的女人举起酒杯，杯中的红酒和桌上的蜡烛映着一张张不再年轻的面孔，为什么而干杯？有人提议：为了我们的如花岁月！

干！为了我们的如花岁月！

于是大笑，于是欢闹。红酒滋润着双唇也滋润着心田，让这些已经走过大半人生的女人脸上开始泛出微微的春红。酒不醉人人自醉，大家同被"如花岁月"所唤醒，所沉醉。可是，我们真的有过这样的如花岁月吗？也许身为女人，我们有过如花的年龄，但是，我们却没有过如花的岁月啊！

在"让我们荡起双桨"的童年里，我们满耳听到的几乎都是"大海航行靠舵手"和"都有一颗红亮的心"，满脑子装的都是"老三篇"和"不爱红妆爱武装"。对于我来说，那是一段特别纯粹的"阳光灿烂的日

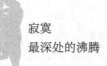

子"，不用上课，更不用写作业，在北京的西山，我和院儿里的同龄女孩儿上山摘酸枣，下河捞小虾，钻铁丝网，钻山洞，疯得不亦乐乎。还把自己捆起来玩"严刑拷打"的游戏，到小河沟里用头巾包几块冰背着感受"过雪山草地"的滋味。早晨去高大的领袖塑像下跳忠字舞，晚上从大礼堂的女厕所爬进去看"参考电影"，被抓、被找家长全都不怕。因为我们的家长都被关起来先办"学习班"后送到偏远的"五七干校"去了……

　　少女时代，我从"红五类"变成了"狗崽子"，猛然间就从大都市跌入了像书本上"万恶的旧社会"那样贫穷的乡村世界，和农家女孩儿一起割草，放羊，拾麦穗，很快就出落成一个发育丰满的乡村少女。母亲病逝后，我在"十六岁的花季"里穿着已经变小了、裹不住身体的衣裤，开始学习拉小提琴，那是在内蒙兵古兵团下乡的大哥托他的战友从南方给我寄来的一把小提琴。一位在部队宣传队拉小提琴的小女兵既是我的老师也是我的偶像，我觉得穿着一身绿军装的她简直好看极了。似乎是音乐让我开始有了女性意识，开始懂得了什么是"臭美"。没有母亲关照的女孩子，在生理周期和身体发育等许许多多的事情上有多么尴尬、可笑和傻笨，每每回想起来就有泪水悄悄地在心底流淌。过年的时候没有新衣服，就学别人的样子，用一个盛着热水的茶缸把裤子压出裤线放在枕头底下，等到别的女孩子穿新衣服时也让自己有一点新鲜气儿……直到考上大学，我才觉得自己像一朵含苞的花儿，迟迟地迎来了开放的季节。

　　真正滋养我拥有一颗女儿心的是文学，是"相见时难别亦难，东风无力百花残"，是"感时花泪，恨别鸟惊心"，是"自在飞花轻似梦，无边丝雨细如愁"……还有歌德、海涅、普希金、莱蒙托夫、《牛虻》和《约翰·克利斯朵夫》……没有钱、也买不到这些书，我唯一的武器是手抄，只要借到一本好书就拼命地开抄，从《唐诗三百首》到每一本大部头小说中喜欢的段落，我的手抄功底可谓强大，如今已经没有人再用的那种如图书大小的日记本，我足足抄满了二十几本，全都像宝贝一样地珍藏，在手里，更在心里。

　　那时候虽然也爱美，但最喜欢的却不是服装、首饰、化妆品，这些东西在我们的花样年华里几乎是不存在的。直到日本电视剧《血疑》在中国播出，由栗原小卷饰演的大岛理惠身穿风衣、脚登高筒靴风度翩翩、仪态万方地走在巴黎晚秋满地落叶中的镜头出现时，才猛然感悟，女人原来可以如此美丽，才让我那么地渴望也拥有一件如此漂亮的风衣啊！

再以后，风从西洋、东洋、四面八方不断吹来，女人的脸在变，女人的身体在变，香气缭绕，环佩叮当，时尚像漫天大雾，迅速就笼罩了女人的世界。美容、美体业蓬勃兴旺，一切都可以雕饰，一切都可以人造，没有最美，只有更美。靠天生原生态容貌来闭月羞花、沉鱼落雁与大自然相媲美的时代一去不复返了，再用花儿来形容女人已经远远不够。在这个用高科技手段四季都可以有鲜花盛开的当下，女人的年龄不再是障碍，如花岁月当然也可以用来形容任何年龄的女人。

可是心灵呢？要知道女人真正的美丽与沧桑更深沉的部分不在外表，而是在她的灵魂深处。人到五十，已知天命，心理足够成熟，只要身体无恙，便可有足够的心智和气力扼住命运的咽喉。不以物喜，不以己悲，走在早春的阳光里，即使是有皱纹与白发相伴，这样的岁月也可以"如花"！

想嫁入豪门的女孩儿

豪门也是围城，外边的人想进去，里面的人想出来。有男人愤愤不平地说，现在中国女人最可恶的是，既想占着古代妇女的不劳而获，又要占着现代女性的独立自主。既想嫁入豪门过着不劳而获的日子，又要独立自主女人的权利，这可能吗？天下有这样的豪门吗？

那也是一个夏季异常炎热的夜晚，我采访一群来自香港和台湾的大学生，这些正值青春妙龄的姑娘小伙子个个热情活泼，率真直言。我与他们进行了一次无遮无拦的对话，话题从对内地的印象开始，然后谈到各自的赚钱经历、对今后的人生设计以及每个人与成长有关的青春故事。

交流一直在嘻嘻哈哈的欢声笑语中进行，说到对今后的人生规划时，来自台湾大学管理学系的三年级女生小蓉，这个看上去文文静静的小女生一张口便语惊四座，她说："我想当上班族，白领。然后，嫁入豪门！"她话音未落，同伴们已是全体"晕倒"，嬉笑着，叫嚷不止。

这是我第一次真切地听到女孩子说出"想要嫁入豪门"的话，虽然媒体和网络早已把这样的信息炒得沸反盈天，虽然也确实有那么多漂亮水灵的女明星嫁入了各式各样的豪门，但是我总觉得这其中炒作的成分太大，并不能代表这一代女孩子内心的真实想法。小蓉这样说，并且说得很认真，这让我多少有些意外，因为她长得并不漂亮，一看就是那种喜欢读书又听话的乖乖女。她怎么会想到要嫁入豪门呢？小蓉告诉我，她的家在台中，她是一个人到台北来念书的，虽然从台中到台北坐火车只要两个小时，但离开家却让她觉得很孤单。她说："大学同学彼此都很客气，却不亲近，在宿舍里谁也不会多讲话，想家的时候就只能一个人偷偷地哭，又不想影响到别人，也不能打电话回家，因为怕父母会担心。"那么她是因为寂寞吗？难道嫁入豪门就不会孤单了吗？

她的一位男同学打趣说："敢想才能敢做，关键是不知道哪个豪门还有空缺？"小蓉并不理会同伴们的取笑，她依然按照自己的思路认真地说："就是嫁入了豪门，我还是要有自己的经济能力，否则每天就会很无聊。就像我们上课时都会盼着放假，放了假又盼着上课一样。我就是不想总过一种日子……"

噢，原来她把嫁入豪门当成了放暑假。只是想换一种活法，或者说，是想体验一种不同的人生，为的是不再无聊，不再寂寞。我相信她真的是这样单纯的想法，而不是像一些媒体狂妙的那样，贪图富贵，羡慕虚荣。那样的女孩当然有，但要知道，豪门里的人也不全是傻子，他们挑选媳妇也是挑选家族成员，更是挑选未来后代的母亲，只有漂亮的外表、只图虚荣与享受的女孩儿即使能够侥幸入选，也是很难持久的。婚姻是实实在在的生活，无论豪门还是贫门，都需要真情投入，用心经营，也许相比之下，豪门的经营更难一些。都知道"贫贱夫妻百事哀"，也清楚"豪门恩怨何时了"，但是就有人宁愿"坐在宝马车里哭"，也不要"坐在自行车上笑"，简化一下句子，便是"宁愿哭，不愿笑"。不过女孩子想的很可能不是结果，而是过程，是"宁愿坐宝马，不愿坐自行车"，至于笑还是哭，那是不重要的。

通常舆论会谴责这些女孩子太物质，太虚荣，其实我觉得女孩子怎么想都没有错，因为对于一个二十多岁的女孩子来说，根本就不知道真实的婚姻生活是怎样一幅图景，因为豪门总是少数，多数人都想窥探豪门生活，便有诸多影视作品应运而生，竭尽全力地打造出一幕幕奢华美梦或者血泪恩怨让观者如醉如痴，女孩子通常只注意豪门生活中的一些细节，比如多么阔气的房子和车子，多少昂贵的首饰和漂亮衣服，多么浪漫的旅行和花钱如流水的潇洒……以为那便是真实的生活，那便是生活的全部。再加上有那么多现实中的榜样——明星美

女们一个个地嫁入豪门，一个个地光鲜靓丽。而许多有女孩儿的父母亲友也会在有意无意中表露出羡慕的神情和语气。在这样一种嫌贫爱富的社会氛围下，你让那些同样拥有青春美貌的女孩子怎么想？怎么抵御得了这样的诱惑呢！

而实际上，有些盼着嫁入豪门的女孩只是想过把瘾、换种活法而已。你真要让她坐在宝马车里哭的时候，她说不定会立刻踹开车门跳下就跑。豪门也是围城，外边的人想进去，里面的人想出来。有男人愤愤不平地说，现在中国女人最可恶的是，既想占着古代妇女的不劳而获，又要占着现代女性的独立自主。两头的好处都想占，但两头的付出都不干。既想嫁入豪门过着不劳而获的日子，又要独立自主女人的权利，这可能吗？天下有这样的豪门吗？

一位当年的美女依然很美丽，有一次等公共汽车时我和她开玩笑说，你太不幸了，生不逢时啊！否则怎么也得嫁入豪门，坐宝马、背新款LV，住大别墅呀！她瞪着一双大眼睛说：我一点都不遗憾，我没有因为婚姻而失去自我，我觉得做女人，能生活得好一点当然好，但什么时候也不能因为物质而失去自我！

新女人守则

表面上看，主宰这个世界的似乎是男性，而实际上，能够点燃男人、让男人激情澎湃或击败男人、让男人悲情万丈的却是女人。

这是一个让女人无法平静、无法踏实、无法不变着法儿地想改变点什么的时代，看吧！到处都在放大着女人登峰造极的美丽，到处都摇曳着女人性感诱惑的身姿，无论是外面的大银幕，还是家里的小荧屏，美女们全都艳丽婀娜地在你眼前晃。还有那些无处不在的广告招贴画，撞入眼帘的杂志封面女郎，一张张粉嫩白皙的面庞，一双双勾魂摄魄的眼睛，长到不可思议的睫毛，花儿般含苞欲放的红唇，再加上修长的美腿和半露的酥胸，不仅男人扛不住，女人也忍不住要多看几眼，多馋几分，徒然地羡慕嫉妒恨。

除了把女人的身体招摇成商品之外，更让人眼花缭乱的是女人的装饰品，花团锦簇、光怪陆离的各式帽子，飘飘渺渺、质地从丝到毛的五彩围巾，乱花渐欲迷人眼的长裙短衫，大街小巷尽显风流的长靴短靴。从头到脚，从里到外，诱惑无处不在。更不要说那些金银珠宝、钻石玉器，香水化妆品，没有最贵只有更贵的名品包包……

女人的世界，永远是热闹的，就像波涛汹涌的大海，朝朝暮暮，潮涨潮落，海水永不停歇地撞击着堤岸，托举朝阳，承接月光，吟诵爱情，歌唱浪漫。哪里有女人，哪里就有了活色生香。表面上看，主宰这个世界的似乎是男性，而实际上，能够点燃男人、让男人激情澎湃或击败男人、让男人悲情万丈的却是女人。一个集魅力、胆识、智慧于一身的女人就是一所男人最好的学校，如果她是母亲，她会成为男人心底的支撑。如果她是妻子，她会成为男人灵魂中的太阳，如果她是朋友，她会成为男人的梦想和动力。反之，这个女人有可能会成为男人最大的噩梦。

这么多年的采访生涯，让我见识了许许多多事业成功的出色女性，但我一直有一个疑问在脑海里挥之不去，那就是：女人究竟怎样才算是幸福？事业的成功只是对她能力和毅力的一种证明，比如政坛女杰、居庙堂之高的女官们，人们通常看到的只是罩在她们高位上的耀眼光环，而看不到她们走下政坛之后的真实面目。再比如商界女杰，亿万富姐、总裁、董事长、总经理等等，也许是金钱的魔力实在强大，这样的女人通常被过分物质化，身在江湖，便身不由己了。还有演艺和时尚界的众多女星们，更是因为受众之广泛而成为街谈巷议、供大众或崇拜或娱乐的对象。然而，在她们成功的背后，并没有一个现成的幸福在等着她们。女人再成功也还是女人，是女人就没有不渴望爱情和幸福的。我曾经对一位事业如日中天、婚姻却宣告失败的著名女人引用了大诗人泰戈尔的一句诗："你有星群在天上，你屋里的灯却没有点亮。"她听后沉默良久，泪水在眼眶里打着转，然后悄悄用指尖抹去了。

女人在为事业奔波的时候很少会想到"一生"这个词，从来不会探究一生是一个多么漫长的概念。20岁、30岁、40岁……将人生最美好的季节全都献给了自己深爱的事业，像一列奔驰的火车，岁月"刷刷刷"地从车窗两边掠过，你都没有时间停下来或放缓一些，看看窗外的风景，听听鸟儿的歌唱。等到青春不再、年华开始一天天老去的时候，惊回首，才发现一路狂奔，竟然没有给自己留下一片绿地，一扇可以随时打开看星星、看月亮的窗口。后悔吗？遗憾吗？确实已经晚了。你才发现，孩子竟然已经被你忽略得太久，老公的身还在心却不知去了何方。或者，你忽略得更多，繁华落幕之后你已经变成孑然一身……

当然，许多事业成功的女人家庭也很温馨，这样的女人或者因为命实在太好，找到一个能与之心心相印甚至比翼齐飞的老公。或者是为了顾全家庭而主动放慢了车速，让事业专列奔跑得不那么疯狂。应该说，这样的女人无疑是聪明的。

　　最近，从朋友处看到一份《新女人守则》，告诫女人要——多活动，少窝家。走出去，一枝花。待在家，成老妈。少郁闷，不消化。找女生，互相夸。美美容，侃八卦。逛逛街，把钱花。找男生，说说话。娇滴滴，笑哈哈。讲品位，别太花。人再忙，把妆化。少喝酒，多喝茶。觉多睡，钱猛花。给谁省，别傻瓜。别等到，耳眼花。衣再好，腰成虾。饭再好，没有牙。钱再多，末上趴。情再浓，感觉差。人再好，豆腐渣。抓紧了，别犯傻！"

　　别说，这"守则"还真有那么点意思，同意不同意的供您参考吧。值此"三八"之际，真诚地向我们的女性读者问一声"节日好！"

柔情似水

　　男人的柔情似水与女人的豪爽侠义一样难能可贵。所以说，男人学会一点"酸"，刚刚好。

　　没有一个男人不喜欢柔情似水的女人，无论她生得美不美，那月光一样清澈的目光，那目光中蕴含的脉脉温情，想不心动都难。柔情似水的女人是每一个男人的梦想，纯洁、热烈、真挚、深情……

　　但如果反过来，用柔情似水来形容男人又如何呢？或许我们可以换一个词，叫男人的浪漫。说来也奇怪，浪漫对女人而言，绝对是美妙而飘逸的。若放在男人身上，便不能一概而论了。弄好了，便是优雅、风情、气度与潇洒，是会迷死人的。比如电影《罗马假日》中的男影星格里高里·派克，从他身上散发出来的优雅与风度，潇洒与深情，怎是一句浪漫所能涵盖的！然而浪漫是一种天然的气质，并非刻意就能达到的。这火候一旦把握得不好，稍一过头，就有可能变成"酸"，就开始往女里女气上靠了。

　　但是对于正处在怀春妙龄的小女生来说，这种浪漫与"酸"的差别真的很难区分，有一点"酸"的男人还是具有相当的诱惑力和杀伤力的。想想看，一个能吹会唱，经常捧着玫瑰花哄你、宠你，并且张口山盟海誓，眼神脉脉含情，会想出各种小把戏、制造各种诗情画意让你迷恋且沉醉的男人，你能不中招吗？恐怕是想不掉进去都不行啊！与之相比，那些粗鲁莽撞、笨嘴笨手、不会看女孩眼色、不会哄人高兴的大男孩，真的很没市场。尽管他们也是一腔真爱，可是就因为缺了浪漫这个

"魔棒"，便在情场上屡屡败下阵来。即使是一些"高富帅"的男生，女孩可能会为了你的"高富帅"而忍受你的粗鲁、莽撞于一时，却无法忍受一生。或者你改变，或者她改变，再或者只能一拍两散。因为真正婚姻生活的内涵是两个人日日相对、夜夜共枕，"高富帅"只是硬件，没有温情做软件，日子也是没法过的。

所以说，男人学会一点"酸"，刚刚好。

少女时代，我曾经向往过很"酸"的男人，想象着那是怎样的一往情深和似水柔情。比如《牡丹亭》里的柳梦梅，《西厢记》里的张生，《红楼梦》中的贾宝玉，个个都是爱情至上的情种，我不知道是写作这些作品的古人"酸"，还是古代读书的男人就是这么"酸"，反正那一个个深情款款的多情公子，真的很能迷惑少女之心。也许是现实生活太过乏味，现实中遇到的男人都太粗俗、太不懂得风雅，便毫无防备地一头跌了进去。在"良辰美景奈何天，赏心乐事谁家院"中品味着那份神魂颠倒的情，苦涩锥心的爱，恍恍惚惚地做着大观园中的女儿梦。

然而，随着年龄的渐渐增长，女人越来越明白了一件事，柔情似水的男人只适合爱情而不适合婚姻。当孩子、票子、车子、房子这些残酷又现实的生活难题一个个迎头砸下来的时候，玫瑰也会褪色，月光也会暗淡。可大多数女人又都是矛盾且贪心的，观念上，她们想要的是大男人、伟丈夫。但在实际生活中，又恨不能那伟岸的"高富帅"能像父辈一样疼爱自己，像男佣一样服侍自己。就像男人要求女人"上得厅堂、下得厨房"一样，女人理想中的男人最好是既能在外面打拼天下挣大钱，也能在家里温柔体贴懂生活，把日子打理得意趣盎然，有滋有味。

我的一位女友的丈夫是那种足够爷们儿的男人，他不太懂生活，缺少情调，不会也不屑于在生活中照顾、疼爱、哄着女人。但他忠诚、有极强的责任感，在关键时刻，他绝对能挺身而出挡在妻子前面。而她的前男友刚好不同，他太懂女人，太会照顾女人，他会从穿衣、吃饭、亲热等很琐碎的日常生活中宠着女人，让女人舒服而快乐。而一旦碰到事，他却立刻怕了，溜了。女友对我说，丈夫支撑的是她的命运，前男友支撑的是她的心情。可毕竟人的一生过的是日子，是心情。关乎命运的时刻少之又少，于是她便常常感叹丈夫的不够柔情，又遗憾前男友的

不够丈夫……

那么，什么样的男人才是我们的理想伴侣？什么样的男人才是我们情感的终结者？在两者不可兼得的情况下我们应该如何做选择？如果你是一个对爱情和浪漫有太多渴望、太多追求的女孩，那么找一个有点"酸"的男人也未尝不可，从某种意义上来说，男人的柔情似水与女人的豪爽侠义一样难能可贵。

她比烟花寂寞

　　家，是每一个漂泊者心灵的港湾和身体的驿站。无论你事业上取得了多么辉煌的成就，如果身后没有一个温暖的家为你守候，家里没有一盏灯为你点亮，那么你即使繁星满天，你的心灵也依然是孤寂的。

　　那是怎样的忧伤，怎样的寂寞，怎样的心灵空洞啊！

　　杰奎琳·杜普蕾——20世纪英国最伟大的大提琴家，5岁即施展过人的才华，16岁开始演奏家职业生涯，1973年被确诊罹患多发性硬化症，遂作别舞台。1987年，42岁的杜普蕾离世。

　　在以她为主角的传记影片《她比烟花寂寞》中，再现了这个单纯、执拗、除了音乐什么都没有的女性一生的故事。少女时代，她和姐姐都是音乐神童，姐姐吹长笛，她拉大提琴，早上醒来，看到枕边放着妈妈昨夜新写好的乐曲，姐妹俩跳下床就开始演奏，长笛和大提琴，妈妈为姐妹俩钢琴伴奏，放下乐器，姐妹俩又在妈妈的伴奏下舞蹈，美妙的音乐、轻盈的舞姿、花朵一般绽放的少女情怀……

　　杜普蕾终于成功了，她成了英国乃至世界著名的大提琴艺术家，她生活的半径由机场和舞台组成，十多年的时间里，她在全世界飞来飞去，在各国不同的舞台上拉奏着一曲又一曲动人的乐章。拉琴成了她生活中唯一的内容，音乐丰富了观众的心灵，却抽空了她自己的全部生命。寂寞深锁，梦魂无处依存。她把一包穿脏了的衣服寄回家中的时候，也寄回了她的思念。最令我感动的一个细节是：当她收到家里寄来的包裹，发现是妈妈给她洗干净的衣服时，立刻把它们捧在胸口，低下

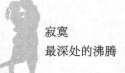

头深深地亲吻，闻着那衣服上的芬芳，说了一句：这就是家的味道啊！然后，她把那些有家的味道的衣服一件件铺在枕边，拥着那味道入眠，就如同拥着妈妈温暖的爱，拥着童年甜美的梦。

事业上的成功，让这位伟大艺术家的灵魂一步一步走向孤寂的深渊，当终于病倒躺在病床上之后，从前那些热烈的鲜花和掌声便全都消失了。她只说了一句："拉琴，就全都爱你，不拉琴，就没人理。"没错，因为你是艺术家，你是大提琴家，人们爱的是你的演奏，你音乐中呈现的艺术之花，你是因艺术而存在的。而你一旦离开了舞台，不再演奏那摄人魂魄的音乐，你便什么也不是了。正如姐姐所说：除了拉琴，你什么都不会。

残酷吗？这就是现实。

现实是，我们每一个人生活在这世界上，如果你想要事业成功，如果你事业足够成功，那么你就一定是这事业的奴隶，先其忧而忧，后其乐而乐。尤其是文化艺术界。再火的演员，如果停止了演出，你便什么也不是了。再火的作家，一旦没有了作品，便很快会被新人淘汰。而一旦成功过，火过，便很难再回到原来的生活之中了。这也是一些分明已经过气的演员还拼命使出浑身解数来整容、健身、折腾自己的缘由。回不去了，主要是无法忍受那份平凡与寂寞。繁华落幕之后，寂寞更深了一层。

当杜普蕾像一颗耀眼的明星映红世界音乐舞台的时候，曾经吹长笛的姐姐却放弃了音乐生涯，结婚生子，变成了地道的普通农妇。而当厌倦了周而复始、无止无休的飞行、演出、鲜花、晚宴……艺术家生涯的杜普蕾逃离舞台之后，开始羡慕起姐姐宁静温馨的家庭生活，她爱上了姐夫，于是要求姐姐让出姐夫，姐姐不允，她便疯狂地自虐，一个人在山上狂奔，边跑边脱掉身上所有的衣服，直到一丝不挂，任山间的枝杈把皮肤扎出道道鲜血……从小就对妹妹的任性唯命是从的姐姐终于妥协了，让出了丈夫。于是，杜普蕾过上了短暂幸福的日子，全然不顾姐姐内心的痛苦，直到姐夫回归造成对她的"背叛"……

重新回到舞台上，接受鲜花与喝彩，在音乐更加摄人魂魄的同时，她内心的寂寞也更深了一层，终于，她倒在了舞台上，生命的琴弦戛然而止。

寂寞是她的毒药，却是艺术最肥沃的土壤，她以毒至骨髓的寂寞换来了艺术之花最灿烂的绽放。

《狂恋大提琴》是杜普蕾的姐姐和弟弟在她去世十几年后为她合著的一本传记。书中写道："有幸睹到华美画面背后的凄惨与哀伤的人们，也许会宁愿让自己少一分浸淫于艺术的愉悦，而让这个世界多一个可亲的人儿还与她的家人……"

家，是每一个漂泊者心灵的港湾和身体的驿站。无论你事业上取得了多么辉煌的成就，如果身后没有一个温暖的家为你守候，家里没有一盏灯为你点亮，那么你即使繁星满天，你的心灵也依然是孤寂的。爱家吧，只为那家的味道……

人生真的有知己吗

男人找女人，大多找的是异性，而非知音。女人找男人，大多找的是依靠，也非知音。寻找情感上的知音，实在是太奢侈了，相知又能相逢的概率实在是太低了啊……

（一）

作为女人，真正能让一个男人百分之百地懂你，我以为是不可能的，若能懂得一部分便已属幸运，若能懂得一半，便是幸福了！

无论男人女人，一个人要懂得另一个人，都是非常难的一件事，每一个人都是一座城堡，有多少个房间，多少扇门，只有他自己知道，甚至有些潜意识中的东西，连他自己都不一定知道。任何一个想走进这城堡的人，无论与之多么亲密，也都是外来者、入侵者。能了解多少，其实取决于这座城堡接受你多少，是否愿意向你打开他的城门，又愿意打开城堡中多少间房门？

一个人，只有在他的儿时，或者说，心灵还没有建立起房间的时候，没有城堡，没有围墙，对父母是完全敞开的，所谓单纯，便是不设防。而成长的过程，便是心灵设防的过程，构筑城堡的过程。

恋爱时，女孩子敞开心扉，渴望有人进来，像一本打开的书，渴望那个进来的人能读懂。但是她忘记了，恋爱时打开的这本书，并不是你人生的全部，它代表不了你心灵的整座城堡，一定还有没打开的部分，或者你永远都不想打开的部分。所以，即使那个进来的人多么想读懂你也不可能是完整的。

也许你会说，爱，不一定非要懂，这就是了。

为什么男人不太喜欢有思想有深度的女孩，那样的解读固然有趣，但太累、太费时间，所以，他们宁愿找那些简单，甚至笨一点的女孩交往，只要眉眼看得过去便可，如若再漂亮一点，便是极品了。

男人找女人，大多找的是异性，而非知音。女人找男人，大多找的是依靠，也非知音。寻找情感上的知音，实在是太奢侈了！对于心思细密、敏感又多情的女人而言，其实是无人能懂的。不要太贪心，相知又能相逢的概率实在是太低了啊！

（二）

都说，人生难得一知己，不禁想问：人生真的有知己吗？

真相是，没有。也不可能有。传说中的所谓知己，其实也只是在某一个时段，或者某一桩事情、某一个领域，他能与你沟通，但决不可能是一生一世都能相知相通。

男人和女人就更不可能了。也许是身体上的知己，但不是心灵上的。也许昨天是，今天是，明天、后天……多年以后便不再是。你们的相知永远只定格在某年某月的某一天。

父母自以为是儿女的知己，其实只是那个孩童的依傍。当孩童长大，开始有了自己的小秘密，小心事，心门便一点点对你关闭了。他要摆脱你的掌控，对着另一个世界敞开。你所熟知的，永远只是他儿时留给你的体香，他是你心里永远的孩童！

都说知父（母）莫若子（女），知夫（妻）莫若妻（夫），其实都只说对了一半，大部分知的是其生活习惯、饮食起居，而非心灵。

世界上，真正的知己只有一个人，就是自己。

你曾经有过的种种心思，动过的种种念头，好的，不好的，甚至是邪恶的、上不了台面的、或者干脆就是痴心妄想等等，有些一闪而过的心动和欲念，全都在波澜不惊的表象下，悄然生出，又悄然熄灭。只要你没有行动，不让心思流露出来，谁人能知呢？即使有相交过密者洞悉

了你的潜意识，但你不想承认，便也可权当没有。

所以，我们的心灵需要一个上帝，需要一个永远会为你保守秘密、永远不会将你出卖的倾听者，给你一个秘密忏悔和发泄的机会……

所谓知己，就是可以相互交换秘密的人，生理的和心理的。为什么不可能有这样相知一生的人呢？因为每个人都不可能永远只认识你一个人，像漂流在茫茫大海上的少年派和那只孟加拉虎。每个人的周围都会随时光流转出现不同的人，每个人的心也会不时地发生改变。一起长大的哥们儿，娶妻之后，便会淡了，远了。年少时的闺蜜，交了男友之后，也会将重心转移。当年的情人，终成眷属之后便懒于再探究你的所想所需，未成眷属而分手的情人，也终将会各奔东西，找到新的所属……

人生难得一知己，难，难，难！所以才需要高山流水觅知音。其实，不用太贪婪，有高山，有流水就足够了！它们可以做你心中的上帝，面对一片自然的山山水水，尽情倾诉吧，它们永远都不会出卖你。而你呢，一番在山川中行走，在江河湖海畔游荡之后，便也心波平静，仿佛被洗礼了一般，或许这也是大家拼了命也要外出旅游的因由吧……

"徐娘"小夜曲

有些二十多年前就已经红透半边天的明星"徐娘"们，不知是施了什么法术，竟然看上去比当年还嫩！那妩媚的眼神，那勒紧的腰身，加上那华贵飘逸的晚礼服，真真地让我们这些凡间"徐娘"怎一个羡慕嫉妒恨了得！

自从这家服装大排档像模像样地矗立在离我们上班不远的地方之后，便立刻成了我们这些小"徐娘"、中"徐娘"和半老"徐娘"隔几日便要"大快朵颐"一番的"午后甜点"。一踏进五彩缤纷的服装世界，无论你是大家闺秀还是小家碧玉；也无论你是端着文艺范儿的白领大姐还是迈着小碎步的蓝领小妹，全都立刻两眼冒光，露出同一种贪婪的神态。

要说女人喜欢逛街，喜欢买衣服，那是绝对的天经地义。只是在中国有点不同，中国的时装界似乎只偏爱青春少女，看吧，那些最时髦最漂亮的款式和颜色一定都是给美少女或美娇娘设计订制的。就算你一把年纪了仍然想扮嫩，不在乎多么鲜艳的颜色，但那衣服的尺寸一定没有能把你装进去的余地。再有就是那些加缀的花呀朵呀，或者不是露着大片的后脊梁就是露着空心肚脐眼的款式，不得不让已经进入"徐娘"系列的女人们仰天长叹。

前两天和老公驱车去买东西，忽见路边大厦挂出醒目条幅：秋季生活用品展销。便一个拐弯就被"勾引"了过去，随着人流走进一个既卖吃又卖穿的大集市。虽然这种由小摊贩组成的卖场没有大商店那么奢华

典雅，但却人间烟火味十足，让你有一种随意和放松。

　　这里的卖主全把你当成有钱人，并且满嘴跑火车地让你产生一种特别的自信，那就是你身材好得绝对是天生的模特，这里所有的衣服只要你穿上立刻就能倾城倾国。不像那些大商厦里的售货小姐，用一双白眼盯着你，潜台词是你根本买不起他们的衣服，或者你根本穿不进他们时装的尺寸。让你如果不是有冤大头的钱袋在一旁顶着，或者腰围固定在一尺八、二尺的界限内，根本就不敢打那些衣服的主意。就算是偶尔奢侈一回，花了让你肝儿颤的价位买了一件，也好像是沾了人家多大便宜似的。穿着这样的衣服走在街上，心都跟着飘飘然。记得曾经有一位以穿羊绒衣服为高贵象征的朋友在炫耀她有多么时尚时，被另外的朋友开涮说：你还不在后背贴上一张纸条注明："内穿羊绒裤衩！"

　　话说那天在"大集市"里正逛着，一件大红色带小帽的时装夹克"撞"入眼帘，打量许久，拿不准我能不能穿，但又真是十分喜欢。那卖衣服的女孩热情洋溢：纯棉的，新款，您穿上保准特显年轻！正被这些话鼓动得血液升温、接近沸腾的当口，从腊肉、熏肉摊转回来的老公看看我，看看衣服，便满含歉意地对人家卖货女孩微笑着说："对不起，我们家没有这么大的孩子，不买了！"我仿佛听见热锅被浇上凉水时发出的"滋啦"之声，沸腾的热血在形成美丽浪花状的时候被瞬间冻结了！半晌之后，我底气不足地嘟囔着：谁说这衣服只能给孩子穿啦，是我！我要穿！聪明的售货女孩发现了转机，便立刻来了精神："这衣服就是给阿姨您这样年纪的人穿的！阿姨您试试！"动静有点大，让女孩这么一嚷嚷，我立刻被周围一片怀疑的目光网住了，原本那点可怜的自信顷刻土崩瓦解，人虽离开，却在心里一步三回头地仍然留恋着那件可爱的夹克衫。

　　天下女人都爱扮嫩，就看你会扮不会扮，标准就是总在我们眼前晃悠的女明星和女模特们。前几天电影界的一场超级盛宴在北京举行，也让我们在电视屏幕上一饱眼福，从红地毯上走过来的一个个熟脸们那叫一个嫩啊！她们身上服装的时尚、前卫、性感和独特，一个比一个风华绝代！一个比一个匠心独具！有些二十多年前就已经红透半边天的明星

　　"徐娘"们，不知是施了什么法术，竟然看上去比当年还嫩！那妩媚的眼神，那勒紧的腰身，加上那华贵飘逸的晚礼服，真真地让我们这些凡间"徐娘"怎一个羡慕嫉妒恨了得！

　　单位里有一位退休多年的老大姐一直是我们喜欢谈论并渴望效仿的人物，80岁的年纪，依然匀称的身材，每次见面都发现她穿着既显年轻又很得体的衣服。前些日子，见她穿一条过膝的大摆花裙，一双小高跟凉鞋，脚趾头上还涂了淡淡的指甲油，烫得恰到好处的短发。从背后看，真难以想象这是一位年过八旬的老太太！扮嫩，虽然人回不到青春时代，但却能去掉不少暮气。想想看，裙摆轻轻一飘，鞋跟稍稍高那么一点点，人一下子就挺拔起来，心情自然也就不一样了。既然人生不能青春永驻，"徐娘"又是我们必经的驿站，何不把心放得轻松一点，让"扮嫩"来得更猛烈些吧！

婚纱为谁而披

当激情的浪潮退去，爱情的光环消失，处在这种不被保护、没有安全感的同居之中，便开始被怀疑、纠结、不安甚至恐惧所笼罩。每每这时，婚姻就像一束灿烂的阳光在云层之外频频招手——归来吧，流浪的爱情！

在情感与性爱选择的自由度都非常高的今天，我们还有必要非结婚不可吗？

在同居十分普遍而结婚成本越来越高的今天，是男人想结婚还是女人更想结婚呢？

金秋之季，又是婚纱飘逸、婚车招遥、玫瑰红艳的时节，一对对新人、一张张笑脸、一幅幅大红的喜字，新车、新房、新家装……当一对新人迈进婚姻的门槛时，他们能像树上的"鸟儿成双对"那般欢天喜地吗？想想看，用那么多人民币垒起来的婚姻之巢，还背负着那么多的借贷，想轻松都轻松不起来。这对鸟儿的羽毛被贴上了金片，看上去金碧辉煌，飞起来却沉重异常，或许就要从此告别飞翔了。

我曾问过一些将要走进婚姻和还未走进婚姻的青年人，你们渴望结婚吗？一个准备在年底结婚的小伙子说："无所谓，女朋友是在母亲一次次催逼下相亲认识的，说不上多好，还凑合吧。关键是母亲很满意。父亲下岗，母亲身体又不好，家里其实挺困难的，自己虽说大学毕业有正式工作，可一个月也不过两三千元的收入，父母把全部家当都拿出来为我买了一套不算大的二手房，还背着债。我不忍心让他们难过，结就结呗。要说渴望，应该是父母比我更渴望。"

还有一个为结婚已经准备了好几年的女孩子，她说自己曾经很渴望过结婚，女人嘛，毕竟这是她一生中最美丽的时刻，哪个女孩子没做过当新娘的美梦呢！像那些从小就看过的电影中的那些浪漫情节……可是，从她决定要结婚开始所经历的一系列繁琐又俗套的过程，真的让她头都大了！从看房、买房、贷款开始背债，到不停地去转建材市场、装修、买家具，再到定酒席、定车、拍婚纱照……虽然她和男朋友双方家庭的经济状况都还不错，虽然一直是双方父母都在帮忙，她说："但我们也逃不掉啊！男人也许可以少操点心，女人却不能不管，这毕竟是自己一辈子的家呀！双方父母都花了那么多的钱，我们自己又花了那么多的精力和那么多的时间，到了这个份上，当然渴望赶快结了算了，就像一场准备许久的盛大演出，布景、道具、灯光、乐队全准备好了，观众也都就座，大幕布即将拉开，你这个主角不上场行吗？"

那么结婚之后呢？不要说像童话中的王子和公主那样"从此过上幸福的生活"，就是之前曾经有过的那么一点点的浪漫与神秘感也会慢慢地烟消云散，还原为生活本来的俗不可耐。

我们爱说"婚姻是爱情的坟墓"，那还是指在进入"坟墓"之前有过爱情的伴侣，而现如今许多进入婚姻的伴侣之间或许根本就不曾有过爱情，他们只是在方方面面都适合结婚的对象罢了。在人们对男女交往这件事抱着越来越宽容态度的今天，更多的怀春少女和烦恼少年都选择了同居，或许是因为爱情，或许是因为孤独，他们彼此温暖，彼此慰藉。此时照亮他们的是情感之灯，是心灵之光。无论日子苦与甜，他们都会格外珍惜，格外地刻骨铭心。然而，当激情的浪潮退去，爱情的光环消失，处在这种不被保护、没有安全感的结合之中，便开始被怀疑、纠结、不安甚至恐惧所笼罩。每每这时，婚姻就像一束灿烂的阳光在云层之外频频招手——归来吧，流浪的爱情！

令人猝不及防的是，回归之路竟然变得如此荆棘丛生！如今的婚姻有如狂奔的高铁，早把爱情之类虚幻又容易让人"犯傻"的东西甩到太平洋去了。今天的婚姻讲的是条件，无论是物质的还是法律的，都要一条一款、白纸黑字写个清清楚楚，达不到条件就不要痴心妄想

结婚这件事！

　　于是，选择不婚的人悄然多了起来，尤其是性格与经济均可独立的女孩子，她们如果结婚决不是为了房子或者金钱，她们想找的是一份真爱，一个能与之在灵魂上对话的人。如果找不到，她们宁可不婚。在世俗的眼中她们是"剩女"，其实"剩"又何妨！每个人有每个人自己的生活方式，看滚滚红尘中，为结婚、离婚而暴发的房子与财产"大战"，真是"直叫人悔不当初"啊！

　　也许，我们可以借用诗人北岛的一首诗的句式："不婚是不婚者的通行证，结婚是结婚者的墓志铭……"

红颜与命运

对于事业成功的美女，永远有无法撇清的坊间传说。阴谋与爱情，理智与情感，真真假假，虚虚实实。只因其貌美，便永远有令人猜想的空间。

以前，经常在电视上出头露面的女人通常只有两种，女领导或者演艺明星。而今，随着电视节目的多元化和娱乐化，经常能看到一些女老板也成为某些栏目的常客，而这些在镜头前或优雅淡定、或咄咄逼人的女老板们大都在四十岁上下，她们衣着光鲜，自信满满，头脑清晰，口齿伶俐，并且差不多都是美女，至少是曾经的美女。于是不禁好奇：她们都经过怎样的职场打拼才坐到了今天的位置？从美女员工到美女老板，她们走过的是一条铺满鲜花的大道还是暗藏陷阱的曲径？无疑，在职场上她们是成功的，那么在家庭中呢？她们都是称职的妻子和母亲吗？

多年前，我曾采访过一个特别漂亮却很单纯的女孩子，她开始涉足商海时对我说，她非常害怕经商以后自己会变得不那么可爱了，很怕自己将来会变成一个心狠手辣的女老板。我说既然怕为什么还要往里跳呢？她说商海里有太多的机会在向她招手，她要抓住它们，她渴望成功！

一位儿时的女友，从小就像小明星一样召人喜爱，高高的鼻梁，长长的睫毛，高挑的身材性感十足，大学毕业后进了一家大公司，先做了一阵子文秘，没多久就被提拔进了中层，管着好几十人。闻此讯我很有些吃惊，因为我知道少女时代的她是一个喜欢安静、性格有些柔弱的

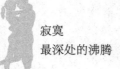

女孩，从小被父母和兄长宠着护着，娇滴滴的，根本就不是当"官"的料。有一年我出差，专门跑去跟她见面，原以为风光无限的她不定有多得意呢，没想到，印象中那个水灵灵的女孩子完全不见了，苍白、憔悴，裹着一身睡眠不足的倦怠和疲惫……按说正是珠圆玉润的年龄，虽然那时她的孩子小挺缠人的，但也不至于灰头土脸到如此地步啊！

那天晚上，我们去了一家极富情调的咖啡屋，从我们两小无猜的岁月聊起，猴皮筋、跳房子、拉小提琴、背诗词……突然，我看见她的眼圈红了，泪水悄悄流淌。原来，本想安安静静做一份办公室工作的她因为漂亮被公司的大老板看中，一下子就"遭"到了提拔，当然薪水和待遇都有了很大的改善，单纯的她一开始还美不够呢，却不料无形中成了公司中另一些女人的眼中钉、肉中刺。老板越是重用她，别人就越给她挖陷阱、设障碍，于是，她被卷进了一场争宠邀功、明争暗斗的漩涡之中，流言蜚语包围着她，她越干越痛苦，越想撇清就越撇不清。我说，那你就换个工作，别在这干了不行吗？她狠狠地擦了一把眼泪说，凭什么是我走？我倒要看看最后是谁走？

后来，我听说她果然成了那家公司的高管，同时听说的还有她的婚姻亮起了红灯……

对于事业成功的美女，永远有无法撇清的坊间传说。阴谋与爱情，理智与情感，真真假假，虚虚实实。只因其貌美，便永远有令人猜想的空间。如果是一个长相平平甚至有些貌丑的女人赚了大钱或当了大官，人们的兴奋点会减少许多，充其量是一个类似日本电影《阿信》那样的励志故事罢了。

前些年在采访著名女外交官章含之时，我曾问过她，我说："中国有句俗话，叫红颜薄命，您怎么看？"她当时回答我说："那是必然的。如果说，一个长得特别平凡的人，他可能不会引起那么多人注意，他可能平平淡淡的过一生，那样也是一种幸福。"我们又谈到了女人对爱情与事业的选择，章含之说："到了今天，你说是后悔，还是不后悔？这个问题连我自己都说不清楚。有时候看到我外语学院的那些老同学，我们一同从18岁进的学校，一同留下来当老师。他们现在还在学校，是博士生导师，有很多学术上的成就。假如我那时候不调到外交部去，我也

会和他们一样，一生就生活在校园里头……'

一个女孩子，长得漂亮，太出众超群，聪明又伶俐，难免会成为"出头鸟"。当这个世界向美丽敞开一扇扇大门、露出一张张笑脸的时候，也同时展开了一个个难以分辨的十字路口，甚至布下了一个个陷阱。如何把握？又如何抉择？有时候真的是身不由己啊！记得有人说过：没有一个男人不对年轻美丽的女人低首下心的，这是规律，也是人性。如同长着青苔的路，即使最小心的人走过去，也会滑倒的……

女人的情感与事业

她们很怕停下来时，那种裙子不再飘扬的垂落，那种不再高高飞起的平凡。更怕停下来之后那种心灵无处安放、情感无以寄托的孤独。事业的外衣再沉重，毕竟有华丽的羽毛和晶莹的亮片交相辉映……

对女人而言，当情感出现了危机，事业就成了她心灵的唯一解药。

那晚，到剧场去看一场独唱音乐会，当身穿绚丽拖地长裙的歌唱家在乐队的音乐声中光彩照人地登上舞台时，全场一片热烈的掌声，她投入地歌唱着，激情饱满，那一瞬间，歌声像一股激流在整个大厅回荡……她是我熟悉的朋友，我深知她为了这场演出所付出的心血和精力，干事业的女人，一旦认了真，那种拼命的劲头大大超过了男人。

一个走过春天，走过夏天，站在人生秋天门口的女人，为什么要拼了命地让自己再度迸发？当歌声像一轮喷薄的红日从她口中升起的时候，我仿佛感到整个演出大厅都被映得红彤彤了……

她曾经有过生命中最黑暗的日子，丈夫的突然背叛，曾经的海誓山盟全成了笑话，她要怎么活？日子还怎么过？泪水流成河啊，却只能一个人面对，唱歌，成了她唯一的解药。她把一腔的悲情和愁怨都融入到歌声里，声声段段，如泣如诉，情感上的挫折成了她歌唱事业的奠基石。

著名美籍华人靳羽西是我多年的好友，她给我讲了令她刻骨铭心的一段往事。那是一个圣诞树上彩灯闪烁的时刻，感受着空气中浓浓的节日气氛，她回到她纽约的家，令她没有想到的是，丈夫竟然已弃她而去，投入到另一个女人的怀抱。房子空了，衣橱里他的衣物全没了踪影。那一瞬间，她完全蒙了！怎么办？要怎么办呢？曾经，曾经，那个爱她的男人和她在一起时几乎就没让她的脚沾过地，抱着她上私人飞机，抱着她入私人游艇……而今，这一切都成了幻影。羽西的做法是，选择忘却。于是，她请来了一位法语教师，用最难学的语言占满自己的大脑和时间。同时她又请来了瑜伽教练开始学做运动，第一次练的时候由于之前很少运动竟然只练了5分钟就晕了过去……

就这样，她用难学的外语和劳其筋骨的运动赶走悲伤，让心灵无暇哭泣。直到半年后正式办理了离婚手续，她才独自一人来到法国南部，面对着辽阔蔚蓝的地中海，踏着拍岸的浪花，禁不住泪流满面。就这样，一连哭泣了十天，十天之后，她像换了一个人似地离开海边。她说，我把所有要哭的都哭走，所有伤心的都伤心完，然后我对自己说，OK！过去的都过去了，以后我就只看到前面的路了。

那之后，她的事业再次腾飞，她生活的天地更加开阔。后来有一次我到她在北京的家中看望她时，发现在她家的阳台上坐着一个与真人一样大小、用玻璃钢雕塑的男人，一身农民工打扮，头戴一顶上世纪70年代的绿军帽。她调侃地说，这是她的男朋友，也是这个家里唯一的男人，并且"他是不会离开我的"！说完就哈哈大笑起来。

这么多年做人物访谈的经历，让我结识了许许多多事业有成的名女人，通常在我们的报道中浓墨重彩的是她们事业上的辉煌，而很少提及她们的情感生活。但几乎每一个事业成功女人的故事里，情感故事才是她们生命中最动人的部分。

那是一扇轻易不会打开的心门，却是把她们托上事业巅峰的巨大动因。也许是因为爱的浇灌与滋润，也许是因为爱的缺失与背叛，而后者的力量常常会像山洪暴发一样势不可挡，女人的爱与疯狂一旦都投入到事业中去，那种拼命的劲头和耐力常常是男人所不可比拟的。女人入了事业的轨道，有时也会像被施了魔法一样停不下来。

有一天夜晚，我的手机突然响了，一接，对方是女声，说了一句话：打错了！就要挂。我先看了一下号码，再听声音是她，是我曾采写

过的一位女名人，就说：没错，是我。她竟然说：我知道是你，但我打错了！一副忙得不得了的感觉……

我当然知道她是真忙，但我更知道这忙完全是她自己找的。忙，是许多干事业女人的一种生活方式，久而久之就成为一种习惯。其实有很多时候，不是没有空隙，而是她们不给自己留任何空隙。不肯停下来哪怕一分一秒。这就像小时候喜欢荡秋千的女孩子，因为只有在高高荡起的时候，当裙子在高空中被风鼓动着飘舞的时候，她们才感到了美，感到充实和刺激。于是她们想永远要在最高处飘荡，享受那种与云共舞的感觉。稍稍慢下来，便会弯腿给力，不断地给力，让秋千升上去！再升上去！她们很怕停下来时，那种裙子不再飘扬的垂落，那种不再高高飞起的平凡。更怕停下来之后那种心灵无处安放、情感无以寄托的孤独。事业的外衣再沉重，毕竟有华丽的羽毛和晶莹的亮片交相辉映……

女人心灵的秘史

虽然你从来没有对人说起过，虽然没有人知道你曾经怎样地绿意葱茏，枝蔓参天，但那心灵充盈着某种爱意和某种期待的滋味，也许会丝丝缕缕缠绕你的一生。不论是苦是甜，都是你心灵的营养，是让你葆有女人味的一缕心香。

每个女人的心底都有一部故事片，那是完全由女人自己编剧、导演和演出的，是除女人之外没有人能知晓的私密空间。当她走过春，走过夏，走过秋，走到人生的冬季，在窗外雪花飘舞的时候，独自一人坐在温暖的屋内，随着水杯中袅袅上升的热气，细数心灵的步履，那些风中的故事，雨中的思绪；那些无望的期盼，偶然的欣喜……点点滴滴，细细密密，心有千千结，千千结上系着风铃串串。从少女、少妇到老妇，只要有情感的微风吹过，便立刻叮叮冬冬依次响过，给女人心屏上演出的情感连续剧配上独有的音乐。

谁没有爱过？谁没有渴望过？当春风鼓动着花蕾初醒，当小草试探着披上新绿，怀春的你一定在心中有过莫明的噪动和惶恐，这便是你作为女人心灵秘史的序幕，后面的故事如缓缓流动的一江春水，或波澜起伏，或平平淡淡；或奔流入海，或枯竭无臭。虽然你从来没有对人说起过，虽然没有人知道你曾经怎样地绿意葱茏，枝蔓参天，但那心灵充盈着某种爱意和某种期待的滋味，也许会丝丝缕缕缠绕你的一生。不论是苦是甜，都是你心灵的营养，是让你葆有女人味的一缕心香。

女人行为的历史是无法遮掩的，有过多少次恋爱，失恋，结婚，离

婚，扶养孩子等等，都可以很容易地被外界"人肉搜索"到，而女人心灵的秘史，能搜索和有权搜索的就只有女人自己了。大多数的女人，会把这秘密一生都在心上捧着，在心底锁着，直到带进坟墓，成为永远无法打开的心灵"黑匣子"。而这又是何等丰富的一个"处女地"啊！如果有人能够破译，又将是何等波澜壮阔的一部巨著！

　　一位当年下乡到北大荒的女知青，我见到她时已是多病缠身，憔悴不已。望着眼前这位满脸苍桑的老太太，几乎无法相信她曾经是中学里扮相俊美、嗓音宏亮的"李铁梅"。直到她去世之后，亲友才从她的日记中读到片断令人心碎的情感经历，她原本是可以在知青大返城时回到故乡的，但她没办法割舍她憨厚的东北丈夫和一对儿女，却又无法忘却她的初恋男友。当年，她们在插队的蹉跎岁月中爱得含辛茹苦，刻骨铭心，却因为男友家里的强烈反对，她无法一起回到男友家所在的城市，与男友在站台上泪眼告别，回到知青点万念俱灰的日子里，鬼使神差地嫁给了这个当地的小伙子。亲人们不知道她中了什么邪，千方百计终于有能力把她办回城的时候，她已经成了一对儿女的母亲……那种心的撕裂，那种情的无奈，她曾好几次偷偷地告别熟睡中的儿女，向着车站狂奔，向着她的故乡和亲人狂奔，可是，耳边却总是响起孩子的哭声，眼前不停晃动着孩子的小脸，她不得不收住脚步，咽下泪水，再从原路返回。后来，她还爱过一个困境中对她施以援手的中年男人，只是没有勇气挣脱以往的生活轨道，错、错、错，莫、莫、莫，那段情成了她隐忍一生的"廊桥遗梦"。

　　另一位把企业做到数亿元的女企业家，突然放着赚钱的生意不做，跑到澳洲享清静去了，弄得好朋友们全都一头雾水。几年以后她回来，才慢慢道出了一些个中因由。当年创业之初是夫妻两人一起奋斗的，随着企业的日益发展，她外出应酬的次数越来越多，会打扮再加上她原本就是一个美人胚子，渐渐就成了商圈里那些老板们愿意多加关照的对象，生意做得越红火，丈夫的自卑和猜忌便越重。有一次她出差多日回到家中，丈夫做了一桌香喷喷的饭菜她却累得一口也不想吃，等丈夫殷勤地端来洗脚水时，她已经躺下呼呼地睡着了。这一下，丈夫终于爆发了，他"哐当"一声摔了脸盆，一脚把她从床上踹到地上，被摔醒的她看到丈夫怒吼着已经变形的脸，才明白原来丈夫早就对她在男人世界里如鱼得水忍无可忍了。从此，家暴逐步升级，要面子的她先是忍着，后是躲着，实在没辙了才以太累需要休息为由去了澳洲……

女人的心史再宏大再曲折，其实都离不开一个情字。爱是女人一生的梦，情是女人一世的债。曾经怎样地暗恋过，羡慕过，嫉妒过，见到某位英俊男子时不由得心跳加速过。也许曾偷偷徘徊在美容院的门口，也许曾为某个心仪的男子而改换一种发型，好想知道那个男人和他的妻子是怎样地相处，别人窗内的故事与秘密。女人心灵的秘史是一座精神王国，女人是国王，也是王后，是侍卫，也是女佣……

有个姑娘叫小婷

她笑了，露出一对平时若隐若现的小酒窝。然后她给我看她存在手机里的婚纱照，当一张张照片展开时，仿佛有一列载满幸福的列车从我眼前掠过。

当我把一个装有一对工艺红宝石耳坠的首饰盒和几百元钱递到她手上时，我的眼中竟然涌出了泪水，连忙掩饰着，和她告别。她完全没有看出来，这个22岁的小姑娘心里正急急渴渴地想着要回住处收拾东西，然后洗头洗澡，乘坐当晚的火车回安徽老家，赶在大年三十之前去嫁人呢！

"70元钱是你今天的工钱，这几百元是给你的结婚贺礼，祝你新婚幸福！"

"谢谢阿姨！不用给钱了，有这对耳坠就很好啦！"

她把工钱装进自己的钱夹，把其余的钱塞回我的手中，打开首饰盒，取出那对漂亮的红色耳坠，高兴地对着门厅的穿衣镜在自己耳朵上左比右比，眸子里有一对欢乐的小兔在跳舞，连说"真好看！"

我把钱重新塞到她手里，她不再推辞。穿好外衣，开开门，回过头冲我摆摆手，一转身便离开了。从此，她那娇小的身影便在我的眼前、在这座城市消失了。

她叫丁婷，我们一直叫她小婷，从我们搬到这处新居之后经朋友介绍来我家做卫生，每周一次。这姑娘长得小巧玲珑，五官很精致，只是皮肤稍粗，脸上长有许多让她烦恼的斑点。别看她刚来我家时才19岁，但已经在这座城市干了好多年小时工了。从她第一次来我家做卫生起，怎么干？干多少？我从来没有提过任何要求，全凭她自觉。但是我能感觉出来，这姑娘是用心在做。我们家的地板，她一直都是跪着用抹布一点点擦干净的。其实拖把就在一旁放着，但她觉得没有用抹布擦的干净。去年春节她相亲成功，订好了今年春节结婚，从此就要告别这座城市了。于是，她开始有计划地为我做一次彻底的清扫。先是把餐厅的水晶吊灯一串串拆下来，清洗干净又原样按上，光洁晶莹，完全像新的一样。拆和按，都需要她站在桌子上仰着头抬着胳膊干很长时间。然后又登着梯子把厨房和卫生间的墙壁、屋顶全擦洗一遍，又把沙发和壁柜等凡是她能挪动的东西全都挪开清整、擦扫干净。最后一次，又用吸尘器把客厅地台上所有的缝隙都吸了一遍……

一切的一切，都是小婷主动做的，她只是做，什么都没说。每每看到她的手被各种清洁剂泡得又白又"胖"，很是心疼，便买来胶皮手套劝她戴上干活，她觉得那样不得劲，依然裸着手干。无论什么东西，我拿给她，她才吃，否则她从不乱动。说实话，像我这样大大咧咧，首饰和零钱都随手放的人，她真要动点小脑筋拿点什么走，其实是很容易的。可是她没有，从来都没有。

有一次小婷告诉我，她很想买一个新手机，最新出的带3G的，可是她妈妈就是不让。我问她，要花多少钱？她说一千多块。我觉得以她这样的身份，完全用不着买这么贵的手机。但小婷说，一千多块钱不算什么，干两个星期的活儿就挣出来了！她说得没错，她每天起早贪黑地给人家做卫生，一天要干两到三家，一天就能挣一百多元，十多天就能把她想要的手机钱挣出来了。她说她每天的"外联"可多啦，发短信，聊天，全是她在老家时的同学和好朋友，现在都漂在北京、上海、南京等各大城市打工，全都自食其力，挣钱养自己还养父母。小婷很懂事，每天挣的钱全交给母亲，她的钱包里通常只带十几块钱，中午做完一家要立刻赶往另一家，就只买一点面包、饼干凑合。我看着于心不忍，就每次都留她在我们家吃午饭，虽然我们的午餐比较简单，蒸米饭，炒一个菜，做一个汤，有时还专门给她炸个鸡翅什么的，但都热热乎乎，还能一起聊聊天。有一天她说她想去云南

旅游，听说那边风景特别美。我说，去一趟要花不少钱，你妈妈让你去吗？小婷说，只要先花去的车票钱就行，到了那以后，她再打工，上餐馆刷盘子也行，做卫生也行，挣够了钱再旅游，再把回来的路费挣出来……

在小婷眼里，挣钱并不是什么难事，只要干活就行。她真的是很能干，从来也没看见她喊过累或者偷过懒，并且总是开开心心、快快乐乐的。

"别看你一个初中都没读完的小姑娘，真比大学生都能挣钱。"我感叹地说。

她笑了，露出一对平时若隐若现的小酒窝。然后她给我看她存在手机里的婚纱照，当一张张照片展开时，仿佛有一列载满幸福的列车从我眼前掠过。她说她结婚后就和老公一起在南方开店做生意，然后再生个漂亮的宝宝……

望着小婷从心底泛出的快乐和热情，不由地想到有些城市里的女孩子，虽衣食无忧却郁郁寡欢。我想，幸福和痛苦的界线是什么？快乐的原动力又是什么呢？

情人易老，岁月很长

这就是教授的女儿，她的父母和亲戚们还在为她的婚事瞎操着心，生怕女儿变成老处女，哪知道她的情感经历和性经验根本就是母亲那一辈女人所望尘莫及的。

（一）

"不因为是巴黎所以才有爱，因为有爱，所以才是巴黎……"这是这对新人婚礼请柬上的一句话。这对新人是在国内一所名牌大学读本科时的同学，毕业后一起到巴黎读研究生，现在又开始读博士生，在相爱了6年半之后，终于迎来了他们的婚礼。那天，我看到这对年轻的新人眼角眉梢都是爱，浑身上下都被幸福溢得满满的。虽然主持人对他们极尽"戏弄"，但他俩也满心欢喜地积极配合。爱，让他们同赴巴黎，巴黎又给他们的爱情增添了别样浪漫。婚礼现场被布置成熏衣草的紫色调，主席台背景板上挽成花的丝绸幕帘是紫色的，12位拉小提琴的少女穿着一水的紫裙，餐桌上每人一个心型的巧克力糖盒也是淡淡的紫色……

这些年，我也参加过不少朋友孩子的婚礼，婚礼的仪式大同小异，但新人的感觉却迥然不同。很少看到像这对新人这样发自内心的喜悦，也许是因为年轻，也许是因为都还在读书，相对而言他们单纯、质朴，看那女孩甜蜜的笑容，就像在爱情的浓浆里浸泡过的一样，眼角眉梢都含情，都装满了幸福。男孩看上去还有些稚嫩，像个卡通大娃娃，说话还带着些许童音，他搂着自己的新娘，热烈地亲

吻，那么真实，那么纯粹！

不由地想到，青春年少时期建立的爱情真的是很纯，他们相爱在20岁上下，这样的年龄少有杂念，爱就是一切。他们相爱，爱得纯真，爱得浓烈，那么幸福，那么陶醉，那种从内心深处涌出的爱的蜜汁，格外动人！

（二）

这位长辈虽非亲非故，却是我格外尊敬和感到亲切的人。和他相识，是因为他的女儿，他因为爱女儿便也爱我。当女儿不在身边的时候，他把更多的爱给了我。那天深夜，女儿接到医院的电话说老人恐怕不行了，便连忙往医院赶，出门却很久都打不到车，当她奔跑着总算拦到一辆出租车时，司机却说要收车不载客了。女儿哭着哀求师傅帮帮忙，终于在凌晨时分赶到医院。父亲一直坚持着，直到终于握住了女儿的手，才咽了最后一口气。那天女儿穿着黑色的长裙，没有眼泪，长久地跪在父亲的遗像前……我看到她单薄的身影，不由得想到，如果她这时想哭的话，她趴在谁的肩头哭呢？没有丈夫，没有子女，除了辉煌的事业之外，她只是一个孤独的女人。

我问她，给父亲买墓地了吗？她说要把父亲的骨灰带回她工作的南方，就放在家里。她要陪着父亲，也让父亲陪着她。并且说，当初丈夫去世后他的骨灰就一直放在她的房间里很多年……这一刻，我被她的坚强所震撼，最甜蜜恩爱之时丈夫因遭遇车祸而离去。如今，愿意上天为她摘星星的父亲也离去，这么多心碎的日子，没有一分内心的坚强，她是无法支撑过来的啊！

（三）

那是一个安静的上午，一位朋友的侄女来家里，她先是留学到新加坡，再去英国读MBA，今年32岁，她自己写了些文章拿给我看，文笔不错，我和她很聊得来。没想到这个被母亲视为嫁不出去的"剩女"，其实在英国早已有了一个黑人男朋友。她说："要是让我妈知道了她肯定会晕过去的。"她在英国北部读书，平时在一家咖啡馆打工，每小时能挣5英磅。男朋友在伦敦，两个人经常互相要坐三个小时的火车才能相会。所以，她在北部当地还有个临时的男友。她说，她的男朋友都是外国人，有白人，也有黑人，但是没有一个是她想要和对方结婚的！因为她不相信婚姻！

"真的，我出国前在企业工作的时候，有好几个男人向我表白过，想要和我这样或那样，但我知道他们都有家，有不错的妻子，并且妻子对他们还特别好。可是他们还在外边这样做，所以，我不相信婚姻。"

这就是教授的女儿，她的父母和亲戚们还在为她的婚事瞎操着心，生怕女儿变成老处女，哪知道她的情感经历和性经验根本就是母亲那一辈女人所望尘莫及的！其实，无论孩子在国外或国内，他们所经历所思考的，一定不是做父母的所能想象和猜测的。

不相信婚姻，不相信爱情，却阻挡不了对异性的渴望和需要，这大概是当今许多大龄却迟迟不嫁的女子的真实现状。可是，情人易老，岁月却很长啊……

谁怕谁

家庭中，男人为什么要怕女人？其实这是男人的一种小聪明，女人要释放天性中管家过日子的能量，你又何必拦着呢！

男人与女人，不是亲人，没有血缘，只是因为爱，因为性，或者还因为一些别的什么原因，就要在漫长的婚姻生活中日日相对，夜夜厮守，风风雨雨几十年，从青春岁月一直走到风烛残年。这是怎样的一份坚持与坚守？又需要多么强大的吸引力与黏合力才不至于被外力分开？即使婚姻的城堡没有坍塌，那么里面的两个人还怀有当初的那份幸福与欢娱吗？

从前看过许多童话故事和爱情小说，大都是男女主人公经历了种种磨难与考验，最后终于走进婚姻的城堡，从此过上幸福的生活。故事到这里就结束了，而事实上，书中的故事结束了，真实生活中的故事恰恰是从这时才刚刚开始。

半路离异的就不说了，凡是能坚持走到最后的，一定是一方战胜了另一方，一方妥协于另一方。我们叫包容，或者叫忍耐。常言说，一个家庭里，不是父党执政，便是母党掌权，无论是东风压倒西风，还是西风压倒东风，总之是有一方需要示弱，这日子才能过下去。否则，你不服我，我不让你，一拍两散就是随时都可能发生的了。

借用一句名言：幸福的家庭都是相似的，不幸的家庭各有各的不幸。父党执政的家庭都是相似的，而母党掌权的家庭却各有各的不同。比如我认识的一位女性长辈，她当年曾经谈过一场轰轰烈烈的恋爱，却因为母亲无法接受那个门不当户不对的乡下小白脸，而棒打鸳鸯让她永失我爱，最后嫁给了一位工作体面又有家世背景的政工干部。为了逼婚，母亲甚至使出了绝食的招数，身为孝女的她只好顺从。政工干部是个不太懂风情的老实人，能找到这样漂亮能干的媳妇自然是满心欢喜，一切都看媳妇的眼色行事。这样的婚姻，从一开始就注定了是母党掌权，不仅掌握家庭的经济权、社交权等，最要命的是掌握着夫妻关系中的上床权。就因为嫁的不是自己所爱，便对丈夫处处都看不顺眼。丈夫呢，为了避免燃起战火，索性事事都听老婆的，你看不顺眼的事我便不干，老婆便越发蛮横，身上的霸气越来越重，连子女都避之不及。后来，虽不执政的父亲却悄悄和子女结成了统一战线，联合起来对母党的专治明修栈道，暗渡陈仓。当母亲发现自己成了孤家寡人之后，又反过来笼络子女，又因子女与父亲感情深厚而捎带着也笼络老公……

有时想想，为什么所有的恋爱中，急着要结婚、最想进入家庭的通常是女方？而在所有的家庭中，母党掌权的又占大多数？有的家庭即使在表面上是由父党执政，而事实上真正经营这个家庭的仍然是女人。这是因为，女人在成为妻子，尤其是成为母亲之后，天性中有一种要掌控全局、管家过日子的欲望和需要。她要负责全家人的柴米油盐、吃喝拉撒，不论是富日子，穷日子，过日子其实过的就是女人，没有女人的日子实在不叫日子。家庭中，男人为什么要怕女人？其实这是男人的一种小聪明，女人要释放天性，你又何必拦着呢！有的男人虽然心里清楚是这么个理儿，却于面子上下不来，非要争个高低不可。大到买房置地，儿女婚事，小到吃甜还是吃酸，擦桌子扫地，听谁的？谁说了算？搞不好就会闹得家中硝烟四起，战火熊熊。一位女友对我说，每逢过年过节时，她父亲会悄悄叮嘱她，让她给她嫂子一些钱。她开始不解，为什么呢？我比她年幼，应该她给我才对啊！她父亲的逻辑是：你给你嫂子钱，你嫂子就高兴，你嫂子一高兴，你哥哥就高兴。你哥哥一高兴，你妈妈就高兴。她说，那我直接给我妈不就结了。可父亲说，你妈妈是个儿子迷，儿子高兴她才高兴。而你哥哥又是个媳妇迷，媳妇高兴他才高兴……如此一绕，她方品出了父亲的苦衷和智慧。

　　有一位经常在电视上露脸的漂亮女友，早就知道她丈夫是既有品位又懂得疼人的"高富帅"，不仅在外头做生意挣大钱，而且还有出色的厨艺，做得一手好饭菜，把老婆宠得肩不能担手不能提，真真让我们这些"嫁狗养狗、嫁鸡养鸡"的苦命女人羡慕忌妒恨啊！可是没想到，在一次朋友聚会的餐桌上，这位"高富帅"丈夫竟然开始了一场对老婆的"控诉"，言语中的那分"苦大仇深"虽带有夸张成分，却也小得溜地是一种暗示，表明"我并不怕她"！聪明的女友笑而不言任其发泄。其实谁怕谁并不重要，给足男人面子才是正理儿！

女人能一生都在做梦吗

　　她的梦一定没有醒，她的梦一定还在做。或者她原本已经醒了，早已把过往的曾经忘了，但一走进这样的环境，这幽幽的光线，这怀旧的音乐和这微苦的红酒，便在一瞬间灵魂附体了。

　　那天晚上，我还是第一次听她唱歌：'孤独站在这舞台，听到掌声响起来，我的心中有无限感慨。多少青春不再，多少情怀已更改，我还拥有你的爱……"苍凉，哀怨，深情。她的嗓子是中音，虽略带沙哑，却非常饱满。与她纤细的外表一点也不搭。一曲唱完，欲罢不能，于是又唱了另一首歌："一样的笑容，一样的泪水，一样的日子，一样的我和你……谁能告诉我，谁能告诉我，是我们改变了世界，还是世界改变了我和你……"

　　太出乎我的意料了，这个平日里貌似云淡风轻、少言寡语的女友竟然有如此惊人的爆发力，一瞬间完全变了一个人！是音乐的魔力，还是刚才喝了几杯红酒产生的幻觉催眠？

　　相识这么多年，一直以为她根本就不喜欢唱歌，或者从来就不会唱歌，可是这一瞬间，在这怀旧的乐曲声中和幽暗的灯光下，她复活一般地唱"疯"了！她的歌声如泣如诉，情感力透纸背，整个人像在燃烧一样。光唱还不够，她还想要跳舞，然而那晚在场的男士竟然无一人与之响应，便不由分说地拉我起来充当舞伴。其实我也不会跳，但又不忍心扫她的兴，不忍心往一盆正熊熊燃烧的火焰上浇冷水，只好随着她的节奏胡乱地对付着。她显然并不在乎我的舞步是对是错，

甚至踩了她的脚也全无所谓。在和她的身体近距离接触时，不知怎地，我内心猛地一颤，分明感觉到在她的身体里还有另外一个灵魂存在！那个曾经诱惑过她、令她燃烧过的灵魂就隐藏在她的身体里，这时候迫不及待地"蹦"了出来，纠缠不清地要与她共舞，而我，不过是她与那灵魂共舞时一个临时的道具而已。穿过她的目光，我仿佛看到了曾经的一段岁月。那是她生命中一段刻骨铭心的过往。那个当年的气场实在是太强大了，她一定曾经是那故事中的女主角，一定曾经很风花雪月地浪漫过，很死去活来地疯狂过。虽然她什么都没有说，但像一场无形的风暴，就在她或歌或舞的身体里，声音里，温度里，一浪又一浪地撞击着我的感知。曾经燃烧过，渴望再度被燃烧，这是一个积蓄了太多能量而无处释放的女人！

我猜得不错。后来方知，一切的一切，都与男人有关。那个男人是她曾经的上司，那一年她刚刚大学毕业到那家公司上班，小家碧玉，小鸟依人，加上聪慧文静，业务能力强，没多久就被提拔为一方主管。她是那种不会轻易敞开自己的女孩，之前也曾有过校园男友，但那俊朗清秀的理科书生从来没有让她的激情澎湃过。直到遇上了这个貌不出众，甚至有几分粗鲁的男上司之后，她才意识到，原来自己的小心脏也会如此狂野地跳动！男上司家有娇妻幼子，却喜欢和所有漂亮女孩儿玩"猫捉老鼠"的游戏。因为脑子灵活，点子多，他在公司很红，是上层老总们一致看好的潜力股干将，经常国内国外地到处飞。这一次，他带上了她，飞往欧洲一个据说是铺满紫色花草的地方。其间发生过什么，无人知晓。只知道回来后，她和那校园男友分手了，工作干得格外卖力，工作岗位也一升再升。不久，男上司突然调走了，被派到国外的一家分公司长驻，并且离了婚，很快另娶了一位土豪家的千金小姐。而她呢，像一株失水的秧苗，迅速地枯萎了，人过四十仍不结婚，也不想谈恋爱，以公司为家，几乎变成了工作狂。直到生了一场大病住进了医院，才渐渐地正常起来……

爱，是女人一生的梦！这是我写过的一篇报告文学的题目，但女人能一生都在做梦吗？到了梦醒时分又该如何呢？她的梦一定没有醒，她的梦一定还在做。或者她原本已经醒了，早已把过往的曾经忘了，但一走进这样的环境，这幽幽的光线，这怀旧的音乐和这微苦的红酒，便在一瞬间灵魂附体，歌声点燃了她的激情，她更忘情地与梦共舞了。

女人天生爱做梦，但梦也不是随便什么时候都可以做的，青春有梦，是因为来日方长。到了来日无多的时候，或许连梦都不肯让你做了。可是这时你再醒悟，真的是有些晚了。像这样的痴心女，与其说是被花心男所害，不如说是被她自己的梦所骗阿！

你的眼神

而成年人之间除了恋人之外，几乎少有目光的对视，不好意思也不太礼貌。或者仅仅是匆匆一瞥，回眸一笑，瞬间的眼神相对，就已经一切尽在不言中了。

什么都可以模仿，什么都可以包装，衣服，动作，腔调，甚至眼睛的颜色，唯一不能模仿的是眼神。

看一些明星模仿秀，比如模仿邓丽君，模仿迈克·杰克逊，常常会在第一时间被震惊：简直太像了！无论是相貌、声音、动作，一招一式几乎完全乱真。然而，仅仅过了几分钟，这种假象即被模仿者自己穿帮，因为猛然间给人的感觉都是外在的，而真正能表露一个人灵魂的是他的眼神，是唯他（她）所独有的，是模仿不来的，即使是天才的模仿者也无能为力。

我们一生要面对许多人，阅读许多不同的面孔，不同的鼻子、嘴巴、眉毛、耳朵、头发……但真正能记住的，能触动你心弦的一定是眼神。这眼神无声地讲述着每个人独有的情感，独有的故事。虽然如今科技发达，通讯便捷，短信、微信如影随形，但无论如何逼真传神的文字、声音或图像都是有隔膜的，都是需要通过电子技术才能传递的。只有当你和亲人朋友面对面时，你才能看到他们的表情，感觉到他们的温度。也许，还会被某一个瞬间的眼神所深深打动。

春节回家，陪九十多岁的老父亲过年，平时早早就上床休息的老人竟然和我们一起一直熬到夜里11点多。人无论多大年龄，只要上有老人心情就全然不同，守着父亲，仿佛回到了自己的童年。虽然在我童年的印象中，身为军人的父亲在家的时间很少，即使在家，我和哥哥姐姐们也从不敢在他面前随意嬉戏玩耍，那时的父亲是严厉的，威武的，让孩子们望而生畏的。而如今，父亲一声不响地坐在我身旁，眼睛似乎在盯着电视，但又似乎根本没有在看。他的眼神是迷茫的，模糊的，不知停留在岁月的哪一程，哪一站，或者根本就是一片空白。深夜他回屋躺下没多久，又听见他在喊，进屋去问他有什么事？他的眼神中竟然充满了依赖和恐惧，他说：别让我一个人在这儿，我害怕！这样的眼神让我内心颤抖，鼻子发酸。

去给姑姑拜年的时候，看到他们家格外热闹，几个儿子、媳妇带着孙子孙女都回来了，他们围在一起热烈地相互加微信，聊着时尚的话题，只有姑姑比先前明显地瘦了，矮了，似乎整个人都缩小了。这回令我怦然心动的是她养的那条爱犬，已经养了十多年了，老了，牙都掉了好几颗。记得前几年去看姑姑的时候它还会窜出来冲我们叫几声，而今它一点声音都没有，就像不存在一样。姑姑走到哪儿，它就跟到哪儿，然后一声不吭地趴在她的脚旁。我抚摸它的头，它用一双无神的大眼睛望着我，没有熟悉也没有陌生，无所谓认识或不认识，好像它生存在某种永恒里。再看姑姑，竟然在第一时间把我错当成了大姐，问我星星在哪儿呢？我说我就是星星啊，她眼神里便瞬间掠过一丝亲切和慈祥的光芒，那是我曾经熟悉的。和孩子、孙子们在一起时还感觉不出什么，当只有她和那条爱犬在一起时，感觉便如此强烈——老人和老狗，她衰老憔悴，它也衰老憔悴。她目光黯淡，它也目光黯淡。

与老人相反的是孩子的眼神，亲戚中一个不到一岁的小女孩儿，眨着一双亮晶晶、纯到极致的大眼睛，就那么定睛地望着你，黑黑的瞳仁，眼白的边缘晶亮地透出一抹淡蓝。仿佛被这目光洗礼，我的心中好生感动，人世间的一切污浊杂念便在这样的注视中逃遁无踪了。

还有我曾采访过的那对在美国出生长大的中美混血姐妹——兰花和梅花，采访时最让我心动的就是她们的眼神。因为仅从外表上看，服装或者发型，根本看不出她们与在我们这块土地上长大的女孩子有什么不同，不同的就是她们说话时的眼神，竟然那么清纯透彻，天真无邪，真

实到给人一种赤裸裸的感觉。

那么，成年人的眼神呢？友善热情还是冷漠轻蔑，挑逗戏谑还是狡黠虚伪，或者含情脉脉，或者怒火熊熊……其实，生活中只有孩童和老人的目光你是可以直视并且长时间注视的，而成年人之间除了恋人之外，几乎少有目光的对视，不好意思也不太礼貌。或者仅仅是匆匆一瞥，回眸一笑，瞬间的眼神相对，就已经一切尽在不言中了。面对面的目光交流会让我们觉得羞涩和难堪，我们似乎更多的是用目光去捕捉亲人的一举一动，从朱自清的《背影》到龙应台的《目送》，我们看到的都是作者对亲人身影的描写来反衬自己内心的悸动，那么反过来呢，作者的眼神又是怎样的？想必早已经被泪水模糊了吧。

穿一件带蝴蝶结的连衣裙

女人没了自我，只剩下躯壳。女人有了自我，剩下的只是孤独。到底男人要一个符合男人自我的女人，还是一个符合女人自我的女人？对女人而言，到底是自我重要，还是男人重要？

如果说，幸福是一种感觉的话，那么美丽就是一种心情。

女人爱美，扮美是女人生命中最最重要的头等大事。再小气的女人，舍不得吃，舍不得喝，却绝对舍得花大把银子买漂亮的衣饰和昂贵的化妆品，甚至勇敢地走上手术台对自己不满意的脸孔和身体动刀子，不惜付出流血的代价。来我家做卫生的小姑娘正是如花似朵的17岁，是一个挺健康俊俏的女孩儿，但她却今天要吃减肥药，明天又去医院治脸上的痘痘，每只耳朵上竟然从上到下扎了4个眼儿，戴着各式各样的小玩意儿。因为嫌自己皮肤黑，就买来各种美白面霜涂抹。靠做卫生挣的钱那么不容易，上一次医院就花上百元，但她一点都不心疼。每次一来就问我，是不是比先前瘦了？白了？得到了我的认可和赞美之后，便高兴地哼着歌开始干活，那种快乐不亚于买彩票中了大奖。

一点不错，美丽之于女人，真的是一剂灵丹妙药，它能让女人的心情瞬间阳光灿烂，也能让女人的情绪一下子跌入深渊。有一位刚过不惑之年的女友，生意做的异常红火之后激流勇退，便有大把的银子和闲暇时光用来装扮自己，每天就做两件事：美容和健身。有一段时间本来约好了大家聚聚，但她坚决不参加，说是病了。前不久终于见到她，哇！

真的让人眼前一亮，漂亮了，年轻了，先不说皮肤和眉眼，就是过去稀疏干枯的头发都变得柔顺而有光泽。在大家一通夸奖之下，此女子满脸就写着两个字：幸福！原来那段不愿见人的时光是做美容失败险些毁了容，后来在更高档更专业的美容机构里又扔进去大把的银两，终于脱胎换骨。形美便心爽，穿一件带蝴蝶结的连衣裙，自我感觉就是一个妙龄少女啊！

即使再老一些的女子，扮起美来也绝对是当仁不让，抹粉底，涂腮红，画眼影，染睫毛，深浅明暗的各色唇膏更是一样也不能少。即使退休在家，出门时也仍然要光彩照人，一旦被老朋友、老同事称赞其美丽或者一点也不显老，便不由得心花怒放，目光中闪烁着兴奋的光芒，似有一条快乐的小溪在心中悄悄流淌。

有人以为，女人的扮美全是为了博得异性的眼球，女为悦己者容嘛！但现在看，这话只说对了一半。古代的女子大门不出二门不迈，美与不美也只能给自己的男人看。现如今女人的天地如此广阔，岂止是一个异性所能左右的。女人扮美在更大程度上其实是为了自己，为自己有一个好心情。

在人的一生中，好心情是最最宝贵的稀罕物，心情有时像一个顽皮的孩童，多动、多变难以恒定，又像是阴晴不定的天空，何时下雨、何时刮风、何时又阳光灿烂，真的是无法撑控。但自己的身体却是掌握在自己手中的，把自己打扮漂亮了，人一下子就有了精神，有精神就有自信，自信是一种无形的化妆品，能让美丽的女人更美丽，即使是容貌平平的女子，有了自信做武器，也会给人一种舒爽的感觉。相反，一个愁眉苦脸或者病怏怏的女子，眉眼生得再标志也让人心情灰暗。更何况，相由心生，天长日久的心情灰暗也会让美丽变丑。

说到女人的心情，美丽当然是一个重要因素，但更重要的还有健康，还有自尊。为什么许多漂亮的女孩儿也会"剩下"？是因为她们太过于看重自我，看重自己内心的追求。

其实无论容貌身材有多美，当画欣赏和朝夕相处不是一个概念，所谓审美疲劳，其实就是一种兴奋感的消失。还是漫画家朱德庸的一组漫画比较有趣："女人没了自我，只剩下躯壳。女人有了自我，剩下的只是孤独。到底男人要一个符合男人自我的女人，还是一个符合女人自我的女人？对女人而言，到底是自我重要，还是男人重要？其实都不重要。对男人而言，新鲜的女人比较重要。"

男人也许不愿承认，但由新鲜所带来的吸引力永远胜过已经疲劳了的审美。这也是有些男人，明明已经娶了美丽的妻子，却还要寻找并不比妻子更美丽的新欢的原因。

女人都欣赏美丽的电影明星，对她们的天生丽质多少有些羡慕妒嫉恨，但明星对于美丽这件事却各有各的心得，被誉为"法兰西玫瑰"的大明星苏菲·玛索来中国时，当有网友问她："你的美貌是否让你更容易获得爱情？"她回答说："爱情是一颗心遇到另一颗心，而不是一张脸遇到另一张脸。"她又说："我们的心会改变我们的脸，而不是脸改变心。"

是的，美丽能让人心情愉悦。同样地，愉悦的心情也会让人看上去美丽。

酒桌上的男人

如果你没有看过一个男人喝高了之后的表现，恐怕你永远都不会知道他真正的内心想的是什么。这时的男人虽然一身酒气，满嘴胡话，但比其道貌岸然之时却更加真实，甚至也能算得上是真诚。千万不要把男人此时的狂妄、大话或者忧郁、软弱甚至眼泪看成是醉态，那是他一直压抑在心底的某种情绪的自然释放。

美丽的松花江畔，冰封时节银装素裹，比美景更令人难忘的，是这里热情如火的朋友。

太丰盛了！大年初二，受邀到一位朋友家中晚宴，男主人的盛情和女主人的能干，简直让我目瞪口呆！在这间客厅加餐厅、加开放式厨房、估计得有七八十平方米的空间里，摆了两张餐桌，宾客大概有十几人，为了喝酒方便，男女分开坐。我进门的时候，桌上已经被各式美味佳肴铺排得满满当当。而女主人此时还在灶前"战斗"，其他女宾客在旁边为其帮忙。我因是远道而来的生客，不便插手，便站立一旁，欣赏起这厨房里的"风景"。

毫不夸张地说，这是我此生吃过的最奢华的家宴，不仅菜品丰盛，并且食材均取自天然野生，因为男主人不仅在乡村有农场，养猪种菜自不在话下，并且天南海北有众多为其提供新鲜食材的死党好友。据说无论清晨还是半夜，他都要差家人去机场、码头、客运站等处接收从陆运、航运、空运来的新鲜食材，其亲朋友好友早已经习惯了他家的聚餐，几乎是隔三差五地就邀约来家大宴小宴。如此好吃、好客并讲究食材的夫妇我还真是第一次见到，算是大开了眼界。

今天的餐桌上，美味的鱼就有好几道：清蒸新鲜黄花鱼，红烧平鱼，生吃三纹鱼，盐渍大马哈鱼。螃蟹不仅有葱烧大海蟹，还有刚从上海运来的醉汁大闸蟹，珍贵的鲜活林蛙。其他像红烧肉、干烤大虾、自制腊肠、天然黑木耳、小鸡炖山蘑、各式凉拌菜……不要说吃，光是看就已经眼花缭乱了。只见女主人高挑的身材，挽在脑后乌黑的发髻，腰系一白色围裙，左手扶锅，右手掌勺，一会儿一个素炒豆芽菜出锅了，每桌一份，只见她熟练地把菜往两个盘子里一分，顺手换一个锅，准备炒下一个菜。旁边的灶眼是一个两层的大蒸锅，她端出一盘又放进去另一盘，那动作，那腰身，仿佛在跳舞。在一旁帮忙的一位女宾客涮锅洗盘，另一个女朋友切肉摘菜，剥葱剥蒜，整个一个作业流水线！这时，我才注意到，她家厨房里的家伙什儿有多么专业，仅不同的炒锅就有三个，不要说其他各种的蒸锅、煮锅了，餐具更是琳琅满目，中式、西式、日式，应有尽有。打开炉灶上方的柜门，放调料的瓶瓶罐罐高低错落，简直比超市的货架还要齐全。菜多得桌子已经放不下了，她又从冰箱取出了自己做的肉冻，还有她自己腌的豆角等几样小菜……

直等到所有的菜都上了桌，我们女客这边方才落座。而此时，男人那桌已经快喝高了。男主人满面通红地过来敬酒，满嘴跑火车地开始海聊，看得出，他为他年轻漂亮又能干的媳妇无比骄傲，但却装作无所谓地样子还要"训斥"老婆几句，瞪着眼睛说若要不听话他还会打人呢。只见女主人仍然笑吟吟地，点燃一根女士烟慢慢抽着，让老公回男人那桌去。显然，其他的男人也都喝高了，纷纷过来凑热闹。一位艺术男"威慑"自己的老婆说，你看人家媳妇多会做饭，你再不好好学我就找别的女人了！

我知道，在座的这些男人都是事业有成、腰包有钱的家伙。他们在外边要的是成功，在亲朋好友面前才有面子。在这样的场合，女人给足了男人面子，任他们红头涨脸地吹大牛过嘴瘾。我忽然悟道：其实男人都和孩子一样，在外面无论如何张狂、拼命，如果身后没有一个知根知底、知冷知热的女人，再成功，也是很可怜的。此语一出，全桌的女人立刻表示深有同感。

　　与女人相比，有时候男人的内心其实更脆弱，更不笃定。只不过他们不像女人那样想哭就哭，想喊就喊，撒娇耍赖随情随性。他们太要面子，把心灵包裹得太厚实，即使在女人面前也仍然要逞能装酷，只有在酒精的刺激下才会脱掉假面，一不留神露出面具下的真我。

　　所谓酒后吐真情，其实与酒借怂人胆没有太大的分别，酒桌上的男人才是本性上的男人，如果你没有看过一个男人喝高了之后的表现，恐怕你永远都不会知道他真正的内心想的是什么。这时的男人虽然一身酒气，满嘴胡话，但比其道貌岸然之时却更加真实，甚至也能算得上是真诚。千万不要把男人此时的狂妄、大话或者忧郁、软弱甚至眼泪看成是醉态，那是他一直压抑在心底的某种情绪的自然释放。女人只要理解就好，千万不要在日后其清醒的时候提起，既然给面子，索性就给到底吧。

爱你恨你离不开你

人从一出生，就和这个世界充满了各种关系，就立刻被编织进一个庞大的关系网中……

一位好友的女儿已经30出头了，在母亲的催促下相亲数次，总算勉强交了一个男朋友。半年多的时间里若即若离，男孩一直以鲜花和各种小礼物向她发起浪漫攻势，女孩在满足虚荣心的同时又颇感压力巨大。有一天，他们本来约好了要见面的，男孩却打来电话说最近特别忙，让她把原来为他准备好的一包书快递过去。当男孩说出"快递过来吧"这句话时，女孩似乎感到一种隐秘的轻松从电话那端传递过来，因为"快递"就意味着不用见面。不见面便少了些许压力，女孩也轻轻松了口气。可是就在轻松的同时又有一种莫名的失落漫上心头，这说明对方也不渴望与自己见面，而之前却是想方设法地找各种借口要见面的，这分明就是一种关系变调的信号嘛！

女孩说，人长大了真无聊，简直烦死了，今天建立关系，明天解除关系，爸妈的感觉要顾及，亲戚的面子要维系，上司的脸色要关注，朋友的事情也不能不管。以后结了婚有了孩子就更要命了，为了孩子也得弄出一大堆的关系出来，怎么就不能活得单纯一些呢？

是啊，人从一出生，就和这个世界充满了各种关系，就立刻被编织进一个庞大的关系网中，父母、兄弟姐妹、祖父母、外祖父母、亲戚、邻居、幼儿园小朋友、学校老师和同学。成年以后关系就更为复杂，朋友、同事、上司、下属、恋人和恋人的家人以及其所有的社会关系……

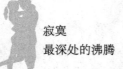

横向的，纵向的，不知不觉我们都成了"网中人"。可以说，人的一生都生活在处理各种人际关系之中。你可以冷处理，但不可能不处理，更无法摆脱掉。尤其中国人，几乎可以断定：有什么样的社会关系，就有什么样的命运与前途。

为什么终于离婚的人会一下子倍觉轻松？关系解除了，压力消失了，人像卸掉重负的小船，忽然就在水中自由漂浮了起来。

可是，自由并不一定就等于美好，完全没有压力的生活会使人陷入另一种迷茫。因为关系在带来压力的同时，也会带来温暖，带来关爱和某种刺激。压力是激发一个人干事创业、奋发努力的杠杆，为了谁而拼搏？又为了谁而忍受？为了谁而如此艰辛地苦苦挣扎？当然可以说是为自己，为了自己有一个美好的明天。但是在心灵深处，你的这个明天一定还有别人存在，你的亲人，家人，有恩于你的人。甚至，也包括你的仇人。谁也不想在成功时无人喝彩，开心的美酒一定要有人一起分享才更加甜美。谁也不愿意倒霉悲催时无人安慰，无人陪伴，黑暗沉重的日子谁都希望能看到关爱的目光，哪怕只是一束微弱的烛光……

离不开关系，又痛恨关系，想有关系，又惧怕某种关系。谁和谁之间是什么样的关系，决定了其做事的态度。你连着我，我牵着你，你远些，他近些，你们的关系是含苞欲放，还是叶落知秋？是水乳交融，还是并行之轨？无论是哪一种关系，有一点是一样的，就是没有永恒的关系。一切的关系都充满了变数。即使是父母儿女，血缘关系虽无法改变，但关系的疏密程度一定是会变的，更不用说两性夫妻了。在所有的关系中，最煎熬人的是难以界定、似是而非、模糊不清、模棱两可的关系。最令人痛心的是关系瞬间发生的突变，由亲到疏，由爱转恨，由热到冷，由亲人到路人……

关系还有一种神奇的魔力——能改变时空！当我在毕业30年的同学聚会上又唱又跳的时候，我知道我不是唱跳在现实的情境里，而是在30年前的青春中。歌与舞的开始就是一种穿越，因为我和在场众人的关系是同学，就注定了我们相识在彼此的青春里。无论岁月如何更迭变化，彼此如何面容沧桑，但关系决定了我们的心情、姿态。无须装模作样，今天谁位高权重，谁事业辉煌，谁学识渊博或者谁发了大财，都不在这层关系里，我们相遇本身就是一场穿越，就是回归到我们当初的关系里，那就是同学。

当人生走到暮年，回首望，想到的是一个个熟悉的人，熟悉的事，这些人和事与自己曾经有过的关系。有些是心灵上的相知，有些是日子里的相扶，有些曾让你痛苦难言，有些会让你终生难忘。太阳西斜的时候，与你相关的人和事都渐渐远去，最后站在你墓前的只有你的亲人，你的子孙……

五、蓝色——风景

渴望漂泊的少女时代

为什么，在那样的年龄和那样的时代，脑海里从来没有想过欺骗二字。而成年之后，我们学会了设防，学会了虚伪，甚至也学会了骗人……

当凉爽的秋风送来一个湛蓝的晴空时，北方最美好的季节便开始了。望着蓝天白云的窗外，心便开始蠢蠢欲动。渴望一次新鲜的旅行，欣赏一处迥异的风景，也许，还会撞上一次意外的相遇，一种未知的心动，谁知道呢！

那年和朋友一起去四川旅游，在峨眉山上的一处瀑布前，猛然看见一个小伙子站在瀑布下，伸展双臂正美美地冲个痛快，见我们过来，他便跑出瀑布穿好衣服。这时我才发现，这小伙子竟是一个高鼻梁的"老外"。朋友的女儿玲子刚好是一家外企的白领，便用英文和他聊了起来。原来他是来自俄罗斯的一个大学生，一直特别渴望能到中国来旅游，但却没有足够的旅费。这次他几乎是买了机票后便身无分文了。他打开一张英文的中国地图，问玲子还有哪些地方更好玩？能不能和我们一起走？望着他那双亮晶晶的蓝眼睛和一头湿漉漉的金头发，玲子扭头用眼神征求我们的意见，显然，这姑娘被打动了。

原来，这蓝眼睛的小伙子因为买不起门票，竟然是从山上围墙的破损处爬进来的，并且一直就免费吃住在山上的庙里，没地方洗澡就到这瀑布下来冲冲。玲子告诉他，四川最美丽的风景是九寨沟，那里像仙境，像天堂。说得俄罗斯小伙子热血沸腾，非要和我们一起去不可。当

玲子告诉他，我们刚刚从那里回来，不可能再去了，失望和难过像乌云瞬间就布满了他的面庞。于是，他哀求能否搭我们的车一起去成都？他实在是没有钱买车票了。未等我们点头，玲子就已经答应他了，并告诉他我们将在今天傍晚的几时几刻、在停车场的什么位置集合，车牌号是多少。小伙子脸上的阴云一下子就散开了，他说他要到山上的庙里去取他的行李，然后到停车场找我们。他没有手机，但要了玲子的号码，说可以借别人的手机打给她。

傍晚时分，我们一行人赶到了停车场，看得出，玲子一直都心神不定，见到导游后她拼命地为俄罗斯小伙子说好话，总算导游同意他搭车。可是我们在大巴车旁转了好几圈也没看见那个小伙子的身影，玲子的眼泪都快出来了，她请导游等一会，再等一会。终于，车开了，把玲子一段美丽的邂逅留在了大山里。也许那庙离得太远，他上山再下山根本就赶不及，也许他赶到了，却找不到我们停车的位置，而语言不通，又没有人肯借给他手机……玲子很是难过地对我说："他会以为是我骗了他。如果不是和你们这么多人在一起，也许我会和他一起走的！"

小姑娘，这念头太幼稚、太疯狂、也太可怕了，你又怎么知道他不是在骗你呢？怎么知道他那套住在庙里的鬼话不是编出来的呢？

玲子吃惊地瞪着我，你们怎么会这样想别人？太恶毒了吧！于是，不再理我。

是啊，我怎么会这样来想人？难道是成年人的世界都充满了欺骗？或者是太多的人生阅历和世间黑暗让我们的头脑变得复杂又肮脏？

这让我想起自己年轻的时候，也和玲子一样单纯，一样有过对陌生异性的好感和轻信，并怀有一种想要到陌生世界去漂泊一番的冲动。那是大学刚毕业的那个夏天，我和男朋友约好一起去广州，他因为工作的需要从另外一座城市出发，而我要独自乘火车到长沙之后再与他汇合。那时年轻，没钱，当然坐硬座。从北方到南方要度过漫漫长夜，我对面坐着一个年轻的军人，一路上便自然地与之聊得火热。车到岳阳的时候是午夜两点，那军人的家就在岳阳，他力邀我和他一起下车，他说可以带我畅游美丽的洞庭湖和著名的岳阳楼。因为在之前的聊天中，我已经毫无遮拦地告诉他我对岳阳楼的渴望，并且把范仲淹的《岳阳楼记》用我在学校表演朗诵时的腔调背诵一番，直听得他目瞪口呆。当列车广播里报出岳阳站到站的时候，不仅那岳阳楼在诱惑着我，与这位年轻的军人也颇有点难舍难分，感觉自己的脚已经不由自主地要随他往车下走了。如果不是有与男朋友之前的约定，也许，也许……

　　为什么，在那样的年龄和那样的时代，脑海里从来没有想过欺骗二字。而成年之后，我们学会了设防，学会了虚伪，甚至也学会了骗人……

雨中的记忆

　　为了青春，为了这一份二十年前就注定的友谊。因而，不论是会喝的还是不会喝的，能喝的还是不能喝的，男生女生，全都一饮而尽，全都满面通红。

　　醉了的，是今天，醒着的，是昨天。

　　沉浸，心的沉浸。

　　秋风、落叶打在我身上的时候，我的心一直沉浸在一种说不出的思绪里。

　　今秋少雨，却总是在刮着尘土飞扬的风。

　　这天，雨终于降临，气温也骤然降了下来。冷风习习，细雨霏霏，因为从接到通知的那一刻起我们就在计划着行程，因为从内心深处已是十二分地渴望。于是，顶着雨和风，我们登上了火车。几个小时之后，我们就回到了曾经读书、生活过四年的古城。

　　出了站台，看到古城的车站似乎没有什么变化，二十年前，当我怀揣着大学录取通知书来这里报到时，是父亲陪我一起来的，我们下了火车，被热情的接到了学校迎新生的汽车上，在校园中文系女生宿舍的门上，我找到了自己的名字……

　　一切都历历在目。

　　出租车在细雨中穿行，古城街景变化很大，我们在一点一滴地辨认，这里是一个部队的驻地，旁边是那条小河，然后是一个局机关，再一拐就是通往母校的那条路了，学校已经出现在眼前！

下了车，迎着越下越大的雨，依稀看到校门口有一张小小的告示：中文系七八级同学请到大白楼招待所，向南100米。

心中腾地一动，在走进校门的一刹那，我想起了自己二十年前写的入学第一篇作文《踏入大学校门的时刻》，那时我写道："脚步，是这样地急促，心儿，在这样激烈地跳动；风尘仆仆，却掩不住满面的笑容；秋风拂面，心里却充满了明媚的春光！……大学的校门啊，今天，我终于踏进了你！"

而今，一切都变成了回忆。在雨中，所有的回忆都被淋得如此新鲜！

穿过白杨树，走过图书馆，大白楼招待所是一幢我们离校后新建的留学生公寓。最先见面的，是当年留校和分在古城的同学，然后是一拔拔从秦皇岛、石家庄、承德、北京等地赶来的同学，从下午一直到黄昏，已经聚拢了六十多位同学。在想象中，同学依然是十六年前分别时的样子，猛然间相见，感觉被割成了碎片。第一个瞬间，立刻就认出你就是谁谁谁，第二个瞬间却有些模糊，你叫什么名字来着？怎么都有白头发了？然后就如同穿过了时光隧道，分别后十六年的岁月在几秒钟之内立刻灰飞烟灭，彼此熟悉得叫开了外号，如同刚刚上完课，正要一窝蜂地向食堂冲锋一样。

这就是同学，同学就是青春。

我们没有冲向食堂，而是在留学生公寓的餐厅里共同举起了六十多只酒杯，还有七八位如今已鬓发如霜的老师们。

在同学们同窗共读的四年中，我们从来没有吃过这么丰盛的晚宴，那时候，能用粮票换上一斤花生米都算是奢侈的。而今，面对着满桌佳肴，却谁都没了胃口。我们七八级的同学，因为是"文革"后第一批全国统一出题考试的大学生，当时入学年龄参差不齐，大部分人是从社会上考进来的，年长者已三十多岁，有的人是与儿子同进校门的。那么二十年后，这些同学都已是五十岁上下的人了。在我们举杯祝酒的那一刻，我忽然感到，生活就像一块跳板，我们究竟是怎样从1978年跳到1998年的？这二十年的日子仿佛被同学的聚会一下子从生命中挤了出去，究竟是怎样穿过，又怎样消逝的呢？为什么，分明都已变成中年人

的同学，却众口一词地对对方说：你一点没变！

没变？所有的人。同学相聚中出现频率最高的一个词就是这"没变"二字，真的没变吗？于是，喝酒，衡水的同学带来了整箱的衡水老白干，许多人都喝得醉上心头。

其实，离开学校的这十六年，每个人都走着一条各自全然不同的人生之路，早已在严酷的生活磨砺中改变了学生时代的内心，成为了另外的一个人。但是此刻，在昔日的同窗面前，我们都只有一种身份，那就是——同学！如果有谁企图把他今日生活中的真实的面具戴过来，你是什么长，什么家，什么经理，什么教授、总编、书记……那他一定是最最愚蠢的。今日的酒不是为了今日才喝，而是为了昨天，为了青春，为了这一份二十年前就注定的友谊。因而，不论是会喝的还是不会喝的，能喝的还是不能喝的，男生女生，全都一饮而尽，全都满面通红。

醉了的，是今天，醒着的，是昨天。

面对每一张熟悉又陌生的面孔，我知道，这些同学无论在工作岗位还是在家庭里，都是最忙最离不开的，可是为什么一接到通知，大家还是放下一切放不下的，纷纷向母校聚拢，向彼此聚拢。为什么？谁也没有说，但谁又不清楚！

人生真的是到处充满了驿站，随便一挥手，便成别离。1982年那个慌乱的夏日，当我们在忍无可忍地等待中终于等到了分配，鸟兽散般地离开校园，逃也似的坐上了通往四面八方的火车，想到过今天的相聚吗？想到过再见面时，我们都已是驴一般沉重地担着各自生活重担的顶梁柱了么？

聚餐后，淋着雨，同学们抑制不住一种共同的愿望：到我们当年的教室去坐一坐！

于是，我们又踏上了那熟悉的楼梯，走进那坐过四年的教室。留校的同学告诉我们，这栋楼现在已经改为本校的附中了。大家仍按二十年前的位置坐好，几个发福太狠的同学再挤进桌椅之间，似乎有点困难了。面对着曾与我们共过呼吸的桌椅、窗台、墙壁甚至日光灯，同学们的情绪像潮水，被如此煽情的环境又掀起了一个更大的波澜。于是大叫，于是纷纷跑上黑板乱写一通。当一位同学用二十年前的腔调喊了一声"起立"时，我的心怦然而动，有什么东西在眼眶里涌动着，不能自持。

我依然坐在第一排，小罗就坐在我的旁边。回头望，看到有那么多的空位，我知道，还有四十多位同学没有来，但是他们都托人带来了消息：谁的父亲去世了，谁的弟弟患了癌症，谁的心脏刚刚做完手术，谁任要职实在脱不了身，还有谁，已经离开了这个世界……

人生是个缘，没有苛求，不去刻意，仅仅凭了缘，也许，我们很多人一生都不会再见。这次聚会，是我们生命中的又一个驿站，这一别，不知道又要相隔多久，人生中有许多事是我们所无法预料的。

坐在门窗依旧的教室里，我们发现，这楼原来是这样地破，这讲台竟是这样矮，灯光似乎也很黯淡。而二十年前，为什么我们从来没有这样的感觉。那时候，这教室就是圣地，是青春燃烧的海港，是友谊浇筑的长廊，是我们汲取知识的摇篮，是我们放飞理想的殿堂。而现在，生活仿佛定了格，我们走过青春，走过彷徨，心魂不再激荡。我们不需要再听别人说教，甚至每个人都可以走上讲台教育后来者。所以，我们看到的只有桌椅、窗台、黑板，全是物质的存在。因为，物是人已非。物是人非，才能证明岁月的流逝，彼此的距离。我知道，坐在各自当年的桌椅前，很多人都会想起很多共同的往事，共同的时光。很多人来聚会，并不是具体地想见到谁，而是想和过去的人与物一起，寻找二十年前的自己。这些人，这些物，可以形成一个特定的"场"，而那"场"存在于二十年前。

这也是一种唤醒，一种对自我心灵的唤醒。曾有一位同学对我说：现实越是污浊，人际关系越是复杂，越怀念我们那时的纯洁与美好……

天上一个月亮，水中一个月亮

这么多的顿悟，这么真切明白的人生道理，竟然让我产生一种绝望之感。也许我们日常的生活多数都是盲目的，没有多少条理的，我们穷开心，傻欢乐，瞎操心，空忧愁……可是，我们为什么一定要把所有的人生都看得那么明白清晰呢！

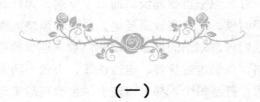

（一）

这样的夜晚，这样的季节，当我终于可以安安静静地坐下来的时候，已经是深夜零点时分了。关上房间里的灯，窗外是一片宁静而舒缓的银色，有如肖邦的《夜曲》，无声地传递着一种浪漫情怀和诗情画意……

深夜的景色与白天不同，对面高耸的建筑在黑暗中身影模糊，而远处由路灯串起的光链像一条梦幻的长河，眨着记忆的眼睛。近处是小区内的湖景，木桥边，随意生长的芦苇在夜风中自由而舒展地摇曳着，有如起舞的精灵。小区旁，白天并不怎么美丽的津河此刻犹如被施了魔法一样，竟然变成了一位婀娜多姿的少女，微波粼粼，仿佛在低声歌唱。

这时，一轮明亮的满月从云层中穿了出来，好像一面悬在空中的镜子，在河水中投下了她神秘而鲜灵的倩影……

我的眼睛开始不够用了，举头望夜空，月亮在一片暧昧的浮云之上静静地偷窥着这片宁静的大地，寻找着大地在睡梦中不经意流露的故事。低头望河水，水中的月亮调皮而皎洁，晃晃悠悠，一会儿明亮一会儿朦胧，像是在和她心中的情人抛着媚眼。

天上一个月亮，水中一个月亮。心中一个梦想，身外一个世界……

好美啊！最喜欢在这样的时刻独处，沐浴在月光下，享受着一分难得的安宁，放灵魂从躯壳的牢房里出来，一起投入水中，与那另一个月亮去尽情玩耍嬉戏。

忽然想道，人生其实也如同这两轮月亮，如果只有天上的这一轮，太明亮太真实，便少了遐想和梦幻，生活已经如此地艰辛和枯燥，压力和忧虑常常让人喘不过气来，幸而有了水中的这一轮月亮，岁月才有了回旋和缓冲的余地，生命也仿佛有了张力，心灵才会有感觉……

（二）

那一年的中秋之夜，难得遇上了如此明亮清澈的一轮美月。入睡前跑到阳台上想与它道个晚安，却不料被楼前的树木遮住，只能在树缝中看到一团亮亮的月影，于是忍不住跑到楼下去看它。

月亮被小区里层层叠叠的树冠遮挡着，分割着，我只能往前走，再往前走，终于，树冠间的缝隙大了起来，月亮露出了半个脸。再走，走到一处开阔地，月亮便完全映入我的眼帘了——天是这样地高，月亮是这样地宁静而安详，清辉如水，洒下一地碎银。些许凉风拂过，意识到，已是秋的季节了。

月亮永恒地站在它自己的位置上，并不知道人世间所赋予它的种种意义，任凭我们加给它的一切褒奖和想象，它代表你的心，也代表我的心，代表着一切人类无法兑现的各种情感许诺，而事实上，月亮只是我们自我心情一种释放的载体，因为它温和宁静，永远都不会戳穿我们的虚伪和谎言，永远都只是温情脉脉地成全我们的想象。望月能疗伤，能使我们浮躁的心慢慢安静下来。望月还能提神，能使我们原本愚顿的生活变得明亮起来。

也许，月亮本身就具有一种神秘的力量，它能激起我们产生一种对

它倾诉的欲望。是因为它忠实、沉默、永恒吗？真的不知道，有月亮的夜晚，我久久舍不得睡去……

（三）

今夜，微风送来凉爽，白日的暑热尽消，月将满未满，正是最诱人的时分。抬头望，月轮清辉，低头看，河中水影灯链。在这个有月亮的夜晚，我坐在窗前灯下，读龙应台的《目送》，56岁的女人在用一种洞察天地的睿智分析着人生种种。这么多的顿悟，这么真切明白的人生道理，竟然让我产生一种绝望之感。也许我们日常的生活多数都是盲目的，没有多少条理的，我们穷开心，傻欢乐，瞎操心，空忧愁……可是，我们为什么一定要把所有的人生都看得那么明白清晰呢！她写道——"曾经相信过历史，原来历史一半是编造的；曾经相信过文明的力量，原来人的愚昧和野蛮不因文明的进展而消失；曾经相信过正义，原来同时完全可以存在两种正义，且彼此抵触，冰火不容。曾经相信过理想主义者，后来知道，理想主义者往往禁不起权力的测试；曾经相信过爱情，原来爱情必须转化为亲情才可能持久……"不是因为她说得不对，恰恰是她说得太对了，这样清楚透彻的人生难道还不令人绝望吗！

为什么世界永远宠爱年轻人，永远对青春露出微笑，就因为他们对一切万物还怀有美好的期许和愿望，他们相信热情，相信理想，相信人生一定有美丽的诗情梦幻……

骑着自行车穿越风景

以什么样的方式穿越一段风景？就如同以什么样的方式穿越一段感情。你必须贴近，再贴近，直到完全融入。用你的汗水，用你的真情⋯⋯

那天早上乘船从桂林出发，在情深深雨蒙蒙的漓江上拥山抱水、吻风沐雨、悠哉游哉了四个多小时后抵达阳朔。都说"桂林山水甲天下"，"阳朔山水甲桂林"，便把更大的游兴放在了在阳朔。不料，原本订好的遇龙河漂流因连日大暴雨涨水而被封航了，从吃完中午饭之后，大家便"自由"了。通常跟旅行社出游的人，习惯了放羊似地一会儿被赶到这儿，一会儿又被赶到那儿，忽然一下子没了牧羊人，还真不知道自己该干些什么。

我们漫无目的地走出酒店。原想去著名的西街逛逛，没走多远，就被立在路边的一张招贴画吸引，是一张阳朔风景图，原来旁边是当地的一家小旅行社，进得门去，那热情的桂林小伙子告诉我们，可以游玩的地方太多了，比如阳朔的"十里画廊"就很棒，其中包括了图腾古道、蝴蝶泉、大榕树和月亮山等著名景点。

怎么去呢？我们不是自驾游，我们没有车。

骑车去呀！小伙子一指门外，我便看到了那辆停在门口便道上的超长自行车，虽然辐辘还是两个，但双把、双座、双脚蹬子，有普通自行车的一个半那么长。

"十里画廊"有多远？

不远，到月亮山也就10公里。骑上一个钟头就到了。

啊？10公里呀！那就是20里地，来回加起来不就是40里地吗！单程就要骑一个小时，就算我能骑到那儿，还有力气再骑回来吗？再说我已经好多年没有骑过自行车了，更不要说这种双人自行车，从来没碰过呀！还有，我们根本不认识路！

没事的，很好骑，一骑就会了。那小伙子比我们自己还有信心。

我们——能行吗？我和老公，我看看他，他看看我，在迟疑的当口，其实两个人的心中都有一只跃跃欲试的小兔在蹦，只是谁也不知道这小伙子说得靠谱不靠谱。管他呢，试试吧，骑不到就往回返，这么大俩活人还能丢了不成！

从地图的介绍上得知，这"十里画廊"一路上绿树青山，牧童茅舍，炊烟袅袅，如诗如画。当年美国总统卡特与夫人就是嫌坐汽车行走太快不能细细欣赏沿路美景，才特意改骑自行车前往，他们一路上自由自在，时而拍照留念，时而驻足观赏，不亦乐乎！从此，骑自行车游"十里画廊"便成了阳朔一乐。

于是，买了一张地图，留下两百元押金，推着那辆双人自行车，一前一后，奔最远的目的地——月亮山出发啦！

刚开始骑时非常不适应，两副脚蹬子一副链条，他蹬我必须蹬，他快我也得快。还要躲避街上的汽车、电瓶车、拖拉机等，我经常看不到前方的状况，他捏闸了我还拼命蹬，他停不了我也蹬不动。或者他加速了我不知道，被突然加快转速的脚蹬子打得生疼。不到半小时，我的屁股就开始发麻，加上头顶的太阳晒着，感觉有一条汗水汇成的小溪在脊背上悄悄流淌。也就是在这时，我环顾四周，才发现我们已经进入到那个如诗如画的仙境里，层层叠叠的山，一望无尽的绿，头上是碧蓝如洗的天空，地上有一片又一片的花田。座座相连的山峰像一面徐徐展开的扇屏一路相伴，阵阵江风吹来，好不惬意！

50多分钟后，我们终于骑到了月亮山！在一位当地阿姐的引领下，找到了最佳的拍摄位置，把那一枚镶嵌在山顶上的"月亮"收入镜头。稍作休息，我们又来到了"大榕树"景区，正是刘三姐向阿牛哥抛绣球的那棵千年古榕树，树高17米，树冠宽7米，加上映在水中的倒影，美得像一个梦，恍如一位千年老人在讲述那一段美丽动人的爱情故事……

告别大榕树，稍微调整了一下车座的高度我们继续上路往回骑，这时我们已经完全适应了这辆车子，不觉得累，也不觉得热，耳畔似乎还回荡着刘三姐那清脆悦耳的歌声……就这样，在如诗如画的风景里，在清新湿润的空气中，我们骑着自行车仿佛回到了不曾远去的青春岁月。

直到骑回来之后才发现，我身上的整件衬衫已经完全被汗水浸透。同样地，"十里画廊"的山山水水也在我的记忆中铭心刻骨。以什么样的方式穿越一段风景？就如同以什么样的方式穿越一段感情？你必须贴近，再贴近，直到完全融入。用你的汗水，用你的真情……

寂寞最深处的沸腾

寂寞也是一种伟大，我们人类许多伟大的创造其实就是在寂寞中爆发的灵感。与滚滚红尘的热闹相比，寂寞能沉淀我们的心灵，深刻我们的思想，丰富我们的人生……

从延安出发，行程将近3个小时，当大巴车拐过一道山梁之后，我的眼前顿时一亮：黄河！

宽阔、混浊、带着粘稠质感的黄泥汇成的巨大水流赫然出现在眼前！随着汽车的行进，黄河也越来越近，它奔腾着，咆哮着；我激动着，颤抖着。像回到分别已久的故乡，像走入魂牵梦萦的故地，多想亲一亲它的面颊，多想抱一抱它的身躯！当车缓缓地开下盘山公路，黄河就在眼前了，这么近，这么真！

啊！看到瀑布了，世界上独一无二的壶口瀑布！

由于今年雨水较往年充足，瀑布的水很大。当地老乡说，以前好多没水的地方现在也都有水了，以前除了在"壶口"的口子上能看到喷射的黄龙，其他地方要探下身去才可以看到水。而现在我们站的所有地方，脚下都是湿的，瀑布内沸腾的水雾已经打湿了我的头和脸。

黄河之水天上来，奔流到海不复回……

一个黄色的幽灵，从天上奔流而下，突然，被狭窄的壶口扼住了咽喉，于是发出了震天的怒吼，疯狂地从那最狭窄的地方冲撞出来，黄泥翻腾，犹如千万匹狂奔之马在岩石上集结，扬蹄嘶叫，瞬间轰鸣而下。当它们跌入狭窄的河道之后，相互嘶咬，搏杀，蹿跳，挣扎，最后却都要无可奈何地向东流去。水雾在瞬间升腾，弥漫……

在延安，我结识了一个名叫兰兰的80后女孩儿，红彤彤的脸蛋上一双笑弯弯的眼睛。她是家里5个女孩儿中最小的一个，在陕北农村，家里若生不出男娃就没脸见人。于是在她刚出生不久，父亲曾多次把她送人，为的是换一个男娃回来当儿子。却不料每次都因为她大哭不止而被人家退送回来，因此她成了家里最不受欢迎的人。在她的人生记忆中，父亲永远都在和母亲吵架，父亲平生最羡慕的人是村里一个生了12个儿子的人。家里的气氛沉闷而压抑，在外更是被人看不起。就因为没有男娃撑腰，兰兰姐妹从小受尽欺负，以至于大姐竟然离家出走，跑到河南少林寺要学武功来保护妹妹们……

兰兰讲着讲着，泪水一次次在眼眶中打转，又一次次被她狠狠地忍了回去。站在沸腾的黄河瀑布旁，我忽然想到，在这片苍凉厚重的黄土高原上，男人就是那沸腾的泥浆，而女人，不过是泥浆沸腾时溅起来的水雾而已。

长久地徘徊在狭长的瀑布岸边，面对咆哮着的巨大黄龙，我陷入沉思。我在苦苦地思索：黄河的灵魂在哪里？如此咆哮又是为了什么？

寂寞！

不知为什么，在这游人喧闹的壶口瀑布，突然闪现在我脑海里的竟是这样两个字。

壶口瀑布，其实是黄河灵魂中最深处的寂寞在沸腾！

我把目光收回，抬头仰望两岸沉默的苍山，奔流不息的黄河犹如秦晋大地上一道血流不止的伤口！千年寂寞，百年孤独，才有了这样的奔腾，这样的撕咬，嚎叫，挣扎，狂跳……

不由得又想起2000年，我在美国尼亚加拉大瀑布下乘船时所受到的震撼。这个世界上最大的瀑布像一条天女投下的白纱罩在了山湾，飘飘渺渺，飞流直下，巨大的落差在山间织出一道雪白的屏幕，那种"天浴"般的通透与畅快，使人有一种想要融入其中的冲动。

然而今天，当我站壶口瀑布面前，所受到的又岂止是震撼两个字所能涵盖的！虽然它没有那么壮观的落差，却独有一种直击胸膛的力量。滔滔而来的黄河之水啊，承载着这个古老民族太多的苦难，太多的艰辛！在你混浊激荡的泥浆中，似有无数生灵在呐喊。祖祖辈辈生长在这

块大地上的生灵啊，每一滴泥浆都是你的生命，都是你的脉搏在跳动！

与大自然相比，人类是那么地渺小，与这滚滚的黄河相比，我们个人心中的那些恩恩怨怨又算得了什么！历史如此悠久，天地如此壮阔，今天的我们无论多么伟大或者多么平凡，实际上也不过是历史洪流中的一个过客，像一滴小小的浪花，终究都要随波而去。

站在黄河壶口瀑布面前，让我觉得寂寞也是一种伟大。我们人类许多伟大的创造其实就是在寂寞中爆发的灵感。与滚滚红尘的热闹相比，寂寞能沉淀我们的心灵，深刻我们的思想，丰富我们的人生……

凤凰之夜，放荷灯的小姑娘

她再次帮我点燃，我近乎虔诚地把这个精美硕大的荷花灯放入水中，小研青连忙跟过来撩水，荷花灯一下子漂出去好远，闪闪的烛光在江水中眨着莹莹的眼，与夜空中的小星相对……

凤凰是带着几分忧郁、几分寂寞走进我的视线的。亦或是我带了几分忧郁、几分寂寞踏入它的怀抱的。

沱江，那么清澈、宁静、安然的一江碧水，江边的吊脚楼，是那么悠然、淡泊、又暗含着几分躁动的古旧建筑。江中的水草、白鹅、黑翅膀的蜻蜓，老船工撑出的条条小船，还有等在江边和你对歌的湘妹子……

吊脚楼上大多挂着红灯笼，给一片古旧深土色的木质建筑增添了一抹亮色。正午的阳光下，江水边、木桥旁，有不少湘妇在江中洗衣服，间或有玩耍的孩子围绕其间，一船船的游人顺水而下，穿过古老的虹桥，与湘妹子对歌，再折返回来上岸，踏着江边的青石板小道品味古城独有的韵味。

我们是中午时分抵达凤凰古镇的，在县招待所吃过午饭后，就开始了沿街的步行。一条条小街像迷宫，两边全是卖蜡染饰品、银器、姜糖、湘秀等土特产的店铺，令人目不暇接。尤其是做姜糖的，据说过去是当地人光着大膀子就在当街做，汗水与糖水全都流在一起。如今改成全封闭又全透明的玻璃工作间，工人全都穿着蓝色的工作服、戴着工作帽制作姜糖，还没吃呢，看着就爽眼！

我和朋友们来到沱江边，踩着由三根木头接起来的小桥过江，景色虽美脚下却有点迟疑。从蹲在桥边洗衣的湘妇那里看过去，江水并不深。于是一步一跳、歪歪斜斜地总算过了江。江水真的是很清，即使湘妇们洗衣的肥皂水间或污染了江水，但一瞬之后，便又恢复了清澈，水底的砂石、水草全都清晰如镜。

啊！我们今晚的"家"就在这江边的小楼里，好干净啊！门口的江边上有一架古老的水车，和一座一半伸进江中的吊脚楼。"家"两边还遍布着不少酒吧，竟然都是极其现代化的装饰，简直与上海滩的酒吧无二了。

放下行李，我们踏着青石板沿江边走去。当同行的女伴去租苗家服饰拍照时，我独自站在江边，静静地望着对岸的吊脚楼，眼前浮现出沈从文笔下的"边城"情景：翠翠正在灶边烧火，火光映红了她的脸蛋。黄狗耷拉的耳朵骤然竖起来，它睁开一只眼睛偷看着……还有河街上的喧闹，甚至夜晚尽职的妓女们……

这江，这水，这楼，这桥，全都写满了故事。那么遥远，而又如此切近。它呼吸着，躁动着，诉说着，又沉默着。江水是如此之静，碧绿得如同树叶酿成的浓浆，映远山如黛。吊脚楼上间或有人在开门出来眺望，有人在说话，反倒更衬托出江水之静。即使是小船驶过，一圈圈涟漪之后，便立刻恢复了宁静。忽然，那边响起了湘妹子的山歌，并吸引小船上的游客与之唱和，也许是会唱山歌的人少，上句唱完没了下句，于是改唱黄梅戏"夫妻双双把家还"，果然和声响亮。之后又唱京剧"样板戏"，一刹时，湘江嫂变成了阿庆嫂……

再过沱江，我们走的是一座著名的清代建筑——虹桥。这是一座跨江三孔双层桥楼，上有尖顶飞檐，远远望去，好似一座架在沱江上的天安门城楼，只是规模要小得多。这桥楼古色古香，一层是一条两边挤满店铺的桥街，热闹异常，各种小饰物和工艺品十分诱人，光过这桥就过了一个多小时，逛得如醉如痴，每个人的手上不时地多了许多袋子。

终于来到了沈从文故居，故居展示出来的部分不大，只有一套跨院，院中一口大缸，屋中也没有多少物品。但当我站在故居内的书桌前，注意到了它的窗棂，木格子上没有窗纸或者窗纱，是完全通透的。

我把目光投向窗外的天空，天空上的白云似乎在悄悄向窗里探望，童年和少年的沈从文曾经就站在这样的窗前，他是如何向往外面的世界，才15岁就离开了故乡……

告别沈从文故居，我们又去了杨家祠堂，古城墙城楼。然后乘上小船开始在沱江上泛舟。

一江如画，两岸似诗，艳阳在头顶，白云如絮。江中有一处不大的落差，形成小小瀑布，而船支只能从落差中唯一的低点通过。看上去那么浅的江水竟然很流畅地就托船而下，驶过虹桥，无数黑色的蜻蜓在水面上嬉戏，时而飞上船头，时而巧立水草尖。几位举相机的同仁忙不胜忙。我给一脸沧桑、肌肤泛着古铜色光泽的船工拍照，他愉快地露出笑容。船到对歌处，那对歌的湘嫂正独自撑船离去，与我们打着招呼，邀我们到对岸她的家中吃晚餐，富态的湘嫂热情爽朗，使江水都充满了浓浓的人情味……

傍晚时分，我们上到虹桥二层的茶楼，刚刚摆好藤椅在窗前坐下，窗外突然大雨瓢泼而下，像一份不期而至的厚礼，我们瞬间被美呆了！

坐在高高的虹桥上，望雨中沱江，望两岸吊脚楼，绝美的视角，绝美的景象！

雨雾给江水蒙上一层薄纱，比日光朗照时多了一分神秘和诗意，更多了一分凄迷和忧郁！而江两边的吊脚楼却因雨水的降临喧闹了起来，住有游客的全都挤到了平台上来兴奋异常地观雨，有唱的，有喊的，闪光灯的白光不时划过雨中的黄昏……

刚刚还听船工说，凤凰今年逢旱，已经两个多月没有下过雨了，怎么这么巧，偏偏让我们赶上了。过了一会儿，雨势渐缓，水瀑从窗前的视线中变成了水的珠帘，远山、近水、吊脚楼，全都因雨水而充满了灵性，有了动感，有一种扑面而来的亲切，一种尽留心底的温馨，我美丽的凤凰啊！

雨中，朦胧中，江水从眼前流过，历史在心底沉淀……

天完全黑下来的时候，雨竟然有灵性般地停了。

这时，江两岸吊脚楼上的红灯笼一盏盏亮了起来，街巷中的路灯也亮了起来，餐馆、小酒馆热闹起来。刚才还安静的小街上人一下子多了

起来，活色生香，好不热闹，凤凰城的黄金时间原来是在夜晚！

灯映江水，如点点繁星，偶有歌声传来，晃如人间仙境！

走下虹桥，我被一个约模五六岁的小姑娘拦住，她手托着两只用彩纸折成的莲花叫卖，莲花中央立着两根细细的小蜡烛，原来是河灯。小姑娘只要两元钱，不买就一直跟着我叫阿姨，我问她几岁？她说5岁，清脆的嗓音一直叫个不停，我便动了恻隐，连忙买下。哪知这一掏钱不得了，立刻引出了不知从里哪冒出来的那么多与之相仿的小姑娘，还有一个小男孩，全都捧着五彩缤纷的河灯喊我阿姨，并且他们只要一元钱。于是我左一元，右两元地不一会儿手里就捧了一大堆各种形状的荷花灯，受到"连累"的同伴们也或多或少地全都手捧莲花了。

我们把晚餐选中在江边的一家露天餐馆，准备边赏明月边品尝美食，没想到，在这儿，我遇到了那个美丽的小姑娘——研青。

研青看上去10岁左右，毛茸茸的一双美目，下颌尖尖，有点小号章子怡的意思，她捧着荷花灯走向我，但我的手上已经捧了一大把大大小小的荷花灯了，我告诉她我不会再买了。她并没有像其他小姑娘那样纠缠不休，而是一言不发，就用一对亮晶晶、江水般清澈的大眼睛看着我。当我们坐下来准备吃晚餐时，她轻轻走到我身边说："阿姨，你可以先放河灯，再吃晚饭。我来帮你。"

是啊，刚才买了那么多的荷花灯，不放也没地方存放，全都摊在餐桌上，怎么吃饭啊？于是，我和同伴们拿着荷灯下台阶蹲到江边准备点燃放入水中。小研青默默地跟着我，告诉我，这边水草太多，那边好一些。于是，我们跟着她来到稍远的江边，由于有风，借来的打火机很难点燃到蜡芯，稍不留神就燃着了纸荷花。小研青说她有蜡烛，便借给我们用，然后又借给其他游客。研青对我说，阿姨你许个愿，我帮你放。于是她又拿出一个打火机来，熟练地逐一帮我把河灯点燃，小心地递到我手上。当我放完一个，回过手来，她刚好又送上一个点燃好了的……直到我放完了所有的荷花灯。小研青还蹲到水边，用小手捧起江水向我的荷花灯撩水，让它们漂得远一点，再远一点……

帮我做了这么多事，小研青始终没再说一句让我买她荷灯的话。我真的被她感动了，接过她手里的那个比一般孩子手里都大的荷花灯，说，我也买你一个吧！她并没有说什么，只是亮晶晶的眸子像星星般闪过一丝欣喜，然后默默地递过来。

我看到这个荷灯很特别，在一朵大荷花上，对称又放了4朵小荷花，插有4根小蜡烛，纸是粉红、橙黄、淡绿三种，折得非常工整。我问她，是你自己做得吗？她点点头说，是我做的，我和姐姐一起做的，她在那边卖呢！问，你上几年级了？答，三年级。

她再次帮我点燃，我近乎虔诚地把这个精美硕大的荷花灯放入水中，小研青连忙跟过来撩水，荷花灯一下子漂出去好远，闪闪的烛光在江水中眨着莹莹的眼，与夜空中的小星相对。回过头来看研青，她脸上有了满足的表情。我把两元钱递给她，她收下钱却没有立刻离去，就蹲在江边看着她亲手做的荷花灯一点点顺水漂远……

一直到我们吃完晚饭要离开江边的时候，小研青突然跑过来问我：阿姨，你明天还来吗？我说，阿姨明天就走了，不会来了。她又问：那你以后还来吗？我说，有机会一定来！你要好好读书，阿姨给你照张相吧。

一直到走出这条街很远，拐弯时不经意地回过头去，竟然看到小研青仍然跟在我身后，发现我看到她，便不好意思地匆忙转身跑掉了。

望着小姑娘在小巷深处越跑越远的背影，我想起了沈从文的《边城》和《边城》中的女孩儿翠翠……

带上一把伞，到江南走一走

身外的世界渐渐飘远了，红尘中的一切都仿佛灰飞烟灭了，人也如同卸掉了躯壳，只留下一个赤裸裸的灵魂享受这纤尘不染的清幽。

当雨水像一个顽皮的孩子，意外地降临到一向干旱少雨的北方，当玻璃窗上的雨珠像一只只欢快奔跑的小兔，瞬间就串成一片亮闪闪的珠帘……我把手伸出窗外，让雨滴浸润着每一根手指。我把头伸向窗外，大口呼吸着湿润润的空气，这一刻，我仿佛又回到了南方，回到了前不久刚刚去过的诗意江南。

带上一把伞，到江南走一走。

跟随2013"美丽中国·休闲城市"全国记者采风行的三十多名记者一道，先后走访了浙江宁波、江苏常熟和安徽郎溪，沐着风，淋着雨，沿着海岸线，忽而水边走，忽而水中游，一路上与水相伴，携伞同游。踏湿了双脚，滋润了心灵，手机里满屏都是江南带着露珠的绿色。游走在宁波古老的石浦渔港古城，恍如走在戴望舒诗中那梦幻般悠长的"雨巷"，也渴望逢着一个"丁香般结着愁怨的姑娘"。忽然，小巷深处传来了一阵二胡的琴声，原来是一位头戴礼帽、面遮墨镜，身穿长衫的"仿旧"男人在拉一曲熟悉的《二泉映月》。这古城古巷里尽是仿旧的店铺和穿旧时代长袍马褂的"商人"，时常让你有一种穿越时光隧道的恍惚。静静坐在石阶上，听琴声如诉。望对面老屋房檐上挂满的串串吊兰，那花盆竟然是用一个个大贝壳雕刻而成，海风海韵顿时扑面而来。

夜晚，在江边热闹的"舟宿夜江"品尝了"透骨鲜"的宁波美食之后，我们登上游船，开始畅游甬江。这是著名的宁波三江口，姚江和奉化江在城市中心汇成甬江，江北岸的老外滩开埠时间比上海外滩还要早20年。作为中国优秀的商帮代表、闻名世界的"宁波帮"便是从这里起步，奔向上海，走向世界的。包括世界船王包玉刚、电影巨子邵逸夫和煤炭大王刘鸿生等一代又一代。在"宁波帮博物馆"里，我们看到一面巨大的"屋檐墙"约两层楼高，全部由瓦片相嵌层叠而成，有水帘从上到下涌流不息，喻意为"同一屋檐下"。这水与甬江的水想连，与大海的水相通，水在流，人在走，心在向往更大的舞台。有水的城市，与海相通的城市，便是有灵感、出人才的城市。

带上一把伞，到江南走一走。

当然要去常熟，常熟是江南的典型。江南深秀处，盈盈山水间。常熟的山水得天独厚，虞山隽永如琴，尚湖清流不倦，山和湖相依相傍，在山观水，在水望山，水清木华，钟灵毓秀。当代人也许是受了太多京剧《沙家浜》的影响，提起常熟，便会想起阿庆嫂"常熟城里跑单帮"的那句台词。其实，这里还是中国历史文化名城。尚湖因姜尚（姜太公）得名，虞山因虞仲（仲雍）得名。注意到"虞"字里头那个"吴"字吗？后来赫赫有名的吴王夫差便是虞仲的25世孙。这里还出过众多的状元、榜眼、探花，最著名的当是翁同龢大人了，他先后任过同治和光绪两位皇帝的老师。来到常熟，无论是在翁同龢故居、游文书院、兴福寺、三峰寺，还是在酒家或评弹艺人的口中，你都能与这位"两朝帝师"不期而遇。还有一对生前同衾、死后分葬、相差36岁的白发红颜钱谦益和柳如是。他们传奇的爱情故事代代相传，"春前柳欲窥青眼，雪里山应想白头"。"拂水山庄"里终日的琴棋书画，加上江南烟雨的滋养，让这一带的芦苇都慢慢长成了竖写的诗行。

"告别"才女柳如是，我们乘船进入尚湖中一片梦境般的"水上森林"。那是由浅水和池杉构成的童话世界，池杉引自美国弗吉尼亚，其挺拔的姿态很像水杉，但仔细一看，在它的主干下部有一个明显的膨大，学名叫"屈膝状吐吸根"，大概这就是它不怕水淹的缘故吧。进入"森林"中，水是绿的，树是绿的，满眼都是绿的，层层叠叠，青翠欲

滴。身外的世界渐渐飘远了，红尘中的一切都仿佛灰飞烟灭了，人也如同卸掉了躯壳，只留下一个赤裸裸的灵魂享受这纤尘不染的清幽。忽然，水上林间传来清脆的鸟叫，抬眼望去，那树梢上竟然是一片鸟的天堂，是白鹭！雪白的羽毛，长长的颈，在树丛中飞来飞去，可馋坏了我们的摄影人，举着长长的"大炮"累酸了双眼，过后一瞧，果然是万绿丛中一点白，一幅天然的山水画卷！还有安徽郎溪石佛山的竹海，天子湖的夕阳，更有那飘荡在万亩茶园上的美妙的歌声。

　　带上一把伞，到江南走一走……

真的能天长地久吗

　　……地理上的距离已不再是人们相思之泪洒落的因由，心灵上的分别才是更令人寸断肝肠的折磨。心灵中的"阳关"是一种看不见的煎熬，苍凉在身外，凄凉在内心。近在咫尺，却如隔天涯，那才是无处话凄凉啊！

　　初秋清晨的风，在这茫茫大漠之上，凉飕飕的，卷起心头些许寒意。"秦时明月汉时关"，明月依旧在，汉关不复存。如今，大名鼎鼎的阳关只遗留下一座并不雄伟的古烽燧，冷冷地、孤零零地站在大漠深处，经历着数千年的风雨沧桑。如果无人对它加以如此隆重的包装——在它的周围修建了一座城堡似的博物馆，那么它也只不过是一座小小的土丘而已。

　　但我相信它是有灵魂的，当我们乘坐观光车一点点接近它的时候，无论是它还是它周围的戈壁沙丘都在阳光的折射下一寸寸发生着奇妙的色彩变化，角度不同，距离不同，颜色也不同，一层墨绿，一层浅灰，一层深红，一层金黄……

　　"劝君更进一杯酒，西出阳关无故人"。阳关，位于敦煌城西70公里处的阳关镇"古董滩"上，始建于汉武帝元鼎三年（公元前114年），距今已有两千多年的历史。阳关因在玉门关之南，古以南为阳，故称阳关。西汉时为阳关都尉的治所，是一个非常重要的军事据点，也是丝绸之路南道的必经之处。遥想当年，在这条遥远而漫长的丝绸之路上，从古都长安走到这里已经是人困马乏，生命耗去了大半。回望故

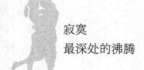

乡，人在天涯之叹便油然而生。再走下去，出了这道关隘，别说是故人，恐怕是什么人也很难再见到了。

不知是哪位雕塑家的作品，古阳关城堡前，万里蓝天之下，伫立着一尊王维饮酒赋诗的巨大雕塑，豪放的诗人把酒向天，阔大的袖笼仿佛刚刚被风吹起，那著名的诗句还在手中的酒杯里酝酿……

阳关，早已成为中国人心头的一杯离别之酒，它是漂泊、孤独和伤感的象征，挥手自兹去，从此天涯孤旅……公元前138年，汉武帝派张骞出使西域，联络大月氏共同抗击匈奴，但中途张骞被匈奴扣留，直到11年后才历经劫难逃回长安，并再次出使西域……

而今，地理距离已经无法阻止人们的行旅，在地球任何一个角落都可觅到国人的踪影。只要在家门口登上飞机，便可以全世界到处飞，并且处处都有遇上故人的可能，一个小小的阳关自然不在话下。

可不知为什么，当我们徘徊在王维塑像前，在城堡门楼下，看着身着汉服的姑娘们在古乐的伴奏下翩翩起舞，喝下一杯辣辣的"壮别"酒之后，有如时光倒流，层层古意袭上心头。多情自古伤别离，站在阳关的古烽燧口，那种苍凉还是击中了我！茫茫戈壁，连绵沙丘，方圆百里，目光所及，三百六十度全是苍凉！人在沙漠上，很像是在大海之中，没有参照物，没有起点，也没有终点，天地万物，浑然一体，生命便渺小到了极尽处。

离别，唱《阳关三叠》，是古曲。而今日，交通、通信之发达，地理上的距离已不再是人们相思之泪洒落的因由，心灵上的分别才是更令人寸断肝肠的折磨。心灵中的"阳关"是一种看不见的煎熬，苍凉在身外，凄凉在内心。近在咫尺，却如隔天涯，那才是无处话凄凉啊！

告别阳关，我们驱车继续前行，这时汽车完全陷进了一片永恒的风景之中，宁静的蓝天在头上，无语的戈壁在脚下，连绵起伏的沙山随着视线不断地向前延伸，延伸……除了我们这辆车之外，四野便再也没有人迹了。分分秒秒，时时刻刻，车窗外像是凝结了的画面。望着望着，脑海里忽然冒出一个词：天长地久。相比之下，大自然是永恒，是天地久长，而我们，只是这天地间匆匆的过客。行旅的过程与我们的生命过程非常相似，个人的生命永远都是尘世间的匆匆过客，消失之后甚至还不如沙粒，留不下一丝痕迹。而我们却不自量力地想要天长地久，那实在是我们人间自己的游戏。在这里，我第一次顿悟到：人是不可能天长地久的。天有多长？地有多久？千年洞窟，万年明月，在如此悠久的历史与如此浩瀚的沙漠面前，人类是多么的渺小和可怜！

那么莫高窟呢？古阳关呢？还有鸣沙山、月牙泉，那些流传千古的神话与传说，诗词与歌赋，够不够久？又够不够长？于是明白，生命可以消亡，而精神却能够地久天长。诗词歌赋，莫高窟内的壁画与雕塑，包括阳关、玉门关旧址上的古烽燧沙丘，不过是古人精神世界的一种载体罢了，这些绘于墙壁、写于书简、立于沙漠上的痕迹终有一天也会消失于世，但他们所寄托的信仰、情感和所传递的信息、技术却一定能够天长地久，因为它们是有灵魂的……

秋天的墓园

令人撕心裂肺的是卓娅的塑像，表情和姿势就是以她17岁被德军绞死后的真实情景为原型的。牺牲前她受尽了酷刑与侮辱，被强暴甚至被割乳……

在莫斯科郊外的新圣女公墓，心灵被深深震撼了……

直到这时，直到走进这座著名的墓园，我才真正走进俄罗斯，找到我心中一直在寻觅的那种感觉，那份震撼！

果戈理、契诃夫、马雅可夫斯基、肖斯塔科维奇、奥斯特洛夫斯基、卓娅和舒拉、乌兰诺娃、赫鲁晓夫、米高扬……

诗人、作家、音乐家、舞蹈家、革命者和政治家，他们都在这儿，无论生前曾经何等辉煌，何等重要，何等痛苦，何等高贵，此刻，全都安静地长眠于此。这座始建于16世纪的新圣女公墓是欧洲三大著名的公墓之一，位于莫斯科城的西南部，总面积7.5公顷，安葬着2.6万多个俄罗斯各个历史时期名人的尸骨。没走进来之前，以为不过是一处墓地，走进来之后立刻受到强烈震撼，与其说是公墓，不如说是一座精湛恢弘的雕塑博物馆，一座没有屋顶的艺术宫殿！

每一位艺术家的墓碑都独树一帜，或抽象或具象，人物雕塑得栩栩如生。瞧，这一位目光凝重，那一位双唇微启。看，这是舞蹈女神乌兰诺娃，雪白的身影犹如美丽的白天鹅，正为我们翩翩起舞……来此之前我还和朋友们在莫斯科市中心的红场游荡，在克里姆林宫内徘徊，在圣瓦西里大教堂前拍照，感受的全是繁华与喧闹，是一个外国游人最肤浅的走马观花。只有在这里，在这些虽未曾谋面、却早已从文学、影视和音乐中无比熟悉和亲近的人物的墓园里，才能感受到一种心灵的悸动，才能深入到俄罗斯民族厚重的历史文化当中。

放轻脚步，闭上眼睛，用心灵默默感受。整座墓园也是一座巨大的植物园，参天茂盛的树木与任意生长的花草为长眠于此的魂灵带来春夏秋冬的变换。秋天的墓园，树叶由绿渐黄，层层尽染，有的已染成一树火红。幽静的林间小路，阳光从树叶的缝隙间泼洒下来，道道金线，映在一座座雕塑身上，偶尔一阵秋风吹拂，便有纷纷落叶飘然而下。我看到在许多墓碑前都放着鲜花花束或花篮。

我们熟知的小英雄卓娅和弟弟舒拉的墓碑相对而立，还有他们的母亲，和在二战中牺牲的元帅将军们一起都安葬在这里。令人撕心裂肺的是卓娅的塑像，表情和姿势就是以她17岁被德军绞死后的真实情景为原型的。牺牲前她受尽了酷刑与侮辱，被强暴甚至被割乳……

作家果戈理也在这里，虽然他的人生只有43个年头，但他是俄国十九世纪最著名的小说家和戏剧家，他写了《死魂灵》，写了《钦差大臣》《外套》等，他把"小人物"的悲惨命运揭示得入木三分。虽然他生前专门写下遗嘱不让人们为他立任何墓碑，但后人还是隆重安葬了他，并给他修建了墓碑。没想到，一个崇拜他到疯狂的著名戏剧家巴赫鲁申说服了看守墓地的修士，将他的头骨挖了出来，藏在家中视为珍宝。当人们知道事实真相后，巴赫鲁申不得不将头骨交了出来，但果戈理的家人托人将头骨运到果戈理生前最喜欢的意大利时，委托人却在途中神秘失踪。如今，埋在这里的语言大师依旧没有属于自己的头颅。

或许能让果戈理稍感安慰的是，另一位大作家契诃夫死后成了他的邻居。契诃夫只比果戈理多活了一年，他的《变色龙》《套中人》两部作品，是俄国文学史上精湛而完美的艺术珍品。幽默的契诃夫劝那些对生活感到绝望的人说："生活是极不愉快的玩笑，不过要使它美好却也不难……为了不断地感到幸福，那就需要（一）善于满足现状；（二）很高兴地感到：事情原本可能更糟呢……要是火柴在你的衣袋里燃起来了，那你应当高兴，而且感谢上苍，多亏你的衣袋不是火药库。要是你

的手指头扎了一根刺，那你应当高兴地说，挺好，多亏这根刺儿没扎在眼睛里……"

面对着这些熟悉的艺术家之墓，少年时代读过的作品开始在脑海里"活"了起来。就在这时，一位新去世的什么人物正在离契诃夫墓地不远处举行安葬仪式，围成一圈的送别队伍没有人哭泣，甚至没有声音，脸上却写满了悲痛，他们默默地、一个挨一个地俯下身去亲吻逝者的面颊，隔着树林和人群，我们看不到逝者的面容，只看到一位青年手捧的玫瑰格外红艳……

好静啊！只有树，只有风，只有秋叶在吟唱。这么多伟大天才的灵魂聚集在一处，使死亡变得不再那么恐怖。灵魂不死，艺术永恒。他们留下的伟大作品、情操与精神，比他们的生命更久远！站在这样的地方，让我们的心灵得到一次净化，真想再多呆一会儿，再多一会儿……

在开往圣彼得堡的火车上

火车在细雨中启动，雨珠在车窗上飞舞出条条溪流，窗外一片沉寂，莫斯科郊外的白桦林沉入深深的黑暗之中。我再次想起安娜·卡列妮娜，她是我熟知的与这条铁路命运攸关的人物……

初秋的夜晚，天有些凉了，我们结束了在阿尔巴特艺术大街的游荡，匆匆赶到莫斯科的列宁格勒火车站准备乘火车前往心仪已久的圣彼得堡。

在俄罗斯，火车站不是以所在地命名，而是以目的地命名，列宁格勒改名圣彼得堡后，火车站的名字却没有改，依然叫列宁格勒火车站。站内没见到候车大厅，我们几乎是进门后直接就走到了站台上，并且在上车前没有人检票，更没有任何安检之类的关卡。夜色沉沉，站台上灯光昏暗，火车已经安静地停在站内，车厢里一片漆黑，像一个沉睡中的巨人。看不见一个乘务员之类的铁路工作人员，只有黑压压的游客在蠢蠢欲动。

莫斯科、圣彼得堡……虽然是第一次踏上它的土地，却在内心里仿佛已经与它相识了一生一世！几乎从少年时代起，这些名字就是那么深刻地嵌入脑海。还有芭蕾舞《天鹅湖》，柴可夫斯基的交响音乐，列宾的著名油画，普希金的长诗，更有那些哼唱心底的歌曲《喀秋莎》、《山楂树》、《红莓花儿开》……

突然，一个栩栩如生的名字跃入脑海——安娜·卡列妮娜！这位大文豪托尔斯泰笔下的悲剧女子瞬间被记忆激活，她仿佛就站在这个站台

上，那是一个接近中午的时刻，她为了处理哥哥因有外遇而与嫂子的家庭危机，暂别心爱的小儿子，从圣彼得堡来到莫斯科，在下火车的一瞬间与渥伦斯基相遇，在这个风流倜傥的年轻军官眼中，安娜像磁石一般吸引了他！那倒不是因为她长得美，也不是因为她整个姿态所显示的风韵和妩媚，而是因为经过她身边时，她那可爱的脸上现出一种异常亲切温柔的神态。她那双深藏在浓密睫毛下闪闪发亮的灰色眼睛，友好而关注地盯着他的脸……"在这短促的一瞥中，渥伦斯基发现她脸上有一股被压抑着的生气，从她那双亮晶晶的眼睛和笑盈盈的樱唇上掠过，仿佛她身上洋溢着过剩的青春，不由自主地忽而从眼睛的闪光里，忽而从微笑中露出来。她故意收起眼睛里的光辉，但它违反她的意志，又在她那隐隐约约的笑意中闪烁着"。

这样的联想让我有点走火入魔，不知道车厢里的灯是什么时候亮的，大家开始簇拥着往车厢里挤，这是一趟夕发朝至的全卧铺火车，我们要在火车上度过漫漫长夜。上车前，我们被导游小雪姑娘严厉警告过，说俄罗斯的火车上小偷猖獗，每包厢的4个人中，如果有一人上厕所，必须要叫醒另外一个人起来插门，并且要先给每节车厢唯一的乘务员上贡充足的小费，否则不仅喝不到开水，他还极有可能勾结小偷共同作案。我们当真被吓到了，因为之前在红场和克里姆林宫，我们领队的背包已经被盗，损失相当惨重。于是，我连忙从遐想中回过神来，交足小费，爬上窄窄的上铺和衣躺下。

火车在细雨中启动，雨珠在车窗上飞舞出条条溪流，窗外一片沉寂，莫斯科郊外的白桦林沉入深深的黑暗之中。我再次想起安娜·卡列妮娜，她是我熟知的与这条铁路命运攸关的人物，火车上的偶遇，舞会上的销魂之舞，让这个原本生活在丈夫卡列宁和儿子身边平淡安稳过日子的少妇春心荡漾，心里燃起了熊熊欲火。于是，她迅速"逃"回圣彼得堡。在火车上，她心里像揣了只小兔，再也无法平静，仿佛被拔掉了魔瓶的塞子，那身体内过剩的青春和灵魂中被压抑的生气找到了出口，再也抑制不住地应招而出。对于安娜来说，未遇渥伦斯基前是一场人生，之后是另一场人生。渥伦斯基狂热的爱情俘获了她，让她恍若回到了少女时代，既羞涩又渴望，既耻辱又挣扎，勾引与被勾引，身欲躲避心却相迎。终于，她陷了进去……深陷其中之后，她在享受爱情的美妙与幸福之时，又无法割舍对儿子的苦苦思念。上流社会对她的不耻与蔑视，贵妇们的白眼和丈夫的愤怒，人生突然除了做情妇之外，什么都没有了。内心的爱与折磨，相爱的人相互折磨，最终她跳下了那冰冷的铁轨……

　　天亮了，这是一个有些阴郁有些湿润的早晨，我们在圣彼得堡的莫斯科火车站下车，候车大厅里彼得大帝的铜像以永恒的姿态迎接着我们。走出火车站，宽阔的涅瓦河波光闪闪，蓝天上大朵的云彩浮雕似的悬挂着。辉煌的冬宫就矗立在河边，它让我又联想起另外一些印在脑海中的故事……

等待是一种修炼

一大早打车去采访，司机说，从市中心直穿过去倒是近，但要过一百多个红绿灯。我正犹豫着，司机说了一句让我几乎晕过去的话："这么走，你肯定能赶上吃中午饭！"记得当时我的脑袋嗡地一下，然后就只剩下祈祷的份了。

乘火车从延安返津，大家提前一个多小时就赶到火车站。没想到，火车晚点。先让乘客在二楼的进站口排队，等了一个多小时之后，忽然又改到一楼，并且说已经开始检票，于是众人拎着大包小包，连滚带爬地狂奔到一楼，正想这回可算能上车了，却又被告之火车还未到，又开始无限期等待，直等到众人精神涣散之时，突然检票口大门洞开，冒出一女乘务员狂喊："快进站！"这一干人等像被抽了一鞭子似地激灵一下子涌入站台，果然，只见那火车已经响着铃声要启动了。跑吧，拉箱扛包，气喘吁吁，总算把自己和行李都塞进了车门。不管怎么样，总算是开车了。

第二天一早，还在睡梦中的众乘客就被列车员叫醒："换票了！"看一下表，此时是早上6点多，不由得心中暗喜，这回这车还挺准时。按常规顶多再有一个小时也就到了，那么就不用在车上洗漱、吃早餐了，一切到家再说吧。于是，同行者纷纷拿出手机通知家人前来接站。就在大家一切都收拾停当，准备下车时，车果然停了，但从车窗向外望去，却不见站台的踪影。为什么停？要停多久？回答是"不知道"。于是我忽然想起刚才换票时，我问"还有一个钟头就到了吧？"那列车员的回答是："如果正常的话……"，当时我没在意，此时忽然明白她为什么这么说，看来果然是不正常了。火车变成了牛车，走走停停，一个小时的车程走了3个多小时，一直到上午9点多才终于开进了站台。最可气的是，没有人告诉你为什么等？要等多久？后来才知道是因为没有"车位"让火车进站。如今到处"车位"紧张，火车也一样。

再说汽车，更是能等得让你心脏"蹦"出胸膛。前一日去北京采访，地点是位于城北的现代文学馆，那儿不通地铁。我一大早起来就直奔天津站坐高铁，到达北京南站时是早上7点多，新闻发布会是9点半开始，我自认为打出的"堵车富余量"应该足够了吧。于是信心满满地打车上路，谁知道，一上路就开始堵，汽车在二环路上几乎是在爬行，前后都是望不到头的汽车长龙，一个小时过去了，竟然连五分之一的路都没走完，我开始冒汗，跟司机商量是不是改道，干脆不走环线就走大街得了。司机说，从市中心直穿过去倒是近，但要过一百多个红绿灯。我正犹豫着，司机说了一句让我几乎晕过去的话："这么走，你肯定能赶上吃中午饭！"记得当时我的脑袋嗡地一下，然后就只剩下祈祷的份了。

不仅是汽车，乘飞机等的时间就更长了，在机场等还好，有好几次是上了飞机之后还要等，小睡一觉之后再看舷窗外，飞机仍在灯火通明处……

上银行要等，上医院更要等，等待已经成了我们生活中无法逃避的内容，等待占了我们人生中的大半光阴。是谁说过，浪费别人的时间，无异于图财害命。可是冤无头债无主，你找的人可能比你还觉得冤呢！无奈时想到，或许等待也是一种历练，在我们无法改变、无法掌控的状况里，想一想，怎么充分利用这"等待"的时光吧！

这让我想起在俄罗斯旅游时，我们的导游、中国留学生小雪姑娘讲的一件事，她说在莫斯科大堵车是常事，与中国不同的是，莫斯科没有专门的出租车，所有的私家车都可以载客，你只须在路边伸手做拦车状，便会有愿意载客的私家车停下来。有一天，小雪为了上课不迟到，提前三个小时往学校赶，可是这天又遇大堵车，在路边等了很久，也没有车愿意停下来拉她。突然，一辆警车停在她面前，问她去哪儿？小雪告诉警察学校的地址，"上车吧。"警察说。因为着急，小雪也没

问价钱就上了车。直到车开起来才问："多少钱？"警察答："700卢布。"小雪吓了一跳："平时我打车这个距离都是500卢布，你为什么要700卢布？""因为我是警察。"小雪无语，只得照付。这时路越堵越厉害，只见警察拿出警灯往车顶一放，就呼啸着从车阵中"冲锋"过去，以最快的速度把小雪送到了学校，然后说："我要你700卢布还是值得吧？"小雪到学校得意地向同学炫耀此事，没想到一同学很不屑地说："打警车有什么了不起，我还打过救护车呢！"

从富人到穷人

赤足站在这金碧辉煌的大厅里，我在想，穷与富的标准是什么？痛苦与快乐的界限又在哪里？人生的终极目标究竟是什么呢？

到南非旅游，从大西洋与印度洋交汇的好望角，到云雾缭绕的世界奇景桌山，湛蓝蓝的天，洁白赛雪的云，一望无际的海，还有野生动物园里悠闲的斑马、大象、角马和羚羊……白天养眼养心尽情尽兴，可天刚一擦黑，就被告知最好不要迈出宾馆半步，否则一旦被偷被抢便只能后果自负。尤其是中国游客，最有可能成为抢劫者的目标，因为你们有钱还爱带现金。不仅如此，即使白天出门也要锁好箱子，宾馆里也有可能被偷，或者被翻箱倒柜"欣赏"你的行李，因为你们是有钱人。

我们也算是有钱人吗？这还真是头一次听说。无论如何，出门丢东西总不是件愉快的事。

提着一颗心，终于毫发无损地告别风光旖旎的南非，再乘机来到位于阿拉伯半岛的阿联酋，从首都阿布扎比一下飞机，就被接待我们的导游、四川小伙子小卢的话安了心。他告诉我们，在这里不用像在非洲时那么害怕被抢，你大半夜在街上溜达也没有人抢你，因为这里没有穷人，只有富人和更富的人。

哦，原来一夜之间我们又变成了穷人，谁会抢穷人呢！

当汽车行驶在迪拜的高楼丛林之间的时候，小卢的话开始一点点变成现实，传说中的六星、七星、八星酒店一座座接踵而至，直到那座在电影《碟中谍4》中见过的世界第一高楼——828米的哈利法塔出现在眼

前的时候，有如"芝麻开门"一般，这块以石油发家的富饶土地开始亮出了它令人炫目的金银珠宝！

乘轻轨来到迪拜著名的棕榈岛，像棕榈叶一样散落在大海上的人工岛是花费数十亿美金建造起来的人间奇迹，更是迪拜奢华富有的象征。在岛上数十家五星或超五星酒店中，仅开幕典礼就花费了2000多万美金的阿特兰蒂斯酒店有如《一千零一夜》中的宫殿出现在眼前，建筑中央那宝塔形镂空的部分将大海融入视野，据说位于塔心上方的高级套房需3.5万美元才能住一晚。虽说是听来吓人的价钱，但你真想要交这份钱的话还要排上几个月的队才住得上。据说中国某位大老板的女儿过生日，就在此租了这套房一个多月。还有七星级的帆船酒店，更是镶金镀银，如梦似幻。无论是海底的鱼还是天空的云都能伴你左右，极尽奢华的硬件就不说了，单说服务，客人一住进去，先给你配备一个管家外带五个佣人侍候着……

天呐！像咱们这样上得厅堂下得厨房、上班是白领回家兼保姆与小时工的姐妹们，还真不知道该怎么打发这些管家和佣人，还是免了吧。当晚，选择逛街的我们走进号称购物天堂的迪拜商场时，人顿时就有点晕菜，巨大的水帘飞流直下，几十个做跳水状真人大小的运动员模型吊在飞瀑之间，岂是一个壮观了得！更有巨大的水族墙从天到地，成群的鱼儿与你同在。那晚足足逛了5个多小时，竟然连商场究竟有多大都没弄清楚，楼上楼下都有巨型停车场，还有一家超过一千平方米的书店，迷宫一样的商场，光怪陆离千变万化，无数名品奢侈品在橱窗内向你眨着魅惑的眼神。

在迪拜民族艺术品中心，我们看到一幅幅用金丝线绣成的浮雕般的壁挂上缀满了一颗颗硕大的宝石。在著名的黄金街上，雕刻精美的黄金饰品堆成金色河流，晃得人睁不开眼，而当地妇女从头到脚罩着黑袍，只在眼睛那开出一条缝，却露出一双闪着长长睫毛漆黑发亮的大眼睛，一伸手，手指手臂上金光闪闪戴满了珠宝……

能想象得出穷能穷到什么地步，却无法想象富会富到何等程度。在这个阿拉伯半岛上，为了建造举世震惊的人工岛——棕榈岛，竟然先发射一颗人造卫星在天上定位。为了建造世界上最奢华的清真寺，耗资55亿美元，光廊柱上的黄金就用去了46吨。寺内有世界上最大的水晶吊灯，全部采用施华洛世奇水晶，地上铺的是世界上最大的波斯地毯，近6000平方米，是由一千多名女工用来自伊朗和新西兰的羊绒手工编织而成……

　　赤足站在这金碧辉煌的大厅里，我在想，穷与富的标准是什么？痛苦与快乐的界限又在哪里？人生的终极目标到底是什么呢？

　　来到帆船酒店外的海滩上，久久地望着海水，与其他海岸不同，这里的海水在阳光的映照下呈现出一种别致的绿色，清澈润透，那么温暖的感觉，仿佛是一湾化成液体流动的玉，轻轻拍打着沙滩。随手捡起一枚小小的贝壳带回家，与我从澳大利亚大堡礁和北戴河捡的贝壳放在一起，它们来自不同的海域，它们各有各的快乐与哀愁。

弗拉门戈之夜

也许，人在旅行时都会有一种想要疯狂一下的小小冲动，更不用说是在著名的西班牙舞——弗拉门戈的发源地了……

我完全被这座风情万种的历史名城给迷住了，这里一切的一切都在刺激我的神经，都在激发我体内的某种热情，满街的门店里都挂着色彩鲜艳的长裙，最耀眼的是那夺目的红色，紧裹的上身，长长的裙摆，层层叠叠的花边，像孔雀硕大的羽屏，给人以强烈的动感。还有绣着艳丽花朵的三角形大披肩，缀着浪漫的蕾丝花边和长长的穗子……太漂亮了！明知道以自己的个头根本就穿不起来那裙子，但心中就是痒痒的，一次次喊着"欧拉"（西班牙语：你好）请人家取下裙子，只在镜前一比划就已经拖地了，但这样比着心里并不能满足。为了解渴，便于年龄之不顾，买了一朵跳西班牙舞用的绢花戴在头上。

好大的一朵花！粉红色，别在耳朵边的头发上，用墨镜遮住眼角的皱纹，又买了一把跳西班牙舞用的镶有蕾丝花边的绢扇，便在这片异国他乡的土地上毫无顾忌地舞了起来。

也许，人在旅行时都会有一种想要疯狂一下的小小冲动，更不用说是在著名的西班牙舞——弗拉门戈的发源地了。

这里是塞维利亚，晚秋时节，我和朋友们走进这座以弗拉门戈舞而闻名世界的历史名城。

对于游人来说，没有拜访安达卢西亚省，可以说是没有到过西班牙，而若错失了塞维利亚，便没有资格说到过安达卢西亚。塞维利亚是安达卢西亚大区首府和塞维利亚省省会，是西班牙的第四大城市，它的风情万种就像展开的弗拉门戈舞裙那样色彩斑斓。

弗拉门戈是释放内心忧伤却又狂放不羁的热情歌舞，是西班牙吉卜赛人世代相传的艺术。19世纪初，弗拉门戈开始在安达卢西亚城市的酒馆崭露头角，尤其是在塞维利亚的吉卜赛区。之后，逐渐演变成一种表达爱情与爱国情操的艺术，并从此风靡西班牙。提起吉卜赛女郎，我们便会想到《巴黎圣母院》中美丽的爱斯美拉达、纯洁的叶塞尼亚和敢爱敢恨的卡门。法国作家梅里美的小说《卡门》被作曲家比才创作成歌剧后更是让卡门这一形象深入人心，"斗牛士之歌"几乎人人都会哼唱。正是充满激情的塞维利亚热土使作家和音乐家产生了创作灵感，让这个塞维利亚卷烟厂吉卜赛女郎的爱情悲剧久演不衰。在塞维利亚，你甚至可以去参观一下被卡门深爱着的斗牛士埃斯卡米罗所在的皇家斗牛场。矗立在斗牛场对面的卡门雕像仿佛在向斗牛士倾诉：在英勇的战斗中，有双黑色的眼睛充满了爱情，在等着你！

到达塞维利亚的当晚，我们走进当地最著名的表演厅观看一场地道的弗拉门戈舞表演。

表演厅是茶座形式的，后面是圆桌，前面是长桌，可以边吃边看。大幕拉开，吉卜赛男子独特的嗓音吟唱出带着浓浓哀愁的民谣，那种苍凉的长歌和不太明亮的光线，一下子就把我们带入到一个悠远、辽阔又漂泊不定的世界。不一会儿，男女舞者分别从舞台两侧舞动着入场，像一根燃烧的火苗瞬间点燃全场。高瘦的男舞者身穿黑色紧身夹克背心，眼神专注，气质优雅，上身保持笔直，修长的双腿跳出一串串快节奏的舞步，钉了钉子的皮鞋敲出激荡人心的音律，简直帅呆了！女舞者高挑丰满，纤腰美臀。双臂上举，灵巧地翻着手花，长裙拖地，随着美臀的扭动翻出层层波浪。再看她的表情，黑黑的大眼睛似隐含着哀愁，那是吉卜赛人用舞蹈在倾诉心中的忧伤……单人舞，双人舞，节奏越来越快，男舞者的脚步令人眼花缭乱，女舞者的长裙让舞台波涛翻滚，狂放的激情，美妙的舞蹈，不能不令人如醉如痴。中间还表演了一段《卡门》片断，当熟悉的音乐响起的时候，我们仿佛也被点燃了一般，心跳都随着舞者的节奏起伏。两位弹着吉他

的男歌手从头到尾在轮流歌唱，歌声低沉、沙哑，浸透着苍凉。当最后一位穿一身黑裙的舞者出场的时候，全场突然安静了，她太美了！尤其是她的旋转，旋转之后的停顿，那迷离的目光、那略带忧伤又脉脉含情的神态，简直就是一场梦啊！

走出剧场，10月末的塞维利亚之夜依然是暖的，街边的咖啡馆正是生意最兴隆的时刻。这里既有建于15世纪初的世界第三大教堂，又是航海家哥伦布的故乡。但教堂沉默着，哥伦布的灵柩在教堂内沉默着，唯有弗拉门戈活着，以舞步，以长裙，以一双双黑亮亮的眼睛……

不要问我从哪里来

这样的清晨，微风轻拂，到处有鲜花在微笑。碧蓝的晴空中，太阳正穿越云层而出，轻柔的云彩像上帝之手不经意地一抹，留下一道雪白的指痕，又像是昨夜飞走的鸟儿飘落下一片片洁白的羽毛……

在毕加索的故乡马拉加，走进这位大画家的故居，童年的毕加索就生活在这幢白色的小房子里。一楼的陈列室摆放着一些他当年手绘的盘子和陶罐，上面刻画了威武的斗牛士与愤怒的斗牛形象。在二楼的一处房间里，陈列着他父亲画的一幅画，画面上有一只栩栩如生的鸽子仿佛刚刚落地。还有一座少女半身雕塑，那是"天使的眼泪"。在故居门前的小广场上，一尊真人大小的毕加索雕塑就坐在长椅上，手拿速写本，正和他喜爱的鸽子们"对话"呢！我和他打了个"招呼"，坐在他身旁凝望了他一会儿，感到他是那么的平和，像个好脾气的老邻居。

在伟大画家故乡的街头漫步，空气格外新鲜，天空无比湛蓝，难怪西班牙拥有这么多世界级的艺术大师——写出《堂吉诃德》的现代小说之父塞万提斯，19世纪的著名作家加尔多斯，建筑奇才高迪，世界三大男高音中的多明戈和卡拉雷斯，著名的抒情歌王胡里奥·伊格莱西亚斯。画家就更多了：戈雅、毕加索、米罗、达利等等。迄今有5位西班牙人获得诺贝尔文学奖，两位获诺贝尔生物学奖和医学奖……在这样的天空下做深呼吸，仿佛吸入的空气中都饱含着奇妙的艺术颗粒。

傍晚，我们来到距马拉加不远的白色小镇米哈斯。这是地中海沿岸

的一座山城，美妙醉人的度假胜地。我们入住的酒店依山面海而建，每一层都有伸向山下的观景平台，清澈的夜空，深色的暗云都显得那么透亮，又大又圆的月亮时而露出笑脸，时而又钻进云层。爽爽的夜风中，望山下一片灯火通明，宛若一条长长的珠链熠熠生辉。

第二天清晨，我们跑到观景平台上去赏云，这时天色尚暗，西边的月亮正沉沉欲落，仍然又大又圆。东方层层开裂的云缝中已现出金色的曙光。哦，昨夜山下珠链般串起的灯光所拥抱的，竟然就是蔚蓝的大海——地中海！

这样的清晨，微风轻拂，到处有鲜花在微笑，如诗如画。碧蓝的晴空中，太阳正穿越云层而出，轻柔的云彩像上帝之手不经意地一抹，留下一道雪白的指痕，又像是昨夜飞走的鸟儿飘落下了一片片洁白的羽毛，轻盈而随意地飘荡在空中……

迎着晨曦，漫步在这令人沉醉的海边山城，白色的房屋错落有致地依山而建，从山上一直铺排至地中海沿岸。站在山上放眼望去，座座白色的建筑之间绿树亭亭如盖，郁郁葱葱。每一栋别墅间星星点点的蓝色游泳池真像是上天不小心掉落的碎钻，散落在白屋与绿树之间。抬眼望，视野里的天空就像是悬挂在我们头顶上一块巨大的天然蓝宝石，在阳光的映照下闪烁着眩目的光彩！整个上午都在这宁静的小镇上流连忘返，每一条静谧的白色小巷，墙上都挂满了姹紫嫣红的花篮和花束，像一首无字的长诗，浪漫，温馨而情深意长。

在从古城托莱多开往科尔多瓦的途中，公路两旁的山坡上，生长着一望无际的橄榄树，树不高，树枝较粗，树冠蓬松宽散，远远望去，一直铺排到天际线。不由得想起三毛作词的那首歌——《橄榄树》："不要问我从哪里来，我的故乡在远方，为什么流浪？流浪远方，流浪……"曾经，我读三毛的作品如醉如痴，为她《撒哈拉的故事》而神往，为她《哭泣的骆驼》而流泪，想她当年只身一人到西班牙来读书，遇到了留着一脸大胡子的荷西，从那一段梦里落花知多少的跨国之恋，到那一场痛断肝肠的爱之殇！西班牙——台湾，相隔万水千山，唯有这橄榄树才能盛载她的一腔痴情与浪漫！橄榄树，三毛梦中的橄榄树啊，今天，我竟然就这样一下子跌进你的怀抱！随着大巴车的飞速行驶，车窗两侧的橄榄树丛，海浪一样地扑面而来，旋即，又匆匆地离别而去。我目不转睛地望着窗外，仿佛有一位黑眼睛黑头发的女子就在那树林深处，还在寻找，还在流浪，还在唱着那首忧伤的《橄榄树》……

收拾东西准备告别西班牙时，看着房间里的角角落落，心中竟泛起一丝难言的情愫。在西班牙旅行的日子里，从中部到南部，然后就沿着地中海向东，几乎是每天换一个地方，换一家旅店。每天都是初识，每天又都是别离。初识时满心欢喜，别离时却恋恋难舍。忽然想到，其实人生不也正是如此么！每天的日子都是初识，每天的日子也都是别离，只不过因为习惯而麻木，因为没有场景的转换而从未引起过我们的警觉。但这初识又告别的每一个日子，难道不正是我们的生命，我们的人生吗！

不舍与离去

忽然想到，人间的许多风景都在生命中匆匆掠过。人生就是一程又一程的不舍和一次又一次的转身离去。

与野牛"共舞"

因住在景区附近，便可以早上7点出发，约两个小时左右，便进入向往已久的黄石国家公园。

黄石公园是全世界第一个国家公园，也是目前世界上最大的活火山，在《2012》等许多美国大片中都能看到它的身影。2000年我第一次来美国的时候就特别想来，但当时正值秋末，公园已经关闭。这次借来美国参加儿子的硕士毕业典礼之机，一还宿愿。

这天的天气相当不错，正卯足了精神准备与这座活火山来个亲密接触呢，却不料刚开进黄石公园的大门车就停了，前边的路堵了，等了半个多小时也不见有松动的迹象。原来是前边的车遇到了野牛。

在美国的国家公园里，野生动物是绝对的上帝，谁也不能妨碍它们。野牛出来遛达，当然要让人家尽兴。于是就只有耐心等待，等它们自动离去。但车又不是绝对不动，而是过一小会儿会向前移一两米，长长的车阵都在安静地且行且停，等着不知要逛多久才肯让路的野牛。

举目四望，我忽然发现公路两边山上的森林中到处可见倒地死去的枯树，许许多多被烧成黑色的树的"尸体"。令人触目惊心的是，在一片绿树丛中，仍然挺立着一棵棵已经焦黑了的树干，它们鹤立鸡群般高高挺立的身姿，见证着山上森林曾经的高度。与之相比，而如今漫山遍野的绿树不过是还未成年的幼童罢了。听当地人介绍，1988年黄石公园曾遭遇一场特大山火，当时山上80％的树木都被烧毁，而现在我们看到的这片新绿，全是山火之后重新生长出来的。

横七竖八、全倒或半倒的枯木漫山遍野，仍然保持着它们倒下时的身姿。新生的小树虽未长高却已成林，正是生机盎然的青葱年华。而依然挺立的焦木像一座座黑色的纪念碑，讲述着森林里的前世今生……

一个多小时过去了，汽车仍在"爬行"，这是一个与牛共舞的时段，前面已经有人看到了，足足有50多头野牛正在公路上漫步呢！原来它们并不是要过马路，而是就在马路上悠闲自在地遛达。所有的汽车只能跟在它们身后，以牛的速度一寸寸往前蹭，没有人敢惹它们，更不能激怒它们，据说野牛若攻击起人来，比熊还凶猛。本来嘛，这里是人家的地盘，你们一大群四个轱辘的家伙闯进来，当然要给人家让路了。

两个多小时之后，我们的大巴车终于挪到了野牛散步的地段。浩浩荡荡的野牛家族进入视野，好大的一群啊！野牛与我们熟悉的普通牛最大的不同在于头部，它的头要比普通牛大出好多，黑黢黢的，长满了长长的须毛。当然，牛身也更大，牛妈妈后边还跟着几头吃奶的小牛犊，萌哒哒的，可爱之极。它们完全无视身旁的车阵，悠然自得地踱着步子，牛群从公路、树林漫延至河边……这时，全车人都欢呼起来，高高举起相机，感觉虽然耽误了两小时，但能与珍贵的野牛"共舞"，比多看了一个景点还有运气。

"大棱镜"交响曲

告别了野牛，我们来到黄石公园最低洼的区域——调色盘热泉区，这里是最靠近黄石热点的地表。踏上木制栈桥，桥下的地热泉眼流淌出五颜六色的泉水，蒸汽形成缕缕白烟从泉眼中徐徐升腾。碧蓝的天空下，奇妙得那么不真实。在这巨大的"上帝的调色盘"中，最多的是

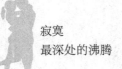
蓝色泉水，比九寨的海子更深的墨水蓝，也有淡淡的天蓝，但水量都不大。然后是绿色泉水，细细的条条溪流缓缓流淌，时而像绿宝石串成的珠链，时而像抖开的薄纱层层浸染。热泉中还有大片干涸的沙粒区，像大地裸露出来斑驳的肌肤。热泉边缘还遍布着一些橙黄色的弧形色块，犹如给调色盘镶上了一圈艳丽的花边……

所有的泉眼都在冒着白烟，表明它是活的，像一个神奇的生命体，正喷发着勃勃生机！此时，天上的白云和地上的白烟相接，头顶的蓝天与脚下的彩泉相映，人在其中，渺小而恍惚，好似一个不真实的梦境！

置身于这样一个到处升腾着热气的大调色板之中，自己也仿佛变成了热泉中的一缕蒸汽，背负蓝天朝下看，伸出幻想中的巨手蘸一下五彩泉水，在天空中画出更加奇幻的彩虹……

离开"上帝的调色盘"，我们来到黄石公园最著名的热泉区——大棱镜。远远地，还未走到跟前，就看到前方冒出的滚滚白烟。走过一座木桥，便进入热泉区。虽然是六月天气，但黄石公园里很冷，刚才在山上还看到了残存的春雪。此时热腾腾的雾气让人感到温暖。当沸腾的滚滚热泉从缓坡上流下来的时候，奶白色的岩浆边缘呈现一道暗黄色的痕迹，不由得想到火山爆发时的可怕景象。

仔细向泉中望去，透过浓浓热雾，依稀可见泉水在咕嘟咕嘟冒着泡泡，大地开锅了，煮沸了，并且日日夜夜不停地煮，不停地沸，仿佛有太多的能量无处释放，全都要从此迸发出来。难怪美国人能拍出《2012》这样的电影，如此景象，太刺激人的想象力了！这时，才真正悟到黄石公园这座活火山的奇妙所在，与世界上所有最美的风景不同——它是活的，它在呼吸，它在沸腾，它在诉说！

当真正的"大棱镜"出现在视野中的那一刻，整个人顿时傻掉了！是上天飘落了美丽的眼睛，还是大地割开了火热的胸膛？雾气升腾中出现一片彩色的热海，中间是蓝，由深到浅，然后是绿，由绿变黄，再由黄到橙，由橙到红褐色，波浪般层层向外浸染，一圈一圈，冒着热气，组成一面巨大而神秘的魔镜，魔镜上方浅绿泛白的水雾像天边飞来的薄纱，飘飘渺渺……是仙界还是在人间，美啊，美得穷尽了人间的所有词汇。

多看一眼，再多看一眼。多呆一会儿，再多呆一会儿。

舍不得离去，舍不得走！

忽然想到，人间的许多风景都在生命口匆匆掠过。人生就是一程又一程的不舍和一次又一次的转身离云。

在景点，导游在催。人生中，时间在流。什么时候能安安静静、长长久久地好好欣赏一下这不尽的美景呢？可是，即使你在这美景中住下来，欣赏得再久，你还是有要离开的那一刻啊！

舍不得走，你还舍不得死呢！仿佛有一个声音在说。

是啊，人生舍不得的岂止是自然的美景，还有舍不得的青春，舍不得的岁月，舍不得的亲人，直到最后舍不得的生命……

布拉格之吻

伏尔塔瓦河，这条我从未谋面、第一次相逢的河流立刻有了无比的亲切感，仿佛前世今生的一个知己，已默默地在这等了我千年万年。当古老的查理桥从船上掠过时，与布拉格有关、与这座桥有关的所有故事都活了起来……

迷失在布拉格小巷

早晨八点半出发，告别浪漫神秘的温泉古城卡罗维发利，告别枫叶正红的林中小木屋。今天我换了一身行头，一件套头的粉红色长毛衣，戴上在布达佩斯买的玫瑰紫小帽和在山丹丹小镇新买的一套黑色缕空的项链和长耳环，把头发掖进帽子里，感觉形象一新！虽然心里清楚，这样的装扮并不一定适合我，毕竟已经不再年轻，但就是觉得有趣，好玩，开心。

车行两个多小时，抵达梦一样的金色城市——布拉格！

到酒店放下行李，没做片刻的停留，便直接奔向伏尔塔瓦河边。

前天我们游览捷克建于13世纪的古城克鲁姆洛夫时，在城堡山上所见到的环城河流正是伏尔塔瓦河的上游，水流清澈湍急，给整座古城带来一股奔涌的激情与活力。

而今，我们来到了它的身旁。布拉格市内的伏尔塔瓦河与布达佩斯境内的多瑙河一样，将城市一分为二。河到这里宽阔而湍急，靠近岸边的地方，竟然有成群的白天鹅聚集。雪白的羽毛，优美的身姿，像朵朵白云在河中游弋。

我们登船午餐，一整只烤得香喷喷的猪后腿在船舱入口处迎接我们，每人切下一大盘，好香啊！从没吃过如此美味的烤猪肉，咸鲜可口，一点也不油腻，再来一杯红酒，还有品种多样的自助餐，精致的各式甜点，茶或咖啡，怎不叫人醉上心头！

在大家纷纷选餐的时候，我有片刻安静的时光，便对着伏尔塔瓦河发起呆来。

这时，船舱里响起了捷克作曲家斯美塔那著名的交响乐《我的祖国》中的第二乐章"伏尔塔瓦河"，熟悉的旋律顿时击中了我的情感，像通了电一样，这条我从未谋面、第一次相逢的河流立刻有了无比的亲切感，仿佛前世今生的一个知己，已默默地在这等了我千年万年。当古老的查理桥从船上掠过时，与布拉格有关、与这座桥有关的所有故事都活了起来……

金色布拉格，欧洲的魔术之都，北方的罗马，欧洲的音乐学院，千塔之城，……关于布拉格，有着太多太多的标签与故事，也激发了我太多太多的情怀与幻想。这座城市的天际线是用近千年的历史描绘而成的，行走在老城区的大街小巷，到处都能与13世纪以来的古老的建筑不期而遇。这座千年古城，在查理四世统治时期，成为神圣罗马帝国和波希米亚王国的京城。历代建筑风格从高雅的罗马式到雄浑的哥特式，从巴洛克的宫殿到新艺术的林荫大道，都保存完好，使布拉格成为举世闻名的"建筑史博物馆"，并成为全世界第一个整座城市被指定为世界文化遗产的城市。德国哲学家尼采说："当我想以一个词来表达音乐时，我找到了维也纳；当我想以一个词来表达神秘时，我只想到了布拉格。"

多情的伏尔塔瓦河，每一朵浪花仿佛都是由音乐家斯美塔那跳动的音符组成。我特意在捷克买了一张音乐碟，从此后的每天清晨，我都是在这首交响曲的陪伴下开始一天的生活。

从船上下来，我们来到位于伏尔塔瓦河左岸的城堡区，登上岩石嶙峋的小山岭，进入布拉格城堡开始梦寻。从波西米亚王国的旧皇宫，到始建设于十一世纪的圣维特大教堂，82米高的新哥特式尖塔，熠熠生

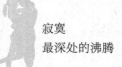

辉的玻璃马赛克，用纯银打造的圣内波穆克之墓……时空变幻，目不暇接，仿佛一瞬间就穿越了几个世纪的历史长廊。

之后，我们来到了著名的黄金巷。铺着石子路的小巷因曾居住过炼金的金匠而得名，而如今，金匠和金子早已为世人遗忘，这里最负盛名的当属大作家卡夫卡。他曾于1916年到1917年在黄金小巷22号居住过，并在这里创作了《乡村医生》等到作品。涂抹成天蓝色的墙，油上绿色油漆的门框，似乎是随意用笔写上去的小字22号，别无标识。但当我迈过门槛，扑面而来的是一张年轻而忧郁的面孔，是他，卡夫卡正在一本本他作品的封面上望着我们。小屋很窄，被卡夫卡作品填满，现在是一家专售其作品的书店。我买完书想请服务小姐给我盖个章留做纪念，没想到当她总算弄清楚了我的要求后说，盖章请到邮局去。我只好以微笑作答。

更令人哭笑不得的是，城堡区一尊卡夫卡的少年铜雕立像，经过无数游人的触摸之后，下体私处已经被摸成黑色且亮光闪闪，竟然传说，谁摸了孩子就可以考上理想的大学！可怜的卡夫卡，其实一生都孤独忧郁，只活到41岁，但他的作品却是可以和莎士比亚、歌德、狄更斯等齐名的。布拉格到处都有卡夫卡的印迹，因为他从来都没有离开过他的祖国。

第二天下午，当许多同伴都跑去购物的时候，为了寻找卡夫卡故居，我们从老城区广场开始，在布拉格迷宫一样的小巷中奔走。据说卡夫卡就出生于这广场附近的一条街上，尽管他一生多次搬家，但离出生地都不远。一边走一边问，一会儿被指到东，一会儿被指到西，小巷连小巷，小巷穿小巷，走着走着就走进了另一段时光，另一种岁月……

终于看到一家挂满卡夫卡头像的门面，人家说，在布拉格到处都可以找到卡夫卡的影子，他的图书、有他头像的蜡烛、杯子等等，难怪布拉格又被称之为卡夫卡之城。实际上你找不找得到他的故居根本不重要，广意地说，捷克是他的祖国，布拉格就是他的故居。

然而可怕的是，我们在小巷里完全转向，竟然找不到来时的路，也看不到地标性的天文钟，像遇到了鬼打墙一样走不出去了。小巷尽头，猛然撞见一座教堂，古老的建筑，灰黑的砖墙，高高的尖顶。门前一块海报牌告诉我们，这里分别将上演贝多芬、莫扎特、肖邦和斯美塔那的作品音乐会……

再走，再打听，终于，走出了迷宫，因为我们看见了河的身影——伏尔塔瓦河！

漫步查理大桥

于是，沿着河边慢慢散步，这时，太阳钻出了云层，给金色布拉格以名符其实的光耀，阳光也为河水披上了一层金色。一对对年轻的恋人在河边树下缠绵拥吻，不由得又想起了电影《布拉格之恋》中的情景。我仿佛听到女主角特蕾莎说："要是在波西米亚，我留着长长的黑发，在月桂树下守着你。一定有这么一棵树，从创世纪开始，就把我们的故事，雕刻在每片叶子上。"

就这样走着，我们一直走到了查理大桥旁，就在桥下老城区这一侧的河边，忽然见到一尊雄伟的雕像伫立岸边，永恒地望着日日夜夜奔腾向前的河水，再看雕像基座上的英文名字，正是斯美塔那——谱写出雄浑壮阔的交响诗套曲《我的祖国》的伟大音乐家！

完全是偶遇，之前并不知道"他"就在这里。循着"他"的目光望去，伏尔塔瓦河水宽阔且湍急，离桥不远有一处跌水，形成小小的落差，瀑布一般地拉开一张宽宽的水浪之网，卷起一条白色的浪花带，仿佛给河水拦腰镶上了一层浪漫的花边，像是波西米亚的女郎舞动的长裙。被称为"捷克音乐之父"的斯美塔那晚年因为耳疾和精神疾病曾一度想结束生命，一天清晨，当他在桥头漫步时，恍惚听到了伏尔塔瓦河的激流撞击查理大桥的声音而放弃了自杀的念头。他后来这样说道："伏尔塔瓦河的激流是捷克人心灵的呼唤，而经历几百年风雨血火的查理大桥，则是他心中的祖国"。每当交响曲《我的祖国》第二乐章《伏尔塔瓦河》奏响的时候，眼前便仿佛看到捷克美丽的山乡，童话般的城堡，绿意参天的森林，条条溪流从山上奔流而下，汇成这条捷克的生命之河……

哥特式的查理大桥被视为波西米亚最重要的中世纪建筑之一，据

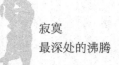
记载，早在9世纪，这里就有渡船，1118年建起了木桥，1158年首座石桥代替了木桥，后被洪水冲毁。1357年，查理四世皇帝为新桥、也就是我们今天见到的这座查理桥奠基。这座大桥通过16个桥拱横跨伏尔塔瓦河，直至19世纪，石桥一直是连接布拉格老城和小城的唯一通道。如今，伏尔塔瓦河上拥有17座大桥，其中最古老最著名的仍然是查理大桥。

在漫长的岁月中，查理桥也曾被洪水冲塌过，并且经历和见证过历史上发生的战争场面。大桥两侧的栏杆上总计有30座圣人雕像，第一座是铸铁制造的耶稣受难像，第二座便是1683年在德国铸造的圣内波穆克铜像。传说，圣内波穆克不愿听从残暴的国王瓦茨拉夫四世的命令，拆开忏悔室的封条，于1393年被从查理大桥上扔进伏尔塔瓦河中而丧命。如今，为他打造的纯银棺墓就安放在布拉格的圣维特大教堂内，并且在全球各地诸多的大桥和路口都有这位圣人的雕像伫立，成为桥梁和道路默默的守护神。

查理大桥宽约10米，长约520米，桥面上禁止车辆通行，是一座热闹的步行桥。在布拉格的日子里，我两次漫步在查理桥上。

秋日的清晨，太阳还未出来，伏尔塔瓦河依然热烈地宣泄着它的激情，河边的树叶在秋风中金黄泛红，桥上的30座古老雕塑沉默着欢迎我们的到来，用千年风尘讲述古老的故事。这时游人还不多，贩售绘画和各种工艺品的小摊才刚刚摆好。没有太阳的查理桥有些忧郁，有些伤感。一座座雕塑走过，恍如在一段段历史长河中漫游。在圣内波穆克的青铜塑像前停留片刻，目光透过环绕他头部的金色星环，看到晨曦中的伏尔塔瓦河水波光粼粼，像跳动的音符在轻轻叹息。缓缓挪动着步履，把脚下的石板路印入心底。

布拉格，查理大桥，曾有那么多诗人、作家、艺术家歌咏、赞叹、描绘过，曾在那么多动人故事和影片中出现过的地方，竟然真的让我置身其中，一步步走过去，再一步步走回来，伏尔塔瓦河水哗啦啦地从桥下流过，恍若梦中！写出《不能承受的生命之轻》的捷克作家米兰·昆德拉在桥上走过，卡夫卡则把查理大桥称之为他生命的摇篮。他曾无数次徘徊在桥上，在月光下数着桥上的石子，寻找过往的线索……他在遗言中说：“我的生命和灵感全部来自于伟大的查理大桥。”

后来，我在查理大街买了一幅水墨画，黑灰的调子，雨中，以老城区古老建筑为背景的查理桥上弥漫着淡淡的水雾，一个短裙女郎的背影在雨中独立，她手中撑着的那把红雨伞成为整幅画面上的一个亮点……

“品尝”莫扎特时光

午餐后，来到旧城广场，看天文钟13点的敲钟“表演”。这座紧挨着市政厅的钟楼建于1410年，尽管外墙因年代久远已部分剥落，但却以精美别制的自鸣钟——天文钟而闻名于世。这座大钟有上下两个钟盘，上面的钟一年绕一圈，下面的钟一天绕一圈，可以同时显示巴比伦时间，希腊时间，太阳所在的黄道位置和罗马时间。反映了中世纪的地心说，星球都围绕着地球、而不是太阳运转。大钟的四周分别有四座人物雕像，一个拿着镜子的人，一个拿着钱袋的人，一个骷髅，一个拿着弹拔乐器的人。他们分别象征着自恋、贪财、死亡和异教徒。每当整点的时候，大钟自动敲响，表盘上方的两个小窗户随之打开，耶稣的12门徒塑像一一从窗口闪过，6个向左转，6个向右转。钟四周的那四个小人也各自活动着。感觉奇妙而有趣。

看完整点敲钟之后大家自由活动，同伴们立刻四散开来，我们却被突然发现的一家咖啡馆吸引住了，就在天文钟对面，竟然是一家名叫“莫扎特”的咖啡馆。不由得推开印有莫扎特头像的玻璃门，走了进去。

一楼是一间窄窄的过厅，踏上木制的楼梯。二楼门口的迎台上立着一尊小型的莫扎特雕像，里面空间很大，布置得典雅而浪漫，一位波西米亚女郎正弹着钢琴，是那种节奏激烈的现代音乐。客人不算多，问过服务生，我们选择当年莫扎特坐过的位置坐下，位置处于屋角，一扇窗正对着天文钟，比刚才在窗外楼下看得更清晰真切，另一扇窗子正对着泰恩教堂，古老的灰黑色哥特式建筑，在阳光下闪烁着神秘的光泽。不远处就是著名的旧城广场，游人如织，气氛热烈，所有的喧嚣全被咖啡馆的墙壁滤掉了。

　　我们特意每人点了一份莫扎特咖啡——一杯浓咖啡，一小缸奶，一块用印有莫特侧面剪影和名字的糖纸包装的方糖，一杯苏打水和一块印着莫扎特头像的巧克力，价格相当便宜。我走过去给了弹钢琴的女郎一些小费，请她为我们演奏莫扎特的奏鸣曲，立刻，莫扎特的旋律充满了整个咖啡厅。

　　这是一段悠闲而浪漫的时光，让心灵荡漾在莫扎特的乐曲中。旁边桌上，一位优雅的老妇独自喝着咖啡，一头雪白的头发披在肩上，目光宁静而安详。弹琴女郎的指尖在琴键上舞蹈，她梳了一根粗粗的辫子在脑后，底端带有蕾丝花边的灰色裙衫上披着一条孔雀蓝装饰有长穗穗的大披肩，黝黑的皮肤，深凹的黑色大眼睛，不时友好地冲我们微笑着，莫扎特的音乐从她的指尖流出，点点滴滴浸入心田。窗台下的暖气把人烘得暖暖的。这时我看到旧城广场上吹彩色泡泡的孩子，站成"行为艺术"的银色女郎，弹奏电子琴的乐手和歌者以及甩着长鞭表演的艺人。

　　也许，就是在这样一个下午，刚刚在查理大桥散完步的莫扎特来到这家咖啡馆，坐在这扇窗前品着咖啡，音乐的灵感便喷涌而出……

　　离开布拉格那天清晨，布拉格被大雾笼罩，我们在雾中告别布拉格。

　　多么想，此时，雾中，重走查理大桥，重游伏尔塔瓦河。雾中的桥面上，会不会有波西米亚女郎的那一袭红裙？

　　在布拉格机场安检入口，一对年轻的恋人正在吻别，如醉如痴，难解难分。我推的行李车不小心碰到了小伙子的腿，卡在那过不去，以为他会挪开，但他们仍然在忘情地吻着。我只好努力绕开他们，把车从另一侧推进去。没想到布拉格留给我最后的印象竟然是这样的场景——吻，美好而难忘的布拉格之吻！

埃及的面孔

无论是金字塔还是狮身人面像，当你离它远时，它只是一个传说，一个遥不可及的梦。而当你与它近在迟尺、可感可触时，几千年的历史便在瞬间被激活。

站在金字塔前

此刻，开罗时间傍晚6点40分，飞机起飞，窗外一片美艳炽热的红色，夕阳如火，层云如海，橙、黄、红、紫红……耀眼的光线渐次展开，上与宝石般纯净深蓝的天空衔接，下与沉沉的深灰色雾霭相连，天上人间，美得令人陶醉！

夜色越深，景色越鲜亮。

今天，与开罗告别，与埃及告别，与陪伴了我们8天的埃及小伙子阿里告别。虽然在机场一切都很匆忙，但离情别意依然悄悄涌上心头。

从卢克索之晨到红海之滨，从苏伊士运河到西奈半岛，我们在尼罗河上乘船畅游，在撒哈拉沙漠亲吻落日，在卡尔纳克神庙巨大的石柱间感受《尼罗河上的惨案》中那个巨石滚落的瞬间。在沙漠深处品尝贝都因族妇女为我们烙的"原生态"大饼。还有开罗自由市场里，为了兜售工艺品用中文乱喊我们"爸爸"、"妈妈"、"哥们儿"的埃及小贩，以及随处可见的岗楼和全副武装的持枪警察以及开罗国家博物馆前一字排开的装甲车和车上架起的机关枪……

埃及之行，内心受到巨大的震撼，碧海金沙，千年神庙。尼罗河的

美丽富饶与撒哈拉沙漠的贫困干旱，数千年的文明古迹与满街残破的建筑与乞讨的儿童便是今日埃及的真实写照。

告别埃及的最后一天，我们去参观向往已久的大金字塔和狮身人面像，虽然导游之前已经告诉我们许多谨防被骗的注意事项，当一位胸前挂着埃及文字工作证的中年人要帮我们拍照时，我和朋友还是相信了他。他帮我们巧妙取景，拍出了很不一样的奇特效果。然后，他向我们索要一百块，并且用中文说"人民币"。朋友掏出几十元零钱给他，他不罢休，竟然用中文继续说"我爱中国"，又给他清凉油，还不行，我只好拉开包包让他看，说真的没有钱了，他看到包里的口香糖便讨要，我给了他一包，他却把包里面所有的糖都要走，实在没什么可以要的了方才罢休。后来当我们再次与此人相遇时，开始我还不太确定他就是刚才帮我们拍照的人，他却先张开嘴冲我们微笑，然后指着自己的嘴让我看里面正在被嚼着的口香糖，没错，正是从我包里搜走的粉红色草莓味口香糖！

因为他们的贪婪和不守信誉，便没有人再敢骑他们的骆驼，金字塔旁，茫茫沙漠，脏瘦的骆驼和穿长袍的拉骆驼人，与天边的云影重叠，一幅孤独而迷茫的画面。

将这幅画面延伸一下，在离大金字塔仅几百米处，我们便看到了全世界最大的岩石雕像——狮身人面像。如此宏大的场面，如此惊人的雕塑！狮子的身躯，王者的面孔，它就那么永恒地卧守在沙漠之上，仿佛永远凝视着远方。它那似无表情的古老面容和那饱经沧桑的形体都蕴含着一种难解的神秘，似有永远有不死的灵魂仍在坚持着什么。

站在这样的世界奇迹面前，感觉一切是那么地不真实。无论是金字塔还是狮身人面像，当你离它远时，它只是一个传说，一个遥不可及的梦。而当你与它近在迟尺、可感可触时，几千年的历史便在瞬间被激活。让你感到无论是天空、疆界还是种族，都可以在某种情境里达成穿越。这一刻，在卢克索神庙和卡尔纳克神庙中所见到的巨大法老雕像与参天石柱，还有亚历山大灯塔遗址和"躺"在古都孟菲斯的拉美西斯二世等一切数千年的历史便在这样的情境里被瞬间激活了……所以说，永远要亲临现场，永远要身体力行，这种此时此地、此情此景、完全面对面所受到的震撼，是任何的文字、图片和影像所无法替代的。

尼罗河魅影

到达埃及的第一天，顶着炎炎烈日，我们来到位于卢克索尼罗河西岸的帝王谷，踏上7000多年前的古埃及女法老神殿那高高的石阶，听阿里给我们讲述女法老"爱吃醋"的古老故事。轻轻触摸着巨大石柱上雕刻的神秘符号，头顶的阳光正穿过巨人般的根根石柱，在我们身旁投下一条条神秘的阴影。古迹就是具有这样神奇的魔力，当阴影投射到石柱间一个个立着的法老雕像身上时，他们仿佛复活了，甚至能感觉到一种沉重的呼吸频率，像电影《卢浮魅影》中那附体的魂灵……还好，定睛望去，这里是一片沙漠，没有风，阳光明亮，四周静静的，没有任何惊扰，所有的灵魂应该还在安然地沉睡着。

告别女法老，我们来到尼罗河畔，登上一艘小帆船开始乘风破浪。

尼罗河波涛浩渺，河水清澈，我们的小船没有动力，全靠三名埃及水手奋力拉帆撑控，他们黝黑的胳膊上肌肉健硕，身体大幅度倾斜，几乎与船平行。河风鼓动着船帆呼啦啦涨满，小船像一片叶子在河上飘荡，忽而左倾，忽而右斜，有一瞬险些进水侧翻，简直太惊心动魄了！只听刚才还在兴奋地高歌的兄弟姐妹们一片惊呼，有人调侃说，我们可以拍一部新版"尼罗河惨案"了……当然，这不过是一次小小的刺激，但却一下子就把尼罗河——这条承载着数千年历史风云的世界第一大河印入心底。

到达开罗之后，我们又夜游尼罗河，这次是登上一艘专供游人赏玩的大型游船，彩灯闪烁，乐声回荡。船舱里正在开始一场豪华盛宴，游客们随意挑选着自助晚餐，一位胸前"波涛汹涌"的美艳女郎，甩着一头长发开始表演性感撩人的肚皮舞。她光着脚就在游客中间起舞，离得如此之近，裸露的肚皮上每一寸肌肉的颤抖都无比清晰，伴着一位男歌手充满磁性的低音歌唱和快节奏的鼓点，女郎越舞越欢，并且不断地邀请游客与之共舞，欢笑声，尖叫声，整个船舱都"嗨"翻了天！

我悄悄离开船舱，来到空无一人的船顶观光台，夜幕下的尼罗河美丽而神秘，河两岸白天见到的那些残破的建筑和肮脏的垃圾被夜幕完全遮掩，唯见灯光映着波光，河宽水阔，夜风习习。

这是一条什么样的河流，什么样的水域？在埃及国家博物馆中见到的那些从数千年坟墓中挖掘出来的黄金面具、木乃伊、制作木乃伊的手术台、雕刻着古埃及花纹的层层棺椁——金的、镀金的、木质的、石头的……此刻全都涌入脑海，还有紧邻国家博物馆的那座在动乱中被烧成灰黑色的大楼框架……

这些能构成埃及的面孔吗？当然不能，埃及的面孔应该是人，是我们见到的埃及百姓，比如在亚力山大港与我们热情合影的女大学生，认真敬业的埃及导游阿里，一群群跟着我们、不给钱就不肯罢休的孩童，街上向我们纷纷竖起大拇指的小伙子和坐在轮椅中冲我们飞吻的老太太以及苏伊士运河边装甲车上蒙着黑色头套的士兵……

也许，这就是埃及的两极世界，古老与现代，美丽与忧伤，文明与衰落，战争与和平……

蔚蓝大海上的纯白之光

　　想到我曾经在厦门的鼓浪屿上眺望台湾海峡，那时根本没有想到，有一天我们能真的跨越这道海峡，登上台湾岛回望大陆。

　　从地图上看台湾的形状，很像一枚漂泊在大海上的狭长树叶，而位于最南端的垦丁，便犹如这枚树叶的根蒂，它是延伸向大海的珊瑚礁台地，也被称作台湾之南的小半岛，地势东陡西缓，长约5公里，宽约1.5至2.5公里，最高海拔为122米。它三面环海，西临台湾海峡，南滨巴士海峡，东对浩瀚的太平洋，可谓得天独厚的风水宝地。

　　到达垦丁的时候，还好，下的是小雨，一下车，便置身于铺天盖地的绿色之中，绿茵茵的草地从眼前一直铺展到天海衔接的尽头，风情万种的椰林在海风的抚摸下舞姿婀娜……远远地，便看见了海边山坡上高高耸立的白色灯塔——那便是著名的鹅銮鼻灯塔。

　　在海天一色的碧绿山坡上，纯白色的灯塔像一位潇洒的绅士凭海临风，好不英俊！

　　我们淋着雨，迎着风，一步步攀上那缓缓的山坡，向灯塔走去。灯塔塔身全白，呈圆柱形，高18公尺，周长110公尺，分4层，每隔10秒钟闪亮一次，光力可达20海里之远。南部海上轮船来往必经这里，其重要性有如非洲的好望角。

　　说起来，鹅銮鼻灯塔还有一段典故。1867年，一艘美国商船从汕头开往牛庄途中，在暴风中迷失方向，漂至七星岩附近触礁沉没，船长夫妇和船员游泳登岸后，除一名中国船员逃至高雄外，其他人均被附近的

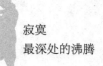
原住民俘虏杀害。琉球渔民也在南岬一带遇难……由此，美国和日本政府要求清政府在此处设灯塔。在外交压力下，清廷于1875年委托英国皇家地理学会一名会员勘察灯塔建地，并支付一百银两向当地原住民购买灯塔预定用地建塔。灯塔于1881年动工，1883年（清光绪九年）建成。

从此，这白色的灯塔便成为台湾最南端的标志物，也成为这一带海域最威武的守护神。"鹅銮"是当地附近排湾族部落土语的音译，原意为"帆"。在鹅銮鼻南面海域约15.6公里处，有一片珊瑚礁名七星岩藏在主航道，无疑是个隐患。鹅銮鼻灯塔建成之后，便可指引着附近海域南来北往的船只选择正确航线。

每天，太阳刚刚落下，灯塔的光亮闪烁起来，呈现出黄昏与暗夜交替之时的奇特美景。它在亚洲也许不算最古老的灯塔，却是亚洲最大的海上灯塔。

站在鹅銮鼻灯塔前，我扔了手中的雨伞迎风沐雨而立，想象着那暗夜中海上曾发生过的种种故事，在这一百多年的历史中，这白色的灯塔扮演了一个怎样的角色？风来云去，浪打涛击，它一旦矗立，便有了生命。与风、与树、与海、与海上的鸥鸟相依相伴，在这遍布着珊瑚暗礁的岛屿上，它犹如思念的化身，经历着百年孤独。它用它的光芒为同样孤独的海上漂泊者照亮回家的路，它的光芒是微笑着的，是温暖的，像家，更像家人那期盼的目光……

我面向巴士海峡伸开双臂，左手太平洋，右手台湾海峡，思绪一下子就飞越了大海，想到我曾经在厦门的鼓浪屿上眺望台湾海峡，那时根本没有想到，有一天我们能真的跨越这道海峡，登上台湾岛回望大陆。

告别鹅銮鼻灯塔，我们开始沿东线北上。这时，出现在大巴车右侧的已经是咆哮的太平洋了。与台湾海峡完全不同，海水从天边到眼前，颜色由蓝到绿再到白，巨狮一样张开裹着泥沙的黑色大口扑向岸边的珊瑚礁，公路离海太近了，坐在高高的车里向外望，仿佛在海中行驶一般。

到达花莲的那一夜，台风裹着豪雨狂灌，坐在宾馆的房间里忽听窗外吓人的巨响，以为发生了什么爆炸，打开窗户向外看去，以往我们形容暴雨的"倾盆"、"瓢泼"之类词汇根本就太小巫了，那雨水就如同加了压的水枪，带着巨大的压力砸向大地。公路断了，为了不影响行程，待雨稍小后，我们改乘台湾的高速铁路。火车在陡峭的山峰与咆哮的大海中穿行，这一侧，高耸入云的山峰就贴在车窗外，忽而又钻入漆黑的山洞，仿佛进入幽暗的深夜，恍惚中不知身在何处。忽而又柳暗花明，看见另一侧大海波涛汹涌。突然，紧挨车窗的山峰上，一字排开，五条、六条、乃至更多条瀑布从天而降，如雪般洁白的水链在碧绿的山屏上飞流直下，水花飞溅，像一面活起来的巨幅山水画卷，太美了！从未有过这样的体验，坐着火车看瀑布！

再看身边的车窗玻璃，雨线像飞天一样在玻璃上舞蹈，横的，竖的，斜的，天然的印象派绘画。这时，耳边响起了邓丽君柔美甜润的歌声：无言独上西楼，月如钩。寂寞梧桐深院，锁清秋……

游台湾岛，便永远都与大海分不开，东南西北，全是海。在高雄港附近美丽的西子湾畔，我们来到了"打狗英国领事馆"（打狗，即"高雄"的土话译音），站在高高的英式小洋楼前，可见台湾中山大学绿茵茵运动场，透过后花园的围墙，可见高雄港湾里停泊的船只。我在这里买了5张台湾明信片，分别写上亲朋和自己的地址，小心翼翼地投到"打狗英国领事馆"前那只红色的邮筒里。

回到天津后，当我真的收到"从邮筒里寄出的台湾"时，台湾的风雨之旅便一古脑又回到了眼前，在所有的美丽风景中，最令我难忘的，是鹅銮鼻灯塔那孤独的白色身影，它永远矗立在台湾最南端的三洋交汇之处，日日夜夜，听涛声依旧……

背影，留给永远的台湾海峡

当我们留连在台北的国父纪念馆，步行于太鲁阁曾留下蒋经国足迹的峡谷险路，再回到车上看那些真实的历史镜头，心中无限感慨。尤其是在影片《世纪宋美龄》中，一集结束时有这样一句话："她的人生将在一个岛上书写续集……"

台湾之行，每天都有大把的时间晃在大巴车上，导游便一路上放影碟给我们看，8天的时间，看了4部片子，全是人物传纪的纪录片：蒋介石、蒋经国、宋美龄、张学良。每一部一放就是好几集，加起来有数十个小时，但是很奇怪，除了个别人打瞌睡之外，一车人几乎都看得津津有味，甚至到景点停车时，还有些欲罢不能。一旦上了车，便立即要求接着下车前停止的地方继续看……

在台湾看这些与台湾纠结了半生的人物传纪片，对于年龄稍长一些的大陆游客来说，自然别是一番滋味在心头。我们这一代人，从小接受的教育与后来读到的历史，到近年来开放的资料，这些人物形象无不呈现着多个背影，多种颜色，有些隔膜，有些拧把，甚至有些是相互矛盾的。过去我们习惯了只听一种声音，便对这些人有了一个先入为主的印象。而今，当我们听到用另外一种声音来讲述他们的故事，看到镜头中他们生前的影像时，一种触摸历史真实脉搏的悸动刺激着我们的神经。应该说，这些人物的传纪片拍得态度严谨，观点客观，资料详实。一路上，在这些历史人物的"陪伴"下，使我们的台湾之行增添了某种纵深感。

当我们留连在台北的国父纪念馆，步行于太鲁阁曾留下蒋经国足迹的峡谷险路，再回到车上看那些真实的历史镜头，心中无限感慨。尤其是在影片《世纪宋美龄》中，一集结束时有这样一句话："她的人生将在一个岛上书写续集……"从此，这位集美丽与权力于一身的"第一夫人"便再也没有踏上中国大陆的土地，直到她以106岁的高龄在美国去世。真是往事并不如烟啊！

我曾于2005年采访过孙中山的孙女孙穗芳博士，在孙中山先生曾两次下榻的天津利顺德饭店老楼的２０８号总统套房里与她相对而坐，听她讲祖父一生所不懈追求的革命理想。如今，当我走进台北的国父纪念馆，与众多来自大陆的游客一起在孙先生高大的塑像前看每小时一次精彩的卫兵换岗表演时，心中可谓五味杂陈。

换岗的士兵持枪走正步，远比我们的国庆阅兵正步走得要精致、标准得多得多。真不知道这些位五官标志、身材一流的小伙子是怎么练的，他们行时如机器，停时如雕塑，那抬腿的高度，每一步停留的秒数，身体的笔挺度都像是用电脑制作出来的，甚至连眼珠都不眨一下，看得游客也不由得绷紧了神经，大气都不能喘。这还是活人吗？

卫兵走秀这里被游客挤得水泄不通，而旁边展示孙中山先生生平的展厅里却空无一人，待到表演结束后，人群即刻消散。本想仔细浏览一下这里举办的"巍巍中山魂"特展，忽然惊觉展厅中只剩下我和同伴两人，便只好匆匆在纪念册上盖了纪念馆的章，无奈地追赶我们的"队伍"去了。堂堂国父纪念馆如今只变成了一个"秀"场，不知孙先生如果魂灵有知会做何感想。

从纪录片中获知，宋美龄来台后也做了不少事情，尤其是在妇女工作方面。这位生于10世纪，走过20世纪，步入21世纪，横跨三个世纪、风华绝代的传奇人物，生前并没有留下任何传记或回忆录，也没有留下完整的音像资料。在她生前，也曾有人劝她写点传记留下点什么，但都被她委婉地拒绝了，声称一切都留给了历史。她坚持认为，时间会让历史还原。这部传纪片是台湾的有心人根据能搜集到的支离破碎的记录片断编辑整理而成，曾在台湾公共电视上播出。台湾大学政治系教授石之瑜分析当年风行美国的"宋美龄现象"时说，穿旗袍说英文的宋美龄留

给美国无限的想象空间，对美国可说是"致命的诱惑"……

关于蒋介石，台湾有太多的地方都留有他的身影与足迹，游日月潭时，在潭中乘游艇，导游指着对面山上绿树丛中的一座塔说，那就是蒋介石为纪念母亲而建的慈恩塔，他觉得这里很像他溪口的老家。望着那并不算高大的塔影，一丝温情爬上心头，我曾到过奉化溪口蒋介石的老家，那苍翠的山林，清澈的剡溪，还有青山中的蒋母之墓……那也许是蒋介石离开大陆之后无数次魂牵梦萦的地方啊！然而他回不去，看不着，只好在这日月潭畔的小山上建了这座塔……

车上播放的人物传纪片中，只有纪录张学良的《世纪行过》是抢在张学良去世前到美国拍摄、由他亲自口述出来的，分为《白山黑水》、《国难家仇》、《西安事变》、《真自由》4集。片头的那首《松花江上》伴着滔滔江水，把思绪带回到少帅的传奇时代。与其他人物相比，张学良在我们的印象中，始终是"正面"的，不仅是与他纠缠一生的"西安事变"，就连他与赵四小姐的浪漫爱情也早已成为人们耳熟能详的故事。只是，他在台湾度过的岁月实属无奈，"想回东北看看"的心愿到死也没能实现……

也许，在台湾施展才华最多的人应该是蒋经国了。为了躲避台风和暴雨，我们直到行程的最后两天才来到台湾著名的景区——太鲁阁大峡谷。这里既是风景名胜，也是台湾岛横贯东西的一条公路。这条路倾注了蒋经国的心血和汗水。据介绍，1949年蒋军及家属200万人来到台湾后，一下子就给台湾原先只有600万人口的生活和经济带来巨大的压力，生活面临极大的困难。再者，当时蒋介石把一部分重兵驻扎在"后方"台岛东部休整，如何能把这些兵力快速运到西部的台湾海峡沿岸，也是一道迫切需要解决的问题。于是，就有了打一条横贯东西通道的计划。1956年，蒋经国招募和率领10万从大陆撤到台湾的老兵和原住民，在没有任何先进的机械设备，仅用斧头、钢钎和炸药的条件下，耗时4年，终于在太鲁阁山脉的天险中，凿出了这条20公里长的通道，可谓"人间奇迹"。在筑路的艰苦岁月中，蒋经国曾以他在前苏联西伯利亚冰天雪地中做苦工时的经历来激励士兵。由于地段险恶，施工异常艰难，开凿期间老兵死了212人，受伤702人，蒋经国也不禁为之动容，于是在公路中段选了一处山清水秀的地方，为这些死去的老兵修建了一座长春祠。

我们到达的那天，雨仍然在下，虽然山中一片朦胧，但我们还是被这鬼斧神工的壮观景象所震撼。从车窗向外望去，刀削般的万仞绝壁郁郁葱葱，深涧中溪水潺潺，由于公路被暴雨冲断，车子无法开到长春祠，我们只能步行走到燕子口，撑着雨伞，鞋已被雨水灌饱，但我们却在湿淋淋的行程中感受到这美景之外的一分沉重。

蒋介石，宋美龄，张学良，蒋经国，这些我们只知其一、略知其二的人物，他们的前半生在大陆可谓呼风唤雨，后半生来到台湾重起炉灶，晚年有的漂洋过海，客死他乡……无论走到哪里，大陆永远是他们心底最难忘、也是最沉重的记忆，离开了那个生于斯长于斯的根，他们留在海峡这边的只能是一个孤独的背影……

我和"小窗星语"

（代后记）

　　大学中文系读到三年级的时候，曾经咨询一位自己非常敬重的中学老师：我将来到底要从事什么样的职业？老师问我：你心里最喜欢做的是什么？是搞研究做学问？当老师教书育人？还是当编辑做记者？

　　我说，我不喜欢搞研究做学问，太枯燥乏味了。我虽然渴望有寒暑假，但又不太想当老师，一辈子呆在校园里视野太窄了。我喜欢新鲜的事物，喜欢自己创作新的作品。老师说，那你就选修新闻吧，当记者每天必须要写消息。

　　于是，大四的选修课我选修了新闻专业，在买不到教科书的年代，我硬是借老师的新闻学专著，在很短的时间内全部抄录了下来，抄了整整两大本。快毕业的时候，我决定报考报告文学前辈黄钢先生的研究生，并潜心阅读和研究了能找到的他的所有作品，比如报告文学《开麦拉前的汪精卫》、电影剧本《永不消失的电波》等等，毕业论文我写的就是《试论报告文学的新闻价值与文学价值》，在这个过程中，我给黄先生写信请教，他的回信是用毛笔写在宣纸上的，不但给我开参考书单，还让他的一个研究生专门帮助我。假期回北京的时候，我专门跑到他家登门拜访。那时候没有电话，我的突然出现吓了他一大跳，他问我是怎样找到他的？我说就是按照您信封上的地址坐公共汽车找来的呀。他说，你这么能跑能钻，别考研究生了，干脆当记者吧，我看你是个当记者的料！

　　当我真的当上了记者，第一次看到自己的名字出现在报纸的新闻版上，第一次看到在自己的名字前面属上"本报记者"四个字的时候，那种心花怒放的喜悦真的是无以言表啊！

　　没想到，这一干就是30多年，从发豆腐块的新闻消息开始，到数千字的大通讯，亲历了一系列重大新闻事件的报道，曾经我一个月就发过6个头版头条……而后是编采合一做专刊，写人物专访，有名人也有百姓，白天采访夜里写稿，一口气写到天亮根本不算一回事，一口气写上几千字甚至上万字也不觉得疲倦。那些年，每年我见报的自写量都在十几万字以上，编辑的字数就更多了。真像老师当年说的那样，每天都要写，都要记，以至于记录和写作成了我的一种自觉，一种惯性的生活方式。即使没有空白版面等着，没有截稿时间逼着，我也仍然每天都在写，有时候是对某人某事的记录，有时候是突如其来的一种情绪和感悟。记者生涯给了我太多的机会和滋养，让我永远生活在一种动荡的新鲜感中，太阳每天都是新的，视野无疆界地扩大，只有想不到的，没有做不到的。为了采访和写作，当然要同时大量地阅读，快速地学习新知识，脚步永远要与这个时代合拍。敏感，有激情，并且要有体力，有耐力，记者生涯也类似于长跑运动员。

　　然而渐渐地我发现，这样的采访与写作虽然使我的日子像鼓涨的风帆一样充满了张力和动感，却似乎并不能让我的内心感到满足。总觉得在我的体内有两个灵魂存在，一个是作为记者的职业灵魂，一个是作为女人的隐秘灵魂。一个是激情澎湃、专业尽职的，一个却是易感易惑、黯然神伤的。于是，在第一个灵魂歇息的片刻，那个隐秘的灵魂便在体内开始蔓延并生长，让寂寞和伤感痛彻全身……这时候的我，竟然也无法停下手中的笔，我的散文和随笔就是在这样的时刻一篇篇地"出笼"了。让我惊喜地是，这样的写作摆脱了新闻写作时的种种限制与束缚，可以让思绪像鸟儿一样在心灵的天空自由飞翔，像鱼儿一样在情感的大海任意冲浪，那种酣畅淋漓的快感，那种心灵相通的诉说，像痛饮甘甜的美酒，像沐浴柔和的月光。如果说，新闻写作是一种"守门员"式的运动，也奔跑，也跳跃，再精彩也不能离开规定的疆域，不能跨越赛场的法则。而散文的写作便有如歌唱，有如舞蹈，无所谓场地，无所谓观众，只要有感觉，没有舞台也可以尽情歌唱，一个人也可以手舞足蹈。随心而动，随情而发，完全是从自己心灵中流淌出来的真感情。

　　没想到，这样的文字一经刊出，立刻引起了读者强烈的共鸣。当我

最初以"星语"和"小窗星语"为栏头开始专栏写作的时候，曾收到了大量的读者回馈，多数是女性读者，才恍然明白，原来我不是"一个人在战斗"，与我有同样心结的女性还大有人在。这些文字后来基本上都收入到我的散文集《浪漫无痕》和《女人的廊桥》中。从2011年开始，应邀在由文学前辈孙犁先生创办的《天津日报·文艺周刊》上开设"星眼看情感"专栏，从《唯你独有的印记》《终成眷属之后还是有情人吗》开始，每周一期，一写就是一年。之后又转到专刊的版面上继续以"小窗星语"为栏头进行写作。从《如花岁月》《柔情似水》到《渴望漂泊的少女时代》《我亲爱的小纸片》，一写又是两年多。女人的心思真像是抽不尽的丝，望不断的云，越写越细密，越写越悠长。甚至有读者对我说，她们看报纸就是为了看我写的这些"心思"。更让我感动的是，我签售新著《张星名人访谈录》那天，一位头发花白的老大姐从很远赶来，取出一本小"书"让我签名，我一看，竟然全是我刊发在在报纸上的"小窗星语"，老大姐一篇篇剪下来粘贴整齐。读者的喜爱让我从此不敢有丝毫的马虎和懒惰，每一期专栏都以真情倾注笔端。现在，我把这些新鲜的文字结集出版，为我那个隐秘的灵魂打开一扇窗。

回望记者生涯，我经历了改革开放以来纸媒体最辉煌灿烂的一段岁月；新闻媒体的职业历练，让我摆脱了学生时代的浪漫与冲动，既看到了这个社会残酷又无奈的诸多真相，也感受到底层小人物的生存之艰难，更体会到人与人之间那种纯朴真情之可贵。我崇拜意大利著名女记者奥里亚娜·法拉奇，也深受做过记者的诺贝尔文学奖获得者海明威的影响。采写新闻人物，我力求观点独特，文字传神。创作散文戏剧，我则尽量脱去媒体人的外衣，让想象的翅膀在文学的天空中自由飞翔。这当然不那么容易，长年的新闻写作培养了我严谨的求实作风，每一笔落下的时候都力求事实的准确无误。这样的新闻自觉虽然或多或少地束缚了我的文学想象，但大量的人物采访，尤其是与一些国内外文学艺术大家的交流，又使我在更广阔的意义上认识了文学，了解了艺术。再回过头来读他们的书，看他们的作品，对文学和艺术的理解便更深了一层。我曾在采访时问过金庸先生，当年他一边在报纸上写严肃的时事评论，一边在副刊上连载他的武侠小说，他是怎样做到逻辑思维与形象思维这种思维转换的？查先生和善地笑笑，说这虽然好像是两种思维，实际上并不矛盾。记得当我把采写陈忠实的作家访谈录《白鹿原头信马行》寄给他之后，他给我打电话说："你写得很好，尤其是对我的印象部分，写得很准确……"

准确。我以为这是对采写者最高的赞赏。

散文写作亦同。将自己内心最真实的情感波澜和最微妙的心灵悸动，用最准确的文字表达出来，始终是我在写作中所追求的。准确是真实的基础，唯有准确才能感人，才能击中读者内心最柔软的部分。我在《绝吻》中讲述了一个女人的故事之后这样写道："……两个不再年轻的有情人终于在走过人生的大半岁月之后相拥相吻，激情而苦涩，幸福而酸楚，有如两片晚秋时节的落叶，被偶然刮过的狂风吹得叠加在一起，在一起彼此温暖着回忆它们春天时的葱绿……"

这样的描写，应该说是文学的，但又是准确的。也许，运用文学语言书写真实的心灵感悟，便是我写的这些"小窗星语"式的散文倍受读者喜爱的原因吧。

张　星
2015年夏